setembro 2024

Nesta edição, respeitou-se o Acordo Ortográfico da Língua Portuguesa de 1990, que entrou em vigor no Brasil em 2009.

www.quixote-do.com.br
Rua Alagoas, 1.270 / Sala 304
Savassi - Belo Horizonte/MG
CEP: 30.130-168
(31) 3141-1256
Instagram: @quixote.do
Facebook e YouTube: QuixoteDoEditora

Autor: Teodoro Rennó Assunção
Capa: Sofia Nicodemo
Fotografia da capa: Cao Guimarães
Projeto gráfico e diagramação: Sofia Nicodemo
Revisão: Daniel Safadi
Conselho editorial: Alencar Perdigão, Cláudia Masini
Editora responsável: Luciana Tanure
Editor: João Camilo de Oliveira Torres
Editor Assistente: Guilherme Coelho, Bruna Fortunata
Tecnologia de informação: Alessandro Guerra

ensaios futeborgeanos

TEODORO RENNÓ ASSUNÇÃO

Índice

Meus francos agradecimentos desta vez vão para os vários amigos e amigas que generosa e bem variadamente leram e comentaram (e até mesmo revisaram com muita paciência) alguns desses ensaios, sobretudo a partir do estendido período da pandemia de covid-19, como Beto Magalhães, Cao Guimarães, Antônio Teixeira, Marcos Pimenta, Lúcia Grossi dos Santos, Filomena Hirata Garcia, Olímpio Pimenta, Newton Bignotto, Levi Carneiro, Musso Greco, Frederico Feu, Roberto Bolzani, Gustavo Frade, Élcio Cornelsen, Gustavo Cerqueira Guimarães e (especialmente) Antônio Sérgio Bueno e Marcelino Rodrigues da Silva.

Dedico este livro ao meu velho amigo cruzeirense Beto Magalhães e à minha companheira (também de inúmeros jogos de futebol na TV) Lúcia Grossi dos Santos.

Apresentação

(ou brevíssimo prefácio)

Talvez o mais simples e direto seja, para começar uma breve apresentação de um livro, dizer a natureza do seu material (ensaios-relatos-memórias sobre futebol a partir de uma experiência direta – como espectador presencial ou pela TV e como jogador amador e peladeiro – desde os anos 1960) e o modo como, com exceção do 1° ensaio-relato ou crônica, "A final da Copa de 2014 em Buenos Aires" (incorporado depois, mas escrito no início de 2016), o livro foi composto a partir de uma situação inédita de suspensão dos vários campeonatos de futebol e de uma maciça retomada de vídeo-tapes de jogos antigos com a estendida quarentena pandêmica de covid-19 iniciada na 2a semana de março de 2020 (e durando até julho de 2020) e com a escrita então de dois grandes ensaios: "Re(vi) vendo grandes jogos de futebol do passado" (cuja ficcional 2a parte foi terminada somente no início de 2023) e o recentemente publicado "Brasil 3 x 1 Uruguai, semifinal da Copa de 70 (um relato-ensaio retrospectivo)" (em *FULIA/UFMG*, v. 5, n. 3, set.-dez., 2020), se estendendo depois no relato autobiográfico do 2° turno do campeonato mineiro de dentes de leite de 1975, jogado por mim pelo Atlético Mineiro (eu, um torcedor do Cruzeiro desde 1966), em "Dissimulada desistência (uma história adolescente de traição no futebol)".

E, enfim, com a escrita de um longo posfácio ensaístico (pensado primeiro como prefácio e usando, sobretudo, algumas sugestões teóricas de Sylvia Molloy), "Prefácio à moda de posfácio: um ensaio futeborgeano", que retoma com muito mais detalhes essa história da produção dos quatro vários e autônomos longos ensaios-relatos-memórias[1] citados acima, e também tenta justificar teoricamente o título trocadilhesco da coletânea, expondo os **vários** modos como aí o escritor argentino Jorge Luis Borges (e, em parte, também Adolfo Bioy Casares, na parceria dos dois com o nome de H. Bustos Domecq) foi ludicamente usado e apropriado por mim, servindo paradoxalmente de privilegiado interlocutor teórico-narrativo para repensar o futebol. Como apêndice, decidi inserir um brevíssimo e mais antigo ensaio (publicado em *LETRAS CLÁSSICAS-USP*, n. 12, 2008, p. 259-262), "Breve nota sobre o tempo trágico no futebol", já citado em alguns desses cinco ensaios maiores anteriores, no qual tento pensar rapidamente a complexa e decisiva questão do "acaso" no futebol.

Mas seria preciso dizer que para mim não só outras tentativas experimentais de escrita foram abertas a partir do relativo vazio da estendida quarentena pandêmica (como as crônicas, contos e ensaios visando ao seu espantado registro, a que

1 Seria útil indicar brevemente aqui a concepção mais aberta e misturada do "ensaio" como um experimento, que inclui (e se mistura com) o relato, a crônica e a memória coletiva e/ou pessoal, não excluindo por vezes nem mesmo uma dimensão ficcional, ainda que guardando sempre um elemento reflexivo e filosófico, como sendo a que preside estes quatro primeiros ensaios-relatos, mas também o último e mais teórico ensaio (o posfácio), que vem a ser um estudo sobre o Borges (ensaísta/contista/poeta) tal como apropriado obliquamente por mim agora neste livro-coletânea singular e meio inclassificável.

dei o título geral de "O pandêmico liquidificador cotidiano das horas"),[2] como também que os variados compromissos acadêmicos universitários, apesar de uma primeira pausa, foram sendo retomados aos poucos (incluindo aulas, orientações, bancas e eventos), mesmo se no começo apenas *on-line*, além dos eventuais artigos acadêmicos *stricto sensu*. Tudo isso dificultou muito a reunião de um material consistente e volumoso o bastante para tornar possível a ideia de um livro de ensaios-relatos-memórias sobre futebol, e que se situará hoje como apenas uma modesta contribuição a uma já constituída tradição brasileira de bons comentaristas e pensadores do futebol como Mário Filho, Nelson Rodrigues, João Saldanha, José Miguel Wisnick, Nuno Ramos, Tostão e meu colega Marcelino Rodrigues da Silva.

Mas, como um popularíssimo esporte de massa (sobretudo no Brasil) que parece ritmar há anos um calendário anual de campeonatos regionais, nacionais e continentais (e o mais breve mundial de interclubes) e o quadrienal da Copa Mundial com seleções nacionais dos quatro continentes, e que sempre fez parte da minha vida (também como jogador amador na adolescência e juventude, e depois como mero peladeiro), o meu desejo – desse múltiplo "eu" agora também já sexagenário e que passou recentemente por uma experiência de câncer

2 Os primeiros embriões deste meu projeto mais largo e inacabado foram o micro-ensaio "Fragmentação, dispersão e repetição" e a crônica com desfecho ficcional "Uma saída perigosa e quase (?) fatal", publicados com a data aproximativa de 05 de maio de 2020 em Casa Nova Maia, Andréa e Casa Nova, Vera (orgs.), *Arquivo Pandemia*: Diários íntimos, recortes poéticos, históricos, geográficos, políticos, antropológicos, artísticos, psicossociais do isolamento. Vol. I. Belo Horizonte: Editora UFMG, 2021, p. 180-188.

e por uma pandemia que poderiam tê-lo matado – foi registrar com alguma precisão e cuidado (dos quais não estaria excluída a fabulação) o que a minha memória pessoal (com o apoio indispensável da memória pública na TV e na internet) conservou, tentando simultaneamente repensar o que esse esporte tem de mais particular e fascinante.

A final da Copa de 2014 em Buenos Aires

(crônica de um grande evento urbano e outros menores)

"La novela, en su definición más amplia, no es sino una impresión personal y directa de la vida."

—Henry James, traduzido e citado por Sergio Pitol em *El arte de la fuga*

4

A primeira grande decepção (ainda que bem provável àquela hora) foi, depois de saírem meio correndo do restaurante peruano *Chan Chan*, chegarem atrasados à sala de cinema (pra cinéfilos) no centrão, onde teria sido talvez possível (se tivessem chegado ao meio-dia e não às três e quarenta da tarde) assistir à final da Copa do Mundo de 2014 (Argentina x Alemanha em plena Buenos Aires) num telão com imagem nítida na sala escura, como se numa espécie de *Canal 100* sem música (a orquestra de metais soando forte e afinada na memória: tã, tã, tã, tã, tã... tã, tã, tã, tárãtã, tã, tã... tã, tã, tã, tárãtã, tã, tã... tã, tã, tã, tã...), nem a edição compacta de imagens e o recurso constante e algo fácil ao *slow motion*: um longa-metragem ao vivo e em tempo real contínuo (apesar de alguns VTs de lances importantes, também com o uso do *slow motion*) de uma hora e meia dividida em dois blocos de quarenta e cinco minutos ou eventualmente ainda mais meia hora de prorrogação (espécie de *reality-show* esportivo de alto nível) que poderia, como tudo o que é de fato vivo, ter os seus bons momentos de inércia e pasmaceira, além de um intervalo obrigatório de quinze minutos (e eventualmente outro um pouco menor). Decidiram, então – depois de uma última e inútil tentativa dele (o mais velho) de saber se não seria possível assistirem à partida sentados no chão, numa das laterais pouco antes da tela –, ir para a praça do Congresso, mais próxima dali, onde havia um telão colocado (assim como uns poucos policiais) pela prefeitura da cidade.

Depois de uns dez minutos de caminhada (em que o som meio estridente das buzinas e o grito de "*Argentina!*" eram cada vez mais frequentes), eles chegaram, meio disfarçados de um discreto azul e branco (mas sem ânimo suficiente pra gritar "*Argentina!*" com o "g" pronunciado como "r"), à praça já meio lotada e procuraram (com alguma dificuldade) um lugar pra quatro pessoas mais próximo do telão e onde fosse possível acompanhar bem visualmente a partida, e, em pé e já meio apertados por vários torcedores argentinos à frente e dos lados, fixaram o olhar no telão (uns sete ou cinco minutos antes do começo da partida) que transmitia o time da Argentina se aquecendo, com a câmera fixada sempre preferencialmente em Mascherano e Messi, ou mesmo depois também, na hora dos hinos nacionais.[1] Mas quando (com o apito quase inaudível do juiz) o jogo de futebol começou, muito bizarramente a câmera continuou fixada apenas em Mascherano e, durante dois ou três minutos agônicos (em que gritos como "*hijo de puta*!", "*carajo*!" ou "*mierda*!" estouravam com uma inusitada frequência), jamais ofereceu

1 Com um sotaque de castelhano portenho eles ouviram então a escalação dos times e a nomeação dos técnicos: "ALEMANIA: Neuer; Lahm, Boateng, Hummels e Höwedes; Schweinsteiger e Kramer; Müller, Kroos e Özil; Klose. Entrenador: Joachim Low. ARGENTINA: Romero; Zabaleta, Demichelis, Garay e Rojo; Mascherano, Biglia, Enzo Pérez e Messi; Lavezzi e Higuain. Entrenador: Alejandro Sabella." Como na final da Copa de 90 (pequeno sinal aziago), a Alemanha ia jogar com seu uniforme branco tradicional, enquanto a Argentina ia jogar com seu segundo uniforme, com a camisa toda em um azul mais forte do que o celeste, o que ajudava numa boa distinção visual dos times.

uma tomada conjunta de um pedaço maior de campo que permitisse entender as jogadas, o que levou a uma súbita debandada daqueles espectadores que estavam na praça (eles quatro inclusive) pra um dos restaurantes ou bares que ficavam próximos e eram facilmente avistáveis dali.

Depois de uma rápida conversa e decisão, eles correram, então, para o restaurante mais próximo, que ficava na esquina à direita pra quem estava de frente pro Congresso, e onde puderam ver, ao chegar e entrar, não só duas televisões de tela plana, mas também todas as mesas já ocupadas e o balcão junto ao bar (onde não havia banquinhos redondos, que também já estavam todos ocupados) começando a se encher, até, alguns segundos depois de os quatro chegarem, também ficar lotado. E os quatro continuam encostados no balcão, enquanto continua a chegar gente vinda da praça e tentando um lugar entre as mesas (enquanto os que estão sentados junto a estas gritam para eles saírem) ou no espaço vazio junto à entrada, e o jogo continuando, já uns quinze minutos, quando todos os espaços vazios, mesmo com a gritaria vinda das mesas, ficam lotados e entram, então, uns últimos jovens ruidosos, gritando "Argentina!" e jogando cerveja pro alto, no momento em que Higuain recebe livre, adiante dos zagueiros alemães, uma cabeçada vinda de trás, desferida por um jogador alemão que estava quase no meio-campo, e, sozinho (ele, Higuain), diante do goleiro alemão (Neuer) e livre pra marcar, chuta junto à trave esquerda pra fora, perdendo a primeira grande chance argentina e despertando muitos gritos de desconsolo.

Um pouco depois, quando ela (a mais velha) já começara a entrar num leve surto de pânico, dizendo "eu vou pro banheiro!", "eles vão quebrar isso aqui!", enquanto a filha oferecia sua garrafinha de água e perguntava se ela não tinha trazido o *lexotan*, em uma nova arremetida vinda de fora sobre portas de vidro já fechadas, ouve-se o enorme estrondo de uma porta de vidro inteira sendo quebrada (a mais velha imaginando então uma violência sangrenta daqueles *hooligans* argentinos: senhores e senhoras com a cara cortada por pedaços de vidro de garrafas de cerveja e sendo roubados de seus celulares, relógios e suas carteiras com cartões de crédito e algum dinheiro); milagrosamente, com o grito em uníssono de garçons e clientes sentados às mesas: "Fuera!", "No es posible!", os que estão de fora não entram e a situação se acalma um pouco (estranhamente, ouvem-se outros estrondos muito perto e passam na rua que bordeia a entrada do Congresso vários policiais com escudos e cassetetes sem dar a mínima pro que estava acontecendo lá dentro), já com gente nas mesas tentando não só falar pros garçons chamarem a polícia, mas também chamando diretamente a polícia (num número gratuito) de seus celulares, apesar de, em uns cinco ou sete minutos, não ter chegado ninguém. Mas, enfim, chegam uns três policiais visivelmente armados e, com a ajuda do gerente e dos garçons, começam a pedir para aqueles que não estão sentados que deixem imediatamente o ambiente, o que os quatro fazem de imediato pra enorme alívio deles (especialmente da mais velha). Pouco depois que os quatro saem, já começando a atravessar de novo a agora praticamente vazia praça do Congresso (onde no telão o problema da transmissão continua), eles ouvem, durante dois segundos, gritos esfuziantes de "Gol!", "Gol!", "Argentina!" e um "aaaaahhhhh" avassalador, ouvido perto e ao longe, quando Higuain marca um gol em impedimento que é imediatamente anulado (como eles veriam meio mal em VT durante o intervalo).

Depois de atravessar toda a praça, os quatro chegam à esquina do outro lado (à esquerda de quem está de frente pro Congresso), mas o restaurante aí tem portas de vidro escuras (pelas quais se veem meio foscamente todas as mesas cheias), que estão fechadas e vigiadas por um guarda-costas de terno. Eles seguem, então, até um outro restaurante, que está um pouco adiante na mesma rua que bordeia a entrada do Congresso, e que – apesar de ter suas portas de vidro também fechadas e guardadas por um empregado (só deixando entrar alguém quando houvesse um lugar vago onde este alguém pudesse se sentar e consumir) – tem grandes janelas de vidro mais ou menos transparente, junto às quais já há alguns espectadores de pé, janelas que permitem avistar, algo oblíqua e foscamente, na parede ao fundo e à direita (como se toda a paisagem viva desse restaurante se banhasse de um amarelado meio leitoso agora que o sol praticamente já se pôs neste inverno do hemisfério sul), uma televisão de tela plana um pouco menor do que a do outro restaurante (mas na qual, felizmente, os jogadores dos dois times eram facilmente diferenciados pelos uniformes: o branco da Alemanha e o totalmente azul da Argentina).

Os quatro acham, então, um lugar em pé e ligeiramente diagonal em relação a essa televisão menor, em um passeio onde se avistam várias latas (pouco ou muito ou nada amassadas) e garrafas (quebradas ou não) vazias de cerveja, assim como uma garrafa vazia de uma vodka argentina barata, restos de comida num prato plástico (arroz e maionese de batata), uma pequena poça de mijo no asfalto junto ao meio-fio (que fede um pouco cansativamente), e mesmo uma espécie de mendigo de meia-idade (não de todo mal vestido) que – certamente depois de um bocado de álcool – dorme deitado um sono pesado e indiferente a todo o múltiplo e barulhento ruído e à pretensamente indiscutível importância deste grande evento urbano. É daí que eles assistem (e o mais velho, enfim consolado por ao menos estar podendo ver o jogo, comenta irônico pro "genro": "quem poderia imaginar ver a grande final da Copa de 2014 assim?"[2]), ainda no primeiro tempo, tanto um chute perigoso de Schürrle defendido por Romero, quanto uma jogada perigosa de Messi pela direita (que, porém, é barrado e fica meio sem ângulo demais, não encontrando um atacante rápido que pudesse concluir o seu toque fraco), agora seguida de um "aaahhh!" bem mais mitigado, quanto ainda a cabeçada de Höwedes na trave direita do goleiro Romero, seguida pelo impedimento de Müller, naquela bola que, por sua precisão e legitimidade, foi a que se aproximou mais de um gol em todo este primeiro tempo, tirando dele (o mais velho) um comentário rápido e em volume baixo pro "genro" (como se querendo se policiar): "porra! quase! se essa entra, tudo ia agora ser diferente...", perigo possível de gol alemão bem sinalizado ali em Buenos Aires por um longo e branco silêncio quase até o fim do primeiro tempo.

2 Logo que acabou o primeiro tempo, depois que eles conseguiram comprar umas duas latas de cerveja (meio caras) de um vendedor ambulante, o mais velho – como se retomando o tema – completou: "Em 70, contra a Inglaterra, a luz acabou pouco antes do gol do Brasil, e estávamos indo de carro pra casa de minha avó, com o rádio do carro ligado, quando 'Tostão dribla três, toca pra Pelé, que toca pra Jair que fuzila', uns foguetes espocando em BH e o carro passando em frente ao velho estádio do Atlético Mineiro na Avenida Olegário Maciel, onde no passeio um mendigo sem pernas se arrasta, levanta o braço direito e dá um soco no ar como Pelé...".

Quando chega um rapaz dizendo pra outros dois amigos que uma boa imagem voltou ao telão da praça do Congresso, os quatro, que viam, ainda meio fosca e obliquamente, os melhores lances do primeiro tempo na televisãozinha do restaurante, sorriem felizes por poder assistir melhor o segundo tempo do jogo, e – terminados os "melhores momentos", após o "genro" propor: "vamo lá, então?" – se encaminham pra praça felizmente já não tão cheia, bebendo compartilhada e gozosamente duas *Heineken long neck* caríssimas que compraram de um ambulante, e lá confirmam que, enfim, a imagem no telão voltou ao normal. Agora era possível, enfim, ver relativamente de perto (e sem cabeças encobrindo) o telão desta praça que tinha voltado a se encher um pouquinho de gente (e ainda se encheria um pouco mais), mas já estava sem o seu primeiro aspecto de multidão. Logo no comecinho do segundo tempo, um frenesi, porém, percorreu meio magneticamente toda a massa de torcedores argentinos (com vários gritos e gemidos de luto se ouvindo ao lado e ao longe), quando Messi, achado livre e sem impedimento pela meia esquerda do ataque, mata bem a bola e chuta cruzado pra direita, vencendo o goleirão Neuer, mas errando por pouquíssimo o gol e a trave direita, em mais uma chance perdida (como a de Higuain no primeiro tempo) que poderia ter decidido o jogo e o coroado de um triunfo que, diferentemente de Pelé e Maradona, Messi (desolado, mas sem nenhum gesto exprimindo raiva, como aparece bem no *close* em seu rosto) ainda não ia conhecer. O mais velho, então, comenta meio obviamente pra mulher: "Os erros do adversário também podem ser decisivos."

Um outro casal de meia idade, que estava ao lado, ouve a frase em português e, então, ele pergunta (depois de afirmar em pergunta) pro mais velho dos quatro: "São brasileiros? De onde?" Começa, assim, uma conversa sobre o Cruzeiro bicampeão brasileiro ("e por que o Éverton Ribeiro ou o Ricardo Goulart não tiveram uma chance na seleção?") e sobre o Santos de Ganso e Neymar ("pois é, o time não aguentou o Barça na final do Mundial de Clubes..."), pois o outro casal era de Santos, abrindo espaço pro comentário meio óbvio sobre o grande Santos do começo dos anos 60 (Zito, Pelé, Coutinho e Pepe) e também o do fim destes anos precedendo a Copa de 70 (Carlos Alberto, Clodoaldo, Pelé e Edu), enquanto o jogo seguia sem grandes lances perigosos, como se fosse apenas um jogo qualquer (a noite começando a cair devagar, assim como a euforia renovável do álcool, mas não havendo ali como deixar de ver, mesmo um pouco sonolentos, a obrigatória sequência do jogo), servindo de fundo pra uma conversa animada sobre futebol, que iria quase inevitavelmente recair sobre o grande fiasco do Brasil contra a Alemanha (o fatídico 1 x 7 no Mineirão na semifinal) e suas possíveis razões (a falta de boa armação de jogo e de um toque de bola preciso no meio-campo, assim como a de habilidade e força no ataque, com a única exceção de Neymar e, na defesa, da zaga central, afetada justamente nessa partida decisiva pela ausência do Thiago Silva...).

Essa multiplicidade de passes trocados e tentados sem êxito, divididas e chegadas fortes do meio de campo e da defesa (onde o deixar jogar e um erro poderiam ser fatais), mas nenhuma finalização verdadeiramente perigosa depois da de Messi logo no comecinho do segundo tempo, traduzia bem um equilíbrio difícil e nervoso entre os dois times (apenas aparentemente vazio de eventos, como o suor e o cansaço dos jogadores revelava a um olhar um pouco mais atento), em que, no entanto, a Alemanha parecia conseguir tocar melhor a bola e construir mais jogadas ofensivas, sobretudo pela direita com Lahm e Özil, como aquela em que este último consegue ir à linha de fundo e cruza pra trás – Schürrle deixando passar a bola – pro chute rasteiro de Kroos pra fora do gol à direita; ou, já mais no finalzinho, quando o mesmo Özil, driblando pra dentro, passa no meio pra Schürrle, que passa na esquerda pra Müller, que, porém, cruza mal e o lateral direito argentino corta. Os técnicos tentam, então também, as suas últimas cartadas no ataque: Sabella tira Lavezzi e coloca Palacios, e depois tira Higuain e coloca Agueros; enquanto Low tira Klose (o maior artilheiro alemão nas Copas) e coloca Götze. Mas chega o fim da uma hora e meia regulamentar, o casal de meia-idade de Santos já tendo ido embora de repente ("vamos ver a prorrogação com uns amigos em uma outra praça aqui perto"), e – no breve intervalo antes da prorrogação – subitamente um grupo de jovens argentinos meio com jeito de "barra brava" (um deles com a camisa do *Boca Juniors*), passando uma garrafa de gim de mão em mão (alguns deles com correntes e sinistros tacos de beisebol), os rodeia (os quatro brasileiros protagonistas desta história) e canta pulando: "Y ya lo ve, y ya lo ve, el que no salta es ingles" (em referência atravessada à Guerra das Malvinas e ao gol de mão de Maradona saltando contra o goleiro da Inglaterra na Copa de 86), num movimento que – nacionalista e xenofobicamente – contagia todos os "hinchas" fanáticos que estão próximos do telão, como se o título consagrador de campeão estivesse cada vez mais próximo, levando os quatro brasileiros a também cantar e pular junto com eles (como signo de identificação à causa nacional argentina), ainda que não disfarçando de todo serem brasileiros, já que alguns destes jovens "hinchas" cantam ameaçadoramente o estribilho xenófobo substituindo o final: "Y ya lo ve, y ya lo ve, el que no salta es brasileño", e um mais agressivo grita: "El culo de los brasileños!" (o mais velho se imaginando, então, junto com o "genro" massacrados a socos por estes torcedores, enquanto a filha e a mulher sofreriam agressões sexuais), mas quando os quatro conseguem, enfim, se afastar da roda (recuando um pouco pra esquerda), felizmente os "hinchas" os deixam ir sem persegui-los (mesmo que ainda gritem "Argentina!", "Campeón del mundo!", "Carajo!"), pois o primeiro tempo da prorrogação já começou.

Enquanto, de novo aliviados, os quatro comentam entre si: "Meu Deus, que loucura!", "Mas acho que era só pra assustar...", "Sei não...", decidindo ficar nesta praça pra não perder nenhum momento da prorrogação, Schürrle já chegava, numa jogada de fundo à esquerda com Götze, perigosamente diante de Romero, chutando forte, mas muito em cima do goleiro, que rebate em cima de Özli, que chuta em cima de um zagueiro que vem pra cortar. Pouco depois, os quatro de olho no telão, primeiro Palacios recebe uma bola boa no fundo mais à esquerda e, meio sem ângulo, chuta forte cruzado, mas muito aberto e sem real perigo pra Neuer; e, quase na imediata sequência (ou será uma mera arredondada da memória?), o mesmo Palacios recebe da esquerda um passe alto de Rojo (que cobre o último zagueiro alemão) e, já dentro da grande área, mata bem a bola, mas com um toque um pouco forte demais, e, frente a frente ao goleirão Neuer, que fecha o ângulo com rapidez, ele tenta encobri-lo (e não chutar forte rasteiro, o que poderia ter resultado em gol), mas a bola alta demais e meio sem força sai à esquerda, sem grande perigo pra Alemanha.[3] O mais velho comenta, então, bem baixinho pro "genro", repetindo um velho e conhecido ditado do futebol: "Quem não faz, leva" (ou, ainda explicitando melhor, "ganha quem consegue aproveitar melhor as chances..."). Quando acabou o primeiro tempo da prorrogação (com troca de campo e quase imediato começo do segundo tempo), a esperança argentina ainda era grande (alguns jovens "hinchas" mais fanáticos ainda gritando e pulando confiantes e enlouquecidos), mas a expectativa meio incerta do que estava por vir (com um certo medo de uma imprevisível disputa por pênaltis) também se fazia sentir em mais ou menos longos momentos de silêncio e apreensão.

E quando os dois times pareciam não arriscar muito (trocando bola no meio, ou mesmo atrás, com cuidado pra não errar), Schürrle – decisivo em mais de uma jogada de perigo (desde que substituiu Kramer no primeiro tempo de jogo normal) – trocou bola com Kroos no meio mais à esquerda e partiu pro fundo rapidamente, Götze avançando pra dentro da grande área, e – pouco antes de o zagueiro chegar dividindo – cruzou na medida pra Götze matar a bola quase dentro da pequena área mais à esquerda e desviar com precisão de Romero (que já chegava junto) tocando forte e de primeira (sem deixar a bola picar) no cantinho direito (cena decisiva que já era agora e seria ainda

3 Enquanto a imagem em *close* de Palacios, no VT em *slow motion* do lance, deixa ver uma expressão facial de desolamento e uma bem fina trancinha descendo de uma cabeça raspada, o mais velho lembra (como um maligno sinal negativo pra Argentina) da trancinha do compenetrado zen-budista Baggio, o craque italiano, batendo pra fora o último pênalti, que dá a vitória ao Brasil, na disputa de pênaltis (após um 0 x 0 no tempo normal e na prorrogação) na final entre Brasil e Itália na Copa de 1994.

repetida à exaustão – como os três gols perdidos pela Argentina – em todos os tipos de tela nos dois ou três dias seguintes). Visto o silêncio sepulcral da torcida 'bonaerense', o mais velho esperou uns dois minutos antes de dizer bem baixinho pro "genro": "que golaço!" (e, num trocadilho bilíngue infame, "que goce de Dios!"), e este, por sua vez, ainda mais baixinho: "acho que vai dar Alemanha, não tem mais jeito pra Argentina", o que – apesar de algumas tentativas desesperadas e pouco efetivas dos jogadores argentinos – acabou se confirmando uns dez minutos depois.

Estranhamente, quando o jogo acabou, parte da torcida continuava a gritar: "Argentina!" e muitos foguetes ainda estouravam, como se o time não tivesse perdido (ou fosse uma espécie de "campeão moral", como disse com pouca felicidade o finado Cláudio Coutinho do time brasileiro 3° lugar invicto na Copa de 78 nessa mesma Argentina), o que não era de todo desconhecido pros que já tinham visto muitas partidas de times argentinos na Libertadores em que a torcida continuava a cantar loucamente, mesmo com o time perdendo (como diria um motorista de táxi em BH: "os argentinos são marrentos!"), ainda que agora (pra ampliar a ambiguidade deste honroso e digno desastre) muitos chorassem desolados, outros gritassem com raiva "carajo!", "mierda!", "tenes que ser campeón!", e outros ainda quebrassem garrafas ou chutassem carros estacionados (prenunciando os quebra-quebras mais violentos no centrão, que os quatro felizmente só veriam nos telejornais no dia seguinte). Enquanto os quatro – evitando, atentos, grupos mais agressivos – caminhavam junto com muitos torcedores argentinos em uma grande avenida fechada, já procurando um improvável táxi ali àquela hora, o mais velho disse baixinho pra sua mulher: "parece uma grande procissão de enterro...". Os quatro veriam ainda – um pouco antes de achar um milagroso táxi que (conseguindo driblar com habilidade e paciência aquela "muvuca") os levaria de volta sãos e salvos ao bairro de Belgrano – um restaurante alemão meio em festa e já sendo hostilizado com pedradas por torcedores argentinos, quando chegam uns três carros de polícia com sirenes ligadas, de onde saltam correndo vários policiais armados pra fazer um cordão de isolamento e dissolver o ajuntamento de gente. Pra onde quer que os quatro olhassem, a sujeira (múltiplos dejetos industriais abandonados e algum fétido excremento líquido humano) na rua era enorme, parecendo figurar involuntariamente a amarga e inútil tristeza de uma grande festa nacional enfim malograda.[4]

4 Os quatro tinham ouvido há pouco um jovem argentino embandeirado, um "hincha" paradoxal com um sorriso irônico e melancólico, cantar parte de uma canção muito usada pela torcida argentina nas duas últimas Copas: "Vamos Argentina!/ **no falles todo esto**,/ quiero volver a ver/ banderas colgadas/ y el obelisco colmado;/ hasta las manos/ quiero que dejen/ el alma y el corazón./ Y vamos Argentina!/ **tenes que ser campeón**/ y vamos Argentina!/ te quiero ver campeón."

3

Estranhamente, a sorte algo bizarra de encontrar no centrão, na rua Hipólito Yrigoyen 1390, num dia de festa nacional e urbana como aquele, o (reputado por ser bom e barato) restaurante peruano Chan Chan ainda aberto àquela hora (quase duas da tarde; soubemos depois que eles fechariam às três da tarde, uma hora antes da partida) e não muito cheio (quando, durante dias úteis e fins de semana, ele costumava lotar fácil, até mesmo criando filas no passeio do lado de fora), esta sorte nos pareceu sorridente, e tendo nos assentado os quatro em duas mesas justapostas meio cerradamente junto à primeira parede à direita de quem está entrando (parede cuja cena pintada descreverei logo adiante), depois de uma consulta rápida ao cardápio, enquanto já bebíamos uma *Heineken* e um pouco de água mineral (dois *piscos sour* também já tendo sido pedidos), decidimos pedir, para todos quatro experimentarem irmãmente, um prato maior frio como entrada (o "ceviche degustación", além de um "maiz y salsitas" só pra tira-gostinho) e dois pratos quentes (um "guidado de cordero con arroz y frijoles" e um "ajiaco conejo").

O que agora tentarei descrever brevemente (nossa transformação anímica jubilosa, quando chegou o "ceviche degustación" e o "maiz y salsitas") é algo que dificilmente apenas as imagens dos pratos ou daqueles que os estão comendo (como no cinema ou na internet) poderia sugerir, mesmo que a consulta a um pequeno acervo de fotos tiradas por um celular (e logo postadas, como então aconteceu) seja útil, pois esta é uma transformação que ocorre por meio de dois sentidos, o paladar e a olfação, que estão excluídos de uma representação visual (ou visual-sonora). Obviamente, o que as imagens (que podem, sim, ativar uma memória destas outras duas dimensões sensoriais conjugadas) deixam escapar, em seu registro apenas visual do momento primeiro de apresentação, é a paulatina destruição dos pratos que vão sendo comidos aos poucos e transubstanciados – milagre de uma obra de arte (culinária) efemeríssima que não dura nem um quarto de dia... – em um corpo que se torna também uma alma viva e feliz.

O "ceviche", cuja "degustación" supõe uma boa dose de variedade, era um bem alimentar e leve peixe ou camarão crus, ou polvo e lula semi-cozidos, ou mexilhões e ostras cozidos e resfriados, com um molho à base de limão, cebola e coentro, cortados em pedaços mais ou menos pequenos (e sem espinhas) pra serem apreendidos por dois pauzinhos (os *hachis*), que, assim como o uso cuidadoso do cru e do semi-cozido, e de um molho mais ácido pra fazer o contraponto, lembravam a cozinha e os modos de mesa japoneses. Assim como o gosto do cru de carnes frescas de peixes como o atum e o salmão (ou de camarão) ou semi-cozidas como a do polvo (mas aqui os filezinhos eram de peixe branco, e ainda havia camarão e os semi-cozidos polvo e lula, e os cozidos e resfriados mexilhões em suas conchas, em um montinho todo multicolorido e banhado pela luminosidade meio amarelada do molho) que será banhado no molho acre de raiz forte (*wasabi*) com molho de soja, despertando o desejo de um bom gole de cerveja gelada, a perfeita combinação dessa carne crua bem cortada e temperada (alimentício tira-gosto), aqui ainda com o suporte carbo-hidrático básico de "milhões" (milhos com grandes bagos) deliciosos ("quem quer ser milionário?") e de batatas doces não tão doces e bem maciinhas, com a cervejinha (que aqui tinha de ser *Heineken*, por causa do contrato com a *Coca Cola*) que descia gostosa e ia potenciando o deleite da degustação em ondas de prazer e felicidade gustativos (e olfativos) que se exprimiam às vezes por gemidos ou pequenos sussurros de "Hum..." ou frases curtas genéricas e banais como "Que bom!", "Que delícia!" ou mesmo (abaixando um pouco a voz) "Puta que o pariu, bom demais...", e que, depois de já terem comido um bocado, em um primeiro momento de satisfação ("*I can get some... satisfaction*!", diferentemente dos *Rolling Stones*), os leva a relembrar rapidamente (pai, mãe e filha, mas não o "namorado") algumas cenas também felizes (reverberando longe na alma/corpo a sensação gostosa de irrefutável bem-estar, mas também com um básico e estranho sei lá o quê? e uma difusa angústia diante do desconhecido imediato e pós num futuro certeiro de velho doente e depois cadáver...) de restaurantes peruanos em Lima.

No que foi se tornando aos poucos, pela delícia gustativa e o relaxamento do corpo/alma, uma espécie de quase suspensão ou lentificação (*ralentissage*) do tempo, pequeno oásis em meio ao imperativo barulhento da festa urbana e nacional (e à ansiosa expectativa pelo começo da partida final da Copa de 2014), com a potenciação repentina e inesperada do mero estar presente no mundo: "o melhor da festa é esperar" (como apenas retrospectivamente reconheceriam), o pequeno barco ébrio da memória, como se numa aventura marítima, ia compondo com flashes urbanos abruptos de Lima um *collage* de prazeres gustativos (ainda que diferenciados nos três que compartilharam da experiência) que iam desde o mais refinado restaurante (já no mar, avistável das janelas) *La Rosa Nautica* – onde eles comeram ostras maravilhosas, assim como um "ceviche" variado (de que se lembram vagamente conter também carne de caranguejo) com um bom vinho branco chileno, até começarem felizes a contemplar as ondas e acompanhar o voo das gaivotas, como se um pequeno sol (figurável em várias das peças circulares em ouro que haviam visto numa espécie de *Museu do Ouro*) de súbita e meio tola felicidade estivesse começando a irradiar desde dentro deles –, até o primeiro restaurante mais barato e perto do hotel no bairro burguês de Miraflores (que estava servindo umas espécies de PFS bonitos e cheirosos, com peixes e até frutos do mar ou carne de cordeiro), onde eles, no primeiro almoço depois da chegada, provaram um delicioso "ceviche" (acompanhado de não muita cerveja) e uns bagões de milho tostado deliciosos, como se o paraíso pudesse estar no primeiro boteco ou restaurante popular de esquina, mas isso em meio a um calor às vezes abafado (souberam que em Lima simples e espantosamente não chove, donde a também espantosa ausência de telhados) e só mitigado por um bom ar-condicionado, um trânsito meio maluco com muitas motos e pequenos ônibus populares cheios com um trocador vociferando na porta os preços baratos, inúmeros pequenos cassinos eletrônicos e outros tipos de loteria, mendigos, tomadores de conta de carros, catadores de papel e uma fauna meio *lumpen* em pleno bairro burguês, anúncio previsível de periferias pobres e de uma grande disparidade social que lembrava a do Brasil, e que está muito bem retratada em alguns contos urbanos precisos e comoventes de Juan Ramón Ribeyro (como, por exemplo, "Los gallinazos sin plumas") que só conheceriam mais tarde, mas também algumas boas livrarias e mesmo uma bizarra feira de bons sebos (nas quais ele se lembrava de ter comprado uma boa edição de bolso do *Poema de Mio Cid* e também um livro de contos do Bolaño: *El gaucho insufrible*, e um outro de ensaios: *Entre paréntesis*), ou a biblioteca (que só puderam ver de longe) da mais antiga Universidade latino-americana, ou a melhor livraria do aeroporto (onde ele achou e adquiriu uma edição do então recente livro de Mario Vargas Llosas sobre Onetti: *El viaje a la ficción*, que o fez então pensar na ficção desta sua viagem), ou, por mera associação, uns *out-doors* meio tristes de celebração do então recentíssimo Prêmio Nobel, glória nacional peruana, Mario Vargas Llosas, ou, ainda mais prosaicamente, a leitura absorta no quarto de hotel de um então recente romance policial de Patrícia Melo (*Ladrão de cadáveres*) no centro-oeste brasileiro (Corumbá e o pantanal mato-grossense), envolvendo o agronegócio e o tráfico de drogas (é difícil lembrar a trama – *Google*! *Google*! – depois de tanto tempo: agora apenas um pequeno condensado aleatório de informações[5], pois o mais verossímil é que a memória falhe o mais das vezes, e nossa trama principal, já ia me esquecendo, é outra).

5 "O *thriller* policial se desenvolve em Corumbá, na região do Pantanal mato-grossense. A trama é iniciada pelo acaso. O protagonista testemunha a queda de um avião no rio Paraguai. Dentro da cabine, percebe que o piloto está morto. Ao lado do corpo, uma misteriosa mochila com um pacote de cocaína é localizada." (Resenha brevíssima na *Folha de São Paulo*). Em um curioso e involuntário eco com a cidade de Lima, eis o que diz a própria autora sobre a cidade onde ocorre a história: "Eu inventei uma Corumbá." "Aquele calor da cidade..." "Corumbá é conhecida como cidade branca, por conta do calcário, que deixa a cidade muito iluminada." "Tem uma coisa assim do reflexo também daquela coisa branca, é tudo meio chapado de luz, meio sem nuances..." (Pequeno *collage* de citações de uma Patrícia Melo oral, apresentando o livro em 2010, entrevistada por Afonso Borges, no evento-programa belo-horizontino *Sempre um papo*). A primeira e curta frase do livro (muito própria também pra descrição de certos momentos de excessivo calor em Lima) – "Chafurdamos no calor." – o captou imediatamente.

Essa difusa, mas crescente, sensação de bem-estar os deixou paradoxalmente mais contemplativos e à vontade pra conversar, depois de (acionada a mola etílica da fala) arrolados rapidamente os assuntos mais comuns então como os governos (complacentes com a Copa e a mafiosa FIFA) de Cristina Kirchner e de Dilma, o preço das mercadorias em comparação com o salário mínimo em Buenos Aires, as chances de um bom trabalho ali hoje, pra ir logo desgringolando pra cinema (o argentino ou latino-americano, sobretudo) e séries de TV ("Acabaram de ver *Breaking Bad*?" "E aí, o que acharam do final?" "Sobre o final da *Família Soprano* nós já conversamos outra vez..."), e – ainda mais espantosamente – pra literatura ("Já leu *Formas breves* do Ricardo Piglia?" "E os ensaios de *Temas lentos* de Alan Pauls?" "Nem dou notícia..." "Já ouviu falar de um tal de Lamborghini? "Parece nome de carro..."), até chegar, enfim, depois de um ligeiro e produtivo silêncio ("um anjo passou..."), àquilo que simplesmente tinham diante dos olhos: um (apesar do atendimento bem afável) estranhíssimo ambiente facilmente caracterizável – mesmo se reconhecendo um tom ou halo religioso – como *kitsch* ou brega: cores fortes nas paredes, ladrilhitos policrômicos e meio caleidoscópicos, velinhas acesas, Cristinhos e santinhos e Nossas Senhoras mais ou menos grandes, e – pra arrematar com uma possível imersão narrativa imaginária – imensas pinturas nas paredes representando cenas rurais idílicas.

A chegada triunfal do "guidado de cordero con arroz y frijoles" e do "ajiaco conejo", com as carnes de cordeiro e de coelho bem macias, saborosas e bem temperadas (e o contraponto de um arroz soltinho e básico, como o japonês, e de um feijão branco lembrando o de *cassoulets*), assim como o incremento extático de um pisco puro e de uma última (ou penúltima) cerveja, levou-os, no entanto, não ao rigor de uma aborrecida crítica fenomenológica do "brega" peruano, mas a um súbito e acolhedor bom humor que não teve vergonha de se manifestar primeiro, jubilosa e baixamente, por meio de trocadilhos veramente infames (do mais velho) como "Esta comida é do peru!" ou "Qual o povo mais sodomita do planeta? Peru-ânus." Ainda rindo como um idiota e enxugando pequenas lágrimas no rosto, ele (o mais velho) lembrou, dizendo aos outros três comensais, dos restaurantezinhos chineses do 13° bairro (*arrondissement*) de Paris, onde era possível sempre avistar um Buda gordo e sorridente (antípoda de um Cristo magro e sangrando na cruz), como se a sinalizar que a divinização do homem só poderia ser alcançada por meio de boa comida e de leves risadas.

E, transfigurado por um irônico sorriso, ele (o mais velho) se diz em plena *viagem*, lembrando do estranho efeito do haxixe, segundo Baudelaire e Michaux, de dar vida viva a imagens pintadas ou fotografadas, como se as cenas rurais idílicas pintadas nas paredes estivessem sinalizando algo a ele sobre a vida viva e louca daqueles animais pretensamente inocentes, este algo intrigante e absurdo que mobilizou então um comentário analógico dele, interpretando a cena pintada do galo, da galinha (todo orgulhosos e preocupados com sua prole) e dos três pintinhos (um dos quais ele diz –deformando-o pelo efeito tardio, potenciado pelo pisco puro e os *sours* já bebidos, de uma *cannabis* fumada esta manhã – ser muito menor do que os outros dois e, portanto, o filhinho deles) como se fosse a representação da família ali na mesa: o casal de pais (o galo e a galinha), a filha e o namorado (os dois pintinhos maiores) e o possível filho deles (o pintinho menor), em uma breve alucinação do desejo dos avós (enquanto sua mulher ria meio sem graça, a filha mais velha fazia cara de nojo, e seu namorado olhava pro lado). Na cena animal idílica pintada na parede à esquerda, ele pôde ver depois um casal de coelhos (animal que figura bem a capacidade de procriar) com um outro casal de coelhinhos, representando aqui os filhotes, que (caso macho e fêmea) poderiam logo logo, na espantosa ausência do interdito do incesto entre irmãos, estar, por sua vez, procriando os seus filhotinhos, como se tudo não passasse de um grande e único jogo da natureza, pois eles pareciam brincar despreocupados e felizes.

Mas não muito depois os quatro teriam que pagar a conta e sair, pois às três da tarde o restaurante ia fechar e eles teriam também de procurar, neste centrão já cheio de gente, um lugar pra assistir essa tão esperada final da Copa do Mundo de 2014: duas horas, ao menos, de tempo coagulado (um estranho "porto seguro" da mera espectação) e sem escoamento possível da angústia em alguma ação.

2

Já um pouco atrasados, pois era quase uma hora da tarde, combinamos (por mensagens e não por telefone) de nos encontrar em frente à estação de metrô "Congreso-Tucumán" em Belgrano (não muito longe do apart-hotel onde eu e minha mulher estávamos, dando pra ir a pé; nem do apartamento alugado em que moravam minha filha mais velha e meu "genro"), própria por sua posição a nos encaminhar, sem muita demora, pro centrão de Buenos Aires, perto de onde almoçaríamos (o restaurante peruano Chan Chan) e da sala de cinema (pra cinéfilos) onde tentaríamos ver a final da Copa de 2014. Vestimos, todos os quatro, como havíamos combinado ontem (ao vermos juntos, no nosso quarto no apart-hotel, o último fiasco do Brasil, a derrota por 3 x 0 contra a Holanda, na disputa pelo 3° lugar), sóbrias combinações de azul (não necessariamente celeste) e branco, pra não sermos identificados facilmente como brasileiros, mas a ida da Argentina pra final (mesmo nos pênaltis contra esta mesma Holanda) e esta última derrota do Brasil apenas confirmavam inusitadamente a pertinência e justeza da provocativa canção estribilho "Brasil, decime qué se siente", já de algum modo comprovada pela vexante goleada de 7 x 1 sofrida contra a Alemanha em pleno Mineirão. Mas não foi fácil (mesmo já tendo os *tickets* de metrô) chegarmos à plataforma (pois a estação estava lotada e a massa humana descia lentamente) e encontrarmos um trem que, mesmo cheio, nos coubesse os quatro. Na plataforma o clima já era de euforia, com uma maioria de torcedores ("inchas") com a camisa tradicional da seleção da Argentina, listrada verticalmente de azul-celeste e branco, e apenas uns poucos com o segundo uniforme todo em azul (provavelmente aquele com que a Argentina jogaria hoje com a Alemanha) ou com uniformes de grandes e tradicionais times "bonaerenses" como o *Boca Juniors* ou o *River Plate*; e ainda muitas bandeiras nacionais (listradas horizontalmente de azul claro e branco, e com mais um solzinho radiante no canto esquerdo acima), pequenas buzinas estridentes que zoavam intermitentes (rimou, paciência...), e cantorias isoladas do desagradável hino popular "Brasil, decime qué se siente" e gritos de "Argentina!" "Campeón!".

Mas quando, enfim, apertando muito os que estavam junto da porta, conseguimos (dois numa porta, e dois na seguinte) entrar num mesmo vagão já bastante lotado de torcedores vestidos com camisas da seleção Argentina ou portando bandeiras do país e cheios de esperança (ou quase certeza) de serem hoje campeões mundiais, pudemos perceber algumas variações no que poderia ser chamado genericamente de "fantasias" de Argentina: máscaras meio caricaturais de Maradona, Messi e do Papa Francisco; camisetas (*T-Shirts*) com imagens de outros ídolos passados do futebol argentino como Mario Kempes, Passarella, Caniggia, Menotti etc., ou com ídolos argentinos incontestes como Fangio ou Carlos Gardel; tatuagens com caras de Maradona e mensagens de amor ao raçudo futebol argentino ou ainda combinando Perón e Maradona (algumas parecendo ser repertório da nova religião "Maradona"); listras de azul-celeste e branco pintadas no rosto; unhas longas (sobretudo de mulheres) pintadas de azul-celeste e branco ou alternadamente de azul-celeste e branco; cabelos (e até mesmo cabelos do sovaco) pintados variadamente de azul-celeste e branco; cartolas listradas de azul-celeste e branco; jalecos de gala pseudo-oficiais da Seleção argentina de futebol; bizarras línguas de trapo também listradas na horizontal de azul-celeste e branco; serpentinas alternadas saindo de carreteis azul-claro ou branco; uma meia azul-celeste e a outra branca; sapatos listrados de azul-celeste e branco, ou um do par, inteiramente azul-celeste, e o outro, inteiramente branco; calças também listradas de azul-celeste e branco tanto na vertical quanto na horizontal. Aquilo me lembrou, por seu aspecto carnavalesco de grande festa urbana e sua vibração fenomenal (algo felliniana), a entrada num carro de metrô levando ao Sambódromo, no Rio, inúmeros fantasiados que iriam desfilar ainda aquela noite em uma escola de samba do grupo principal, mas a grande diferença – apesar de um semelhante clima de ufanismo nacional – era a enorme multiplicidade de tipos de fantasia e de cores (segundo variadas histórias contadas pelos sambas-enredo e pelos carros alegóricos), enquanto aqui e agora, em Buenos Aires no dia da final da Copa de 2014, tudo, em sua superficial variedade, apontava para uma unidade nacional exclusiva (em sua arrogante pretensão à superioridade) e xenófoba.

Mas muito mais forte (em sua unidade de massa) do que o espetáculo visual foi o espetáculo sonoro (que se tornou também performance) de uma só canção cantada por todos torcedores: o hino extra-oficial da Seleção argentina de futebol nesta Copa de 2014, "Brasil, decime qué se siente", cantado, no fim da semifinal contra a Holanda, até pelos jogadores da Argentina no campo, junto com a torcida, e que agora – cúmulo da euforia nacionalista – até mesmo o condutor deste trem de metrô cantava ao microfone, entre buzinadas alegres e sem função. Ouvia pela enésima vez desde que chegara a Buenos Aires dois dias atrás, mas agora com uma força toda especial, a canção que dizia (com a melodia de "Bad Moon Rising" do grupo *Creedence Clearwater Revival*): "Brasil, decime qué se siente/ Tener en casa tu papá/ Te juro que aunque pasen los años/ Nunca nos vamos a olvidar/ Que el Diego te gambeteó / Que Cani te vacunó/ Estás llorando desde Italia hasta hoy/ A Messi lo vas a ver/ La Copa nos va a traer/ Maradona es más grande que Pelé."[6] Apesar de muito estúpida em sua agressiva provocação fanfarrã, pra não sermos os únicos quatro a não cantarem no vagão, revelando assim o não sermos argentinos e talvez brasileiros (que eram exatamente os achincalhados por essa letra), tivemos que cantar (sorrindo meio amarelo) essa letra inteirinha, eu e minha mulher em um volume sensivelmente mais baixo, pra não despertar suspeitas pela pronúncia portuñola.

Como eu já tinha, àquelas alturas, feito alguma pesquisa fácil na *web* (por meio do onipresente *Google*) sobre a história daquela canção que tinha se tornado um fenômeno mundial (e mais especialmente latino-americano), esbocei mentalmente, enquanto cantava como um triste palhaço acuado, uma vingança (naquele momento, puramente imaginária, mas que

6 Uma tradução mais ou menos literal e direta soaria assim: "Brasil, me diz o que se sente/ em ter em casa teu papai;/ te juro, ainda que passem os anos,/ nunca vamos nos esquecer/ que Diego te fintou,/ que Caniggia te dominou,/ que estás chorando desde a Itália até hoje./ Messi tu vais ver/ a Copa nos trazer./ Maradona é maior que Pelé." Apesar do conjunto da letra ser totalmente inverossímil (sobretudo levando-se em conta as duas Copas, posteriores à de 90: 94 e 2002, ganhas pelo Brasil, além do estranho vice em 98 contra a França), eu não conseguia parar de ver mentalmente o gol de Caniggia (depois de dois dribles e um passe preciso de Maradona avançando rápido desde o meio de campo), que dribla com classe o goleiro brasileiro e arremata para o gol vazio, saindo depois sorridente e balançando sua cabeleira loira como a de um surfista, em uma cena traumática vista ao vivo e pela primeira vez numa pequena televisão na casa de um primo chegado, que era então meu vizinho.

ganharia depois precisão formal e informativa) que se apoiava simples e irrefutavelmente – com mais ou menos 50% de chance pra cada time – na imprevisibilidade básica de todo jogo de futebol de dois times tecnicamente não muito desiguais (a Argentina, afinal, não tendo feito uma grande campanha, com vitórias difíceis com uma diferença nunca maior do que a de um gol, e, na semifinal, com um empate em tempo normal e na prorrogação contra uma Holanda derrotada apenas nos pênaltis). Começando pelo fim (num formato estranho e temporalmente invertido, que poderia servir pra uma narrativa maior), seria preciso dizer que essa letra (de uma melodia então já largamente utilizada) foi criada, pouco antes da Copa, por oito advogados e administradores de empresas (sem nenhuma experiência em poesia ou música), sob a liderança de Ignacio Harraca, simplesmente pra se divertirem (ou – quem sabe? – se tornarem afortunadamente famosos), gozando a cara dos brasileiros, mas tudo – mesmo contando com um mínimo de estratégia em levarem 400 panfletos com a letra impressa pra primeira reunião da torcida argentina no Rio, em Copacabana, um dia antes da estreia contra a Bósnia – não passou de uma extrema sorte viral no *Twitter* que anunciava esta primeira reunião da "hinchada" argentina no Brasil, pois quando eles chegaram lá, havia uma multidãozinha já conhecendo mais ou menos a música e querendo cantá-la, o que foi facilitado pela insistência deles (como coristas empenhados) em a repetirem pra essa multidãozinha cantar até aprendê-la. Também significativo, em sua singeleza involuntariamente reveladora, é o fato de que a primeira versão dessa letra tenha ocorrido a Ignacio Harraca (segundo um depoimento seu) durante um tradicional e cotidiano momento de relaxamento corpóreo e de não tensão de uma deliberada procura (ou de um "trabalho"): um banho de chuveiro (também eventualmente fecundo em achados narrativos, como as piadas e os micro-contos, e verbais, como os trocadilhos), quando a água parece amolecer gostosamente a "cabeça" e torná-la mais maleável e aberta à recepção de boas e novas ideias verbais.[7] Era irônico e bem um sinal dos tempos que alguém, sem nenhuma leitura ou experiência literária (como, por exemplo, os fictícios poetas de vanguarda e líderes da "barra brava" do *Boca Juniors*, "os fabulosos irmãos Schiaffino" de *La literatura nazi en América* de Bolaño), acedesse, por simplesmente pressentir inteligentemente um possível

7 Um exemplo possível desse tipo de exercício descompromissado – onde o trabalho do "espírito" pode ocorrer tão fácil e rápido quanto a água do chuveiro correndo pra baixo, em uma milagrosa geração espontânea a partir do mero prazer e bem-estar "corporal" – nos é dado por Michel Leiris em uma anotação de *Frêle bruit* (p. 118) na qual ele tenta pensar e descrever o uso e o sentido de duas expressões muito correntes na língua francesa: "*n'est-ce pas?*", "*não é isso?*" ("breve cochicho cúmplice chamando o outro a reconhecer, mesmo sem murmurar um sim, que justamente é isso"), e "*pour ainsi dire*", "*por assim dizer*" ("que quer dizer que a coisa assim dita não o é inteiramente, que há uma certa margem entre o que é dito e o que se queria dizer, e que o outro – para entender bem – deve levar em conta essa margem"). A conclusão desta larga nota em prosa situa assim, bem humoradamente, a gênese destas breves reflexões linguísticas: "Isso eu ruminei, em parte, no banho geralmente muito quente em que cada manhã tenho o costume de desempenhar o papel do sibarita, deixando meu espírito flutuar e ir embora na pesca das ideias, ou pesca das palavras aptas a formular uma ideia que não é, por assim dizer, senão uma sombra mas, feitas todas as contas, valia bem, não é?, o trabalho gasto para *grosso modo* lhe dar corpo." O banho não é apresentado por Leiris como um programa (não muito demorado) visando a um certo rendimento de ideias, nem como uma simples (porque periodicamente necessária e muito verossimilmente cotidiana) operação higiênica, mas como um prazer refinado (em que a água quente amolece gostosamente o corpo) de um sibarita que então deixa o espírito flutuar, como a água, e sai depois à pesca das ideias ou das palavras aptas a formular uma ideia.

clima favorável de recepção pela massa, a uma fama de bem mais do que quinze minutos, como se sorteado com inesperada e imerecida felicidade na inescrutável e 'borgeana' "loteria babilônica" (ou "babilotrônica") do *Twitter*.

Assim como na primeira reunião da "hinchada" argentina no Rio e na transmissão viral eletrônica da canção, o procedimento era fundamentado em uma velha lei de eficácia na tradição oral: a repetição exaustiva de uma fórmula fácil de guardar. O fato é que o uso da melodia de "Bad Moon Rising" não era nenhuma novidade para as várias "hinchadas" de grandes clubes de futebol argentino (em cada caso com uma letra diferente servindo aos objetivos particulares de insulto da torcida daquele clube) desde 2011, sendo que agora são inúmeros os clubes (mesmo brasileiros) que têm sua própria versão. Os primeiros torcedores a fazerem uma paródia foram os do *San Lorenzo de Almagro*, em outubro de 2011. "Vengo del barrio de Boedo,/ barrio de murga y carnaval,/ te juro que en los malos momentos,/ siempre te voy a acompañar", diz o seu começo. À época, o efeito desejado deu resultado e virou símbolo da campanha em que a equipe se salvou do temido rebaixamento. "Cantamos pela primeira vez em uma partida em que fomos derrotados por 1 a 0 pelo Arsenal, no Torneio Apertura. O time estava mal, a ponto de sofrer risco de rebaixamento, e a canção foi feita para empurrar a equipe", conta Marcelo Culotta, chefe de imprensa da subcomissão de torcidas do clube. Mas a versão feita por Ignacio Harraca pra apoiar a seleção na Copa do Mundo é baseada na letra feita pela torcida do *Boca Juniors* pra provocar o rebaixamento do rival *River Plate*, também em 2011, em uma paródia em que aparece pela primeira vez a expressão "Decime qué se siente".

Quando o *River* voltou à primeira divisão em 2012, a torcida do *Boca* ("la 12") já cantava uma nova versão: "River, decime qué se siente/ haber jugado el nacional/ te juro que aunque pasen los años/ nunca nos vamos a olvidar/ que te fuiste a la B/ quemaste el Monumental/ esa mancha no se borra nunca más". A torcida do *River*, por sua vez, criou para a do *Boca* sua própria versão, que cita, com um tom sarcástico e xenófobo, torneios de verão menores: "Bostero decime qué se siente,/ ser de Bolivia y Paraguay;/ corriste por todo Mar del Plata,/ con River vos no te la aguantas;/ la mentira se acabó y la 12 acopló,/ esa hinchada que una tarde abandonó;/ en las malas te borras,/ trapos negros vos colgás,/ sos amigo de toda la Federal". E, enfim, como seria de se esperar, também a torcida organizada do kirchnerismo, "La Cámpora", elaborou sua versão política (com forte marca sentimentalóide peronista: "corazón-Perón") que exalta, em tom militar, a presidenta Cristina Kirchner: "Vengo bancando este proyecto,/ Proyecto nacional y popular;/ Te juro que en los malos momentos/ Los pibes siempre vamos a estar,/ Porque Néstor no se fue,/ lo llevo en el corazón/ con la jefa los soldados de Perón".

Mas a grande ironia do variado uso paródico, por torcidas de times de futebol argentinos, da canção "Bad Moon Rising" (do velho grupo de "rock country" *Creedence Clearwater Revival*) era precisamente o total esquecimento da letra original, que, diferentemente das novas e alegres versões, descrevia em tom sombrio e apocalíptico a chegada do dia final deste mundo terrestre (em uma aparente contradição com o tom alegre da melodia, contradição bem própria à acidez crítica da contracultura, mas insuportável ou incompreensível para a mídia atual). "Bad Moon Rising" foi composta pelo vocalista John Fogerty para

Green River, o terceiro álbum de estúdio do *Creedence Clearwater Revival*. O *track* de dois minutos e 21 segundos começou como *single* em abril de 1969, quatro meses antes do lançamento do disco, e chegou ao segundo lugar do ranking da *Billboard*. Em uma entrevista pra revista *Rolling Stone*, Fogerty revelou qual tinha sido sua musa inspiradora para a letra. "Foi um filme chamado *The Devil and Daniel Webster*, especialmente a cena em que um furacão arrasa um povo. Esta canção trata do fim do mundo", explicou ele no número 649 da revista. Uma tradução mais ou menos literal dos trechos principais da letra (que tem obviamente um estribilho que se repete) soaria assim: "Vejo uma lua aziaga nascendo,/ vejo perturbação no caminho,/ vejo terremotos e relâmpagos,/ vejo um tempo ruim hoje.// Não passeie esta noite,/ isso há de tirar tua vida,/ há uma lua aziaga nascendo.// Ouço o sopro de furacões,/ sei que o fim está logo chegando./ Temo os rios em cheia,/ ouço a voz da cólera e da ruína.// Não passeie esta noite,/ isso há de tirar tua vida,/ há uma lua aziaga nascendo.// Espero que você pegue tuas coisas,/ e que esteja preparado pra morrer./ (...)."[8]

Ora, o que de forma embrionária eu intuía ali (cantando de novo, contra vontade e meio enojado, "Brasil, decime qué se

8 "I see a bad moon rising./ I see trouble on the way./ I see earthquakes and lightnin'./ I see bad times today./// Don't go around tonight,/ Well it's bound to take your life,/ There's a bad moon on the rise./// I hear hurricanes a blowing./ I know the end is coming soon./ I fear rivers over flowing./ I hear the voice of rage and ruin./// Well don't go around tonight,/ Well it's bound to take your life,/ There's a bad moon on the rise./// Hope you got your things together./ Hope you are quite prepared to die./ Looks like we're in for nasty weather./ One eye is taken for an eye./// Well don't go around tonight,/ Well it's bound to take your life,/ There's a bad moon on the rise./// Don't go around tonight,/ Well it's bound to take your life,/ There's a bad moon on the rise."

siente"), a partir da letra original de "Bad Moon Rising" (que eu já conhecia mais ou menos), era não exatamente terremotos, furacões e o fim do mundo – ainda que um metrô inundado por água devido a um *tsunami*, nesta cidade plana e portuária, e fazendo este trem se tornar uma espécie de submarino subterrâneo à deriva, fosse uma bizarra delícia de horror *science fiction* –, mas simplesmente um fim desastroso (ou, ao menos, não vitorioso, como esperado por todos em Buenos Aires) pra Seleção argentina nesta final da Copa do Mundo de 2014. Imaginei, então, num inconfessável delírio vingativo, uma inversão de costumes carnavalesca – como a de Heródoto contando sobre povos bárbaros que lutuosamente choram os nascimentos e festejam alegremente as mortes – em que todos estariam cantando alegre e freneticamente (numa espécie de prévia procissão fúnebre) o triste fim da Argentina nesta Copa.

1

Anoto, agora – em programa Word, no meu lap-top já meio velhinho, sob a rubrica 12/07/2014, em uma pasta de arquivos com o nome "Diários", que guarda o que eu chamo eufemisticamente de "canteiro de obras" (pois jamais sei previamente se me servirá pra algo um dia) –, uma breve narração de alguns eventos deste dia meio banal (de turismo) em Buenos Aires: a véspera da tão esperada final da Copa do Mundo de 2014. Insone e bebendo uma última cervejinha, estou só, assentado no chão e encostado numa parede do banheiro com o lap-top no colo (ligado numa tomada perto da pia), pra poder ter iluminação normal, já que minha mulher já está dormindo neste nosso quarto único (mesmo se amplo e com uma subdivisão de minicopa e cozinha) neste apart-hotel[9] em Belgrano, bairro onde mora atualmente minha filha mais velha e meu "genro" (num apartamento minúsculo que dificilmente poderia abrigar mais duas pessoas por mais dias). Viemos visitá-los pra aproveitar uma boa chance de passagens por milhagem (indicada por esta filha sempre antenada que insistiu: "venham, antes que a gente vá embora!") e por ser desta vez aquilo que vai, durante cinco dias, nos fazer sair da rotina de trabalho acadêmico (sempre atrasado), mesmo em período oficial de férias, e da manutenção básica do nosso ap. em BH, além dos compromissos familiares.

Apesar do luxo que é poder viajar pra fora (desta vez com um dinheirinho extra e não declarável que consegui, dando

9 Anoto aqui, a partir de um cartão de apresentação (que estava em cima do *frigo-bar*), seu nome e suas coordenadas: "**Urbanica Suites** – Calle Montañeses 2599, Buenos Aires, Argentina. Telefone: +54 11 4787-3003".

uma mão firme pra um amigo finalizar o roteiro de um filme), costumo ficar meio sem graça e sem ideias pra simplesmente passar o tempo conhecendo novos lugares ("que merecem ser vistos"), e confesso que, com raras exceções, nada substitui o meu prazer diário de estar lendo um bom texto moderno de ficção (ou ensaio) em prosa. Mas gosto muito também de cinema, e esta não deixa de ser uma chance de aprender algo (sobre o novo cinema argentino, por exemplo) com os dois jovens cineastas que são minha filha mais velha (vivendo de assistências em produções, legendagens e outros bicos, enquanto sai à caça dos editais de financiamento) e meu "genro" (trabalhando agora – e muito mal pago – na programação da Disney pra televisão sul-americana). Vimos ontem à noite, eu e minha mulher, um pouco dos telejornais locais, apenas pra ouvir o castelhano portenho e ter alguma notícia política do país, pois o leque (aqui meio restrito) de canais de TV a cabo dá sempre a triste impressão de uma mesma e globalizada ciranda de programas, filmes e séries. Durante o dia de ontem, além da primeira batida de reconhecimento do bairro, estivemos em alguns sebos do centrão, onde tive a felicidade de achar (por preços e em edições razoáveis) alguma coisa de literatura argentina que eu nunca tinha lido, como a tradução do polonês para o espanhol (coordenada por Virgilio Piñera) de *Ferdyduke* de Witold Gombrowisck, a reportagem-denúncia "*Operación Masacre*" de Rodolfo Walsh, o grande ensaio memorialístico *El río sin orillas* de Juan José Saer, e o primeiro volume das *Novelas y cuentos* de Osvaldo

Lamborghini (editado por César Aira).[10] Era este último livro que estava lendo ontem, maravilhado com a ousadia transgressiva do imaginário e da escrita, neste mesmo banheiro. Mais precisamente, o conto "Sobregondi retrocede", que – mesmo depois de Sade, Bataille ou Burroughs – conseguiu me dar o hoje em dia insólito prazer e tremor de ser chocado por algo.

Mas já ia quase me esquecendo do dia 12 de julho de 2014 (risco de quem começa a se lembrar, pois nenhum dia está de todo isolado dos dias anteriores e dos que estão por vir). Como tínhamos (eu e minha mulher) que voltar em tempo ao apart-hotel pra fazer uma compra de supermercado pra receber o jovem casal pra vermos juntos ("pra-pra-pra", a série ininterrupta da finalidade...) o último jogo do Brasil nesta Copa, fomos – depois de um café da manhã no apart-hotel no limite do prazo (15 pras 10, assistindo a um imperioso telejornal da manhã) – de táxi pro *MALBA* (Museu de Arte Latino-americana de Buenos Aires). Como hoje ainda (isso pode mudar...) os preços de táxi em Buenos Aires são relativamente baratos pra nós, uma das maiores delícias de um "passeio sem rumo" (*flanêrie*) na cidade é aquele automobilístico nas grandes avenidas (*boulevards*) que a atravessam (bordeando grandes e aprazíveis parques), e que permite contemplar inúmeras cenas rápidas da cidade (o mais intrigante sendo, pela rapidez e inevitável descontextualização, a sua constitutiva fragmentação e

10 Como meio de informação mais sintético sobre a literatura argentina contemporânea pós-Borges/Bioy Casares/Arlt/Cortázar, viera lendo no avião – depois de passear meus entediados olhos por uma revista de propagandas da indústria do turismo – o inteligente ensaio "Derivas de la pesada" (em *Entre paréntesis*) de Bolaño, assim como alguma coisa que está no livro *Formas breves* e outras no *Crítica y ficción* de Ricardo Piglia.

incognoscibilidade) e apreender vagamente uma noção urbanístico-arquitetural desta, que curiosamente lembra a da Paris pós-hausmanniana, cidade referência no Ocidente do fim do século XIX ao fim da primeira metade do XX.

Coincidentemente, uma grande retrospectiva de obras de arte cinética ("Parc Lumière" 1958-1968) de Julio Le Parc, artista argentino de vanguarda radicado desde 1958 em Paris, estava sendo aberta hoje (o vernissage seria à noite) no *MALBA*. Foi muito divertido acompanhar ou experimentar as várias situações em que estruturas geométricas em movimento produzem um efeito de luz (às vezes, em conjunção com o som) também em movimento, criando fortes sensações básicas de forma e luz (ou forma de luz) sem nenhuma figuração humana ou conteúdo dramático. Algumas esculturas com múltiplas peças de acrílico de uma só cor (o amarelo, por exemplo) presas por fios finíssimos no ar, que balançavam um pouco alterando a forma do conjunto, lembravam algo da obra de Soto (por exemplo, a que foi exposta na entrada do Beaubourg em Paris no meio dos anos 1990), assim como as instalações com produção de luz em movimento (em ambientes escuros) lembravam, pelo efeito plástico-formal, algo da obra mais tardia de Lygia Pape (por exemplo, a grande instalação em sala escura "Ttéia", ainda que não explicitamente cinética, que está em Inhotim), sugerindo, no quadro de uma nobre linhagem da arte experimental contemporânea, uma rara e feliz conjunção entre inteligência formal e jogo (ou rigor e brincadeira), que convoca lúdica e mentalmente os sentidos da visão e da audição (e um pensamento sobre esses sentidos) do espectador ou experimentador. O mais surpreendente, porém, foi – depois de fruído com calma e prazer o conjunto da exposição

– avistar ao fundo, junto a um balcão no 2° andar, um velhinho de terno e com gravata borboleta, com um boné cinza e uns olhinhos muito vívidos (acompanhado por uma senhora que parecia entrevistá-lo com um celular) sendo fotografado por uma enorme câmera operada por um japonês, levando-nos a suspeitar e depois a confirmar (por comparação com as fotos, dele mais jovem, vistas na exposição) que era o próprio Julio Le Parc, que, basicamente sóbrio, às vezes sorria de satisfação (não como o Brasil derrotado hoje pela Holanda, ou talvez a Argentina amanhã pela Alemanha) pelo ameno triunfo de um tardio e inesperado reconhecimento de sua obra em sua própria terra.

A sequência, que poderia ser descrita rapidamente, ainda contou com uma breve passagem pela livraria do Museu (e a compra de um catálogo da exposição de presente pra minha mãe); a volta ao apart-hotel em Belgrano (novamente um luxuoso passeio de táxi, com inúmeras e enigmáticas micro-cenas urbanas a serem logo esquecidas, pelos grandes boulevards, avenidas e ruas de Buenos Aires); a ida a um restaurante "popular" (isto é: acessível também à baixa classe média) honesto na Avenida Cabildo, o *La Farina*, onde dividimos como almoço um bife à parmegiana bem servido; a ida a um supermercado também "popular" pra comprar umas cervejonas Stella Artois e um vinho branco chileno, além de um suco, uma água mineral de um litro, uns queijos, uns presuntos e umas duas *baguettes* francesas, pra receber o jovem casal e vermos o fatídico Brasil x Holanda; um banho rápido e a leitura do conto "Neibis (maneras de fumar en el salón literário)" de O. Lamborghini; todo o jogo visto com eles, bebendo cerveja ou vinho branco, e conversando primeiro sobre o desastre do Brasil nesta Copa (enquanto mais um último estava acontecendo: *aos 2 minutos, Robben ganha de Thiago Silva e é derrubado fora da área, porém o árbitro marca pênalti; Van Persie bate forte e faz 1 x 0*), os 7 x 1 vexamosos pra Alemanha em pleno Mineirão,[11] os erros básicos do Felipão: falta de um bom meio de campo e de um bom ataque, com a exceção de Neymar (*e logo aos 17, De Guzmán recebe na direita e cruza para a área, David Luiz corta mal e Daley Blind mata bem e manda para as redes de Júlio César*), o engodo de vencer a Copa América contra a Espanha (última campeã mundial), a campanha meio mais ou menos da Argentina e a irregularidade de Messi e, enfim, as chances da Argentina amanhã contra a Alemanha (*aos 45 do segundo tempo, Wijnaldum completa bem o cruzamento rasteiro certeiro de Van Persie e sacramenta a vergonha brasileira*), o jovem casal com alguma confiança na vitória ("eles não vão deixar escapar esta!") e nós, o casal mais velho, meio reticentes ("sei não, a Alemanha mostrou mais time ao longo da Copa e tem um toque de bola melhor...").

11 Recitei, então, pro meu "genro", que também gosta de boa poesia, um soneto bem acabado e exemplar ("7 x 1 [Fausto *encontra* Macunaíma]") do poeta belo-horizontino Marcelo Dolabela, colhido num e-mail recebido um dia depois do desastre (com o título "ressaca 7 x 1"): "**O sol se tornou um inerte defunto/ de um triste escombro que não mais assombra;/ a peste infectou a própria sombra,/ e o coveiro foi sepultado junto./// Falsa era a moeda no olho do morto,/ o barqueiro afundou a embarcação;/ quem esperava incendiou o porto/ e seguiu só em peregrinação./// E o deserto rachou em sangue e lavra;/ no breu, ninguém disse qualquer palavra; e o abismo riu e mostrou sua chaga./// Aqui, nós, salvadores de nós mesmos,/ sozinhos, andamos e ouvimos a esmo:/ *A Felicidade também é praga.*" Um outro poeta, Jair Fonseca, sugeriu, num e-mail em resposta, a seguinte (e também eficaz) variante pro último verso: "***A Felicidade também estraga.***"

Mas o fato corriqueiro que mais marcou o dia pra mim foi o brevíssimo diálogo que aconteceu, em uma vendinha de artigos básicos (próxima ao apart-hotel), aonde fui, já umas oito e meia da noite, comprar um novo isqueiro (pois o combustível do meu biczinho brasileiro acabara, e eu poderia ainda ter alguma vontade de fumar), com um velhinho que estava no caixa, conversando com um outro velho senhor que estava do outro lado do balcão. Agora que olho o isqueirinho comprado, com uma curva intencional do lado esquerdo, uma boquilha de metal onde no alto está gravado o nome da marca ("Macao") com um foguinho em cima do primeiro "a", e, abaixo da boquilha e do acendedor, uma larga estampinha em *dégradé* (do amarelo passando pro rosa até chegar embaixo a um roxo claro) com várias bolhinhas de diferente tamanho (as maiores mais raras) como de gás em refrigerante ou água com gás, e onde embaixo há um selinho prateado com o logo circular, em que no meio figuram as letras maiúsculas "IRAM" e na borda interna junto à linha perimetral circular o sintagma "Sello Conformidad Norma", me espanto um pouco com esta forma e imagem um pouco bregas (e levemente absurdas), que não compreendo muito bem, e temo a partir de amanhã – como se enfeitiçado por um "zahir" (cf. Borges) – não conseguir mais pensar em outra coisa. Enquanto objeto com uma história de aquisição e uso, ele me fará sempre (enquanto o conserve como signo material deste sonho que se torna, com o passar do tempo, a existência já passada) lembrar do diálogo trivial em que o velhinho começou me saudando (pela indicação numérica nos dedos das duas mãos) com os 7 x 1 da Alemanha (eu fazendo cara de nojo e tristeza), e depois me disse alegre e confiante: "Mañana Argentina es campeón, pibe!", e eu retruquei em portunhol com uma velha e conhecida máxima do futebol (e, quem sabe?, da própria vida): "Nadie puede saber... Es imprevisible... Todo puede acontecer hasta el apito final del juez."

Prólogo

Não deixa de ser curioso que eu tenha retomado só agora, na segunda quinzena de janeiro de 2016, depois de uma ida ao meu cabelereiro-barbeiro do bairro (onde são comuns as narrativas orais sobre os grandes temas do momento), um projeto esboçado, pela primeira vez, no fim de agosto de 2014, quando, neste mesmo cabelereiro-barbeiro (que tem quase sempre alguma aventura amorosa picante pra contar), li rapidamente – instalado num gostoso sofá (e tendo abandonado um livro "cabeça", talvez um Saer ou um Macedonio Fernández, que levara inutilmente comigo), enquanto esperava que ele acabasse de cortar o cabelo de outro cliente – uma crônica de João Pedro Jorge, "Decíme que se siente" (anunciada no índice como "É preciso ser macho!"), com fotos de Rocío Aleda, na edição especial de aniversário de 39 anos da revista *Playboy* (de agosto de 2014), que contava, em estilo coloquial e direto, o que tinha acontecido com ele no dia 13 de julho de 2014 em Buenos Aires, dia da final da Copa do Mundo de 2014 (Argentina x Alemanha), quando foi temerariamente pra rua, vestido com a camisa da Seleção Brasileira de Futebol (como se precisasse inventar uma espécie de performance, pra ter mais o que contar...). Eu que, por coincidência, estivera também neste mesmo dia nas ruas de Buenos Aires, imaginei, então, rapidamente, pra dar um paradoxal destaque ao excelente almoço no restaurante peruano Chan Chan uma hora e meia antes da partida de futebol ("o melhor da festa é esperar..."), o experimento de uma narrativa em ordem cronológica invertida.

No entanto, o mais curioso foi esse assunto ter surgido (já que ele generosamente tinha me emprestado, por tempo indeterminado, o número de agosto de 2014) porque, ao perguntar pela última revista *Playboy*, ele me disse, pegando a revista de dezembro de 2015: "Você sabe que esta é a última mesmo? A *Playboy* brasileira acabou." E emendou, em seguida, dizendo que a *Playboy* americana (por meio do lendário Hugh Hefner) já havia anunciado, em outubro de 2015, que deixaria de publicar nus frontais femininos por causa da concorrência desleal dos *sites* de pornografia, enquanto a Abril só anunciou em novembro do mesmo ano que pararia de publicar a versão brasileira. Como soube depois, consultando o onipresente *Google*, apesar de a maioria aplicar também à versão brasileira[12] as razões de Hugh Hefner pra sua decisão quanto à *Playboy* americana, o fotógrafo J. L. Duran, responsável pela grande maioria das fotos de famosas atrizes brasileiras peladas, disse (revelando algo de importante sobre o mercado editorial brasileiro) que "o que ferrou a revista não foi a internet, mas, sim, outras publicações, como a *Caras*, que abriram o mercado das famosas e oferecem cachês sem a necessidade de mostrar nudez. Antigamente, uma celebridade queria comprar um apartamento e saía na *Playboy*. Quando começaram a entrar em anúncios e em revistas como a *Caras*, em que lucravam sem se despir, a revista perdeu espaço."

12 A *Playboy* está no Brasil há 40 anos. Sua primeira edição foi publicada em agosto de 1975, ainda com o nome *A Revista do Homem*, e não continha nudez. Só em julho de 1978 a publicação passou a adotar o nome *Playboy*, com um ensaio da atriz norte-americana Debra Jo Fondren, originalmente publicado nos Estados Unidos.

Betty Faria, que inaugurou, em agosto de 1978, a era dos ensaios nus das grandes estrelas da TV brasileira, lembra, sem nenhuma culpa (e como se com inconfessável nostalgia de ter sido um dia objeto do desejo de tantos homens brasileiros): "Foram fotos lindas, chiques, bem-produzidas. No primeiro ensaio, não tinha noção se estava ou não quebrando paradigmas. O que sempre fui e sou até hoje é contra a caretice." Mas, em um sóbrio e bem-humorado contraponto, diz: "São novos tempos. A revista hoje em dia, às vésperas de 2016, não faz mais sentido. Agora tem tudo na internet. Era uma revista bonita, com conteúdo ótimo, boas entrevistas, mas ninguém comprava por isso, né?" Enquanto Claudia Ohana, famosa pela repercussão que geraram seus pelos pubianos quando posou pela primeira vez, foi mais explícita e menos envergonhada em relação à perda: "A *Playboy* é um clássico no Brasil. Os homens brasileiros vão ficar muito tristes, eu acho. E as revistas antigas agora vão valer uma nota, né? Tudo *vintage*." Mas o mais engraçado, sem dúvida, foi um texto não assinado ("Leitores da Playboy propõem 'masturbaço' contra o fim da revista no Brasil") do blog *Sensacionalista: isento de verdade*, em que se podem ler as seguintes pérolas cômicas: "Deixando na mão uma legião de fãs, o anúncio do encerramento da circulação da *Playboy* causou comoção entre um grupo de assinantes que está organizando uma manifestação contra o fim da revista. 'Estamos convocando um 'masturbaço' pela internet, queremos todos prestando as últimas homenagens a quem nos deu tantas alegrias', declarou um fã da revista." E finalizando: "O governo federal também se manifestou contra o fim da *Playboy* e decretou que as bandeiras oficiais façam homenagens a meio pau."

Mas se, com a vertiginosamente célere passagem do tempo, a realização do projeto de experimento narrativo formulado em agosto de 2014 ganhava já agora, no começo de 2016 (quando muitos detalhes deste dia 13/07/2014 começavam a cair na noite voraz do esquecimento), um inconfundível sentido memorialístico de resgate, a súbita desaparição da *Playboy* brasileira (que, com uma crônica, motivara banalmente este projeto) parecia ampliar em eco a rápida mudança do mundo e a necessária desaparição de seres e entes que um dia o compuseram tão firme e solidamente que pareciam fazer parte do que se chama "realidade", causando uma inconsolável sensação de perda. Sergio Pitol, em um ensaio memorialístico ("La herida del tempo") do livro *El arte de la fuga* (de 1994), antes de fazer um breve memorial de uma pequena e boa livraria em Roma que ele tinha frequentado havia trinta e cinco anos e que no então agora já tinha desaparecido (como se nunca houvesse existido)[13], diz: "A partir de uma certa idade toda modificação que alguém descobre no seu ambiente adquire um caráter de ofensa, de mutilação pessoal." Para dar uma ideia do quanto certas mudanças "externas" banais podem se converter "em um inesperado *memento mori*, um anúncio de nossa futura e inevitável morte", ele cita, ao começar seu ensaio, o conhecido começo do conto "O Aleph" de Borges: "Na candente manhã de fevereiro em que Beatriz Viterbo

13 "Ao passar em frente à livraria, encontrei-a fechada; mais do que isso, inexistente. Tinham desaparecido as vitrines de ambos os lados da porta que mostravam dia e noite as últimas novidades editoriais. O rótulo com o nome da livraria tinha desaparecido. Senti a ferida do tempo, sua malignidade, com uma intensidade terrível. Aquela desaparição era um modo de castigar a imensa felicidade do jovem que um dia apareceu por ali, cheirou um pouco as estantes e saiu pra rua com *Orlando furioso, Il compagno* e *Tra le donne* debaixo do braço."

morreu, depois de uma imperiosa agonia que não se rebaixou um só instante nem ao sentimentalismo nem ao medo, observei que os painéis de ferro da praça Constitución tinham renovado não sei que anúncios de cigarros; o fato me desgostou, pois compreendi que o incessante e vasto universo já se afastava dela e que essa mudança era a primeira de uma série infinita." Pois bem, o súbito desaparecimento da *Playboy* brasileira tinha detonado em mim um efeito como o da mudança dos anúncios de cigarro (na praça Constitución) para o narrador do conto "El Aleph".

Mas voltemos, antes que me esqueça, àquilo que me levou a citar o número de agosto de 2014 da *Playboy*. Minha primeira ideia (que nada tinha de original) quanto à crônica do dia (ou da tarde e começo da noite) da final da Copa de 2014 em Buenos Aires, já que estivera lá e testemunhara, como o cronista da *Playboy* (J. P. Jorge), esse grande evento urbano, foi a de fazer um experimento simples de tentar contar quatro grandes momentos (incluindo um resumo da véspera, que seria cronologicamente o primeiro dos quatro) desse dia, cada qual internamente na esperável ordem temporal sucessiva dos micro-eventos (do passado ao presente, do presente ao futuro, sem possibilidade de retorno, senão pela memória, que já é sempre um outro e fugidio presente), mas dispostos, como conjunto, em uma ordem cronologicamente invertida: começar a narrativa pelo fim (o jogo e o que antecede o jogo no domingo 13/07/2014) e terminar pelo começo (a véspera, o sábado 12/07/2014).

O problema lógico maior de uma tal série temporal invertida é que os blocos temporais que a compõem, para serem minimamente inteligíveis, são internamente sucessivos (e não como uma cena de filme, recurso cômico comum no cinema mudo, literalmente em ordem cronológica invertida), tal como pode-se ver na versão fílmica *d'O curioso caso de Benjamin Button* (personagem que "desenvelhece" em um tempo que é, todo ele, sucessivo), baseada em um conto de Scott Fitzgerald. Mas também a divisão ou corte do imperceptível *continuum* do tempo em grandes ou pequenos momentos sucessivos (como se fotogramas compondo cenas) era uma arbitrariedade básica que – como a ordem interna sucessiva dos quatro grandes momentos (ou blocos) temporais – tornava a narração possível. Talvez fosse a própria natureza sucessiva da linguagem, ao formular frases pela justaposição e arranjo lógico de elementos (nomes e verbos) em sucessão, o que impedisse, em última instância (e sob o risco de uma total ininteligibilidade), a representação discursiva de um tempo literalmente invertido. Por exemplo, o difícil aprendizado da leitura de palavras e frases em ordem inversa ("**asrevni medro me sesarf e sarvalap arutiel ad odazidnerpa licífid o**") continuaria a pressupor, para uma mínima inteligibilidade, uma rápida identificação das palavras e sua disposição na ordem sucessiva tradicional.

Mas, como disse, a ideia nada tinha de original, ainda que sua realização como experimento narrativo pudesse revelar algumas surpresas. Talvez mais interessado (como um artista conceitual) na ideia de um experimento do que na sua penosa realização, Borges a tinha (de algum modo) sugerido sob a forma concisa de uma resenha do segundo romance, *April March* (*Abril Março* e não *Marcha de Abril*), do fictício Herbert Quain, no conto "O exame da obra de Herbert Quain". Segundo o narrador deste conto de Borges ("ele mesmo?"), o próprio Quain no prólogo evoca "aquele inverso mundo de Bradley, no qual a morte precede o nascimento e a cicatriz à ferida e a ferida ao golpe (*Appearence and Reality*, 1897, página 215)."[14] No entanto, o "Borges" narrador precisa: "Os mundos que propõe *April March* não são regressivos; mas sim a maneira de historiá-los. Regressiva e ramificada, como já disse. Treze capítulos integram a obra. O primeiro relata o ambíguo diálogo de alguns desconhecidos numa estação. O segundo conta os acontecimentos da véspera do primeiro. O terceiro, também retrógrado, conta os acontecimentos de *outra* possível véspera do primeiro; o quarto, os de outra. Cada uma dessas três vésperas (que rigorosamente se excluem) ramifica-se em outras três vésperas, de índole muito diversa. A obra total compõe-se, pois, de nove romances; cada romance, de três longos capítulos. (O primeiro é comum a todos eles, naturalmente.)"

Como se pode facilmente perceber, a ordem interna sucessiva de cada capítulo está explicitamente formulada ("Os mundos que propõe *April March* não são regressivos") e parece também pressuposta no vago argumento do primeiro capítulo ("o ambíguo diálogo de alguns desconhecidos numa estação"), assim como o seria também na narração de cada véspera possível. A grande diferença em relação à minha proposta mais simples de experimento narrativo (com a inversão temporal

14 Borges, exatamente aqui, começa assim o texto da única nota de pé de página desse ensaio ficcional (ou conto): "Ai da erudição de Herbert Quain, ai da página 215 de um livro de 1897. Um interlocutor do *Político*, de Platão, já havia descrito regressão semelhante: a dos Filhos da Terra ou Autóctones que, submetidos ao influxo de uma rotação inversa do cosmos, passaram da velhice à maturidade, da maturidade à infância, da infância ao desaparecimento e ao nada. Também Teopompo, em sua *Filípica*, fala de certas frutas boreais que originam em quem as come o mesmo processo retrógrado...".

da ordem maior da narração) é a figuração de passados possíveis (e multiplicáveis em progressão geométrica) para um único presente ou momento do tempo (o primeiro a ser narrado, mas o último cronologicamente), pois no meu experimento não haveria ramificação de vésperas ou de momentos passados possíveis (obsessão borgiana presente também, mas de forma mais vertiginosa, no conto "Os jardins das veredas que se bifurcam"), mas – em consonância com o que o futebol nos ensina – apenas, em cada caso, um único e acontecido momento ou bloco temporal, necessariamente advindo do momento ou bloco anterior, configurando um encadeamento em que, apesar da possibilidade no presente de o futuro tomar outra forma, no passado (que, quando acontecido, não pode mais ser de outra forma) já se deixam ver alguns signos do que está para (ou do que, então, pode vir a) acontecer.

Mas havia também uma sensível diferença numérica: enquanto na proposta de H. Quain em *Abril Março*, se escolhido o mesmo número de momentos temporais em ordem regressiva: 4 (mas ampliados pra mais 4 x 4 x 4 possibilidades de possíveis momentos passados), seria 64 o número de possibilidades de histórias diferentes (ou de romances) com apenas o 1° capítulo comum a todos, tornando pouco factível e meio absurda a sua realização; no meu caso, com um só e necessário passado de cada momento temporal, a ordem regressiva também era única e sem ramificações (de outras vésperas possíveis): 4, 3, 2, 1. Eis, desde já, um resumo possível desta narração em que os números estão em ordem invertida de aparição: 4) os problemas da partida final da Copa vista na praça do Congresso, no centrão de Buenos Aires; 3) o almoço meio rápido, mas divino, no restaurante peruano

Chan Chan (já meio vazio e fechando), seguido da descoberta de que a sala de cinema, em que iam passar o jogo numa grande tela, já estava lotada; 2) a conturbada (pra brasileiros) ida de metrô de Belgrano até o centrão de Buenos Aires; 1) a descrição do dia da véspera da final Argentina x Alemanha, com a compra de cervejonas Stella Artois num supermercado de bairro pra ver no quarto do apart-hotel, com o jovem casal "bonaerense", a disputa do 3° lugar desta Copa (mais um fiasco): Holanda 3 x 0 Brasil.

Mas como – diferentemente do preguiçoso "Borges" narrador resenhista – eu já realizara, com algum cuidado, a narração desses quatro grandes momentos ou blocos temporais da final da Copa de 2014 em Buenos Aires (o decisivo e árduo trabalho do cronista), eu poderia propor agora concretamente para o leitor, bastando que ele tivesse o recurso do "recortar e colar" de um programa de edição de textos como o *Word*, o experimento de compor não só as duas primeiras presumíveis ordens: a sucessiva direta (do começo ao fim), "1, 2, 3, 4" (pressuposta), e a inversa (do fim ao começo), "4, 3, 2, 1" (testada no experimento), mas também as 22 outras ordens possíveis, ou seja: um conjunto de 24 possibilidades de combinação (4 x 3 x 2 x 1), ou o fatorial de 4, com algumas possíveis surpresas em arranjos menos lineares.

Como esta passa a ser uma obra interativa (ainda que os blocos temporais não devam ser modificados internamente e o número de possibilidades seja limitado), não quero forçar o leitor a escolher previamente nem a ordem regressiva direta (esta que aparecerá primeiro neste experimento), nem outras possibilidades de combinação ou arranjo que me pareceram mais felizes formalmente (como, por exemplo, a "3, 1, 2, 4" ou a "1, 3, 4, 2"), por darem prioridade àqueles dois blocos temporais que constituem os momentos de maior prazer e deleite (o "3" e o "1") e deixarem para o fim os outros dois blocos que constituem momentos preferencialmente de angústia e algum sofrimento (o "4" e o "2"), evitando a estrutura gasta (ainda que pela mera disposição dos elementos) de um *happy end*. Confesso, no entanto, que, depois de várias tentativas, comecei a me afeiçoar de novo à simples ordem regressiva direta, a "4, 3, 2, 1", pois nela o momento 3 (o melhor) contrabalança o 4 (o pior), assim como o 1 (também bom) o faz com o 2 (também ruim), puxando discretamente a atenção pro 3 e pro 1 (como se eles fossem paradoxalmente o verdadeiro centro ou finalidade de tudo, ainda que cronologicamente véspera), numa alternância simétrica (e em *dégradé*) entre o ruim e o bom, em que o pior antecede o melhor, confirmando duas vezes o padrão formal genérico de um *happy end*, que cronologicamente, todavia, é apenas (em cada um dos dois casos) o começo ou a véspera do que já foi narrado, mas aconteceu depois. Também aos meus quatro blocos temporais (ou capítulos de uma grande crônica) numerados de 4 a 1 em ordem temporal invertida se aplica o que o "Borges" narrador diz dos blocos temporais (ou capítulos) do romance *Abril Março* de H. Quain: "Quem os lê em ordem cronológica (...) perde o sabor peculiar do estranho livro."

Mas, mesmo como um experimento narrativo com a ordem ou disposição dos elementos temporais de um grande evento já acontecido, o material constitutivo dos quatro momentos, tendo sido colhido primeiramente em uma experiência direta, ativava milagrosamente, no momento mesmo da escrita, todo um conjunto de detalhes e conexões que, de outro modo, teria permanecido soterrado. Não só o *Google* e o *Youtube* (na pesquisa de fácil acesso), mas também a própria escrita (em sua mobilização mais lenta da memória), pareciam funcionar como ressuscitadores mágicos de uma experiência um dia vivida diretamente como um ainda não de todo definido presente. E, ao relatar com alguma atenção apenas um dia (e, resumidamente, sua véspera), pelo fato de esse dia estar conectado com toda uma experiência de vida anterior, a impressão perturbadora que às vezes eu tinha era semelhante à de Tolstói dizendo que o projeto de narrar com precisão o acontecido em um dia (como em um hiper-microscópico diário) tornou-se tão difícil em sua realização, devido à pletora monstruosa de detalhes, que ele acabou desistindo, por perceber afinal que o empreendimento era impossível. Aos cinquenta e poucos anos, eu começava a sentir concretamente a verdade de algumas frases terríveis que na juventude tinham me parecido apenas belas, como o primeiro verso do poema "Spleen" de Baudelaire: "J'ai plus de souvenirs que si j'avais mille ans." ("Tenho mais lembranças do que se eu tivesse mil anos.") ou a frase, que resume um transbordamento de memória, do personagem Funes (o memorioso) do conto homônimo de Borges: "Minha memória, senhor, é como um despejadouro de lixos."[15]

Eu acrescentaria ainda que – tendo sido também inversa no tempo a ordem da escrita destes quatro momentos – como,

15 O narrador desse conto de Borges ("Funes, o memorioso") diz o seguinte do protagonista, esclarecendo por meio de hipérboles o tipo de conexões que o trabalho da memória pode magicamente acionar: "Sabia as formas das nuvens austrais do amanhecer do trinta de abril de mil oitocentos e oitenta e dois e podia compará-las na lembrança aos veios de um livro encadernado em couro que vira somente uma vez e às linhas de espuma que um remo levantou no rio Negro na véspera da batalha de Quebracho. Essas lembranças não eram simples; cada imagem visual estava ligada às sensações musculares, térmicas, etc."

quando comecei a escrevê-los, já estava me sentindo muito distante do personagem protagonista no momento mesmo da experiência (afinal, quem era aquele sujeito?), acabei adotando o padrão de um inverossímil narrador externo (que não se explicita) e nomeei o personagem protagonista como "o mais velho"[16] (assim como a sua mulher de "a mais velha"), em oposição ao jovem casal formado por "minha filha mais velha" e "meu genro", evitando, de qualquer modo, os nomes próprios e a sempre fácil confusão com o gênero autobiográfico. Mas, depois da narração dos dois primeiros momentos, como fui me aproximando paulatinamente da experiência vivida, resolvi assumir a primeira pessoa e narrar como se estivesse diretamente testemunhando e pensando. Agora, enfim, paciente leitor, a narrativa ou crônica, em quatro momentos, deste grande evento urbano e outros menores.

16 Quando, em seu último livro de memórias (*El mago de Viena*), Sergio Pitol relata a sua primeira viagem a Havana em 1953, ele adota, dada a distância temporal e o estranhamento, a terceira pessoa pra descrever este jovem viajante (que, então, é "ele mesmo"): "É para mim quase impossível acreditar que aquele jovem fosse o ancião que com esforço recorda um capítulo tão distante de sua vida. É para mim mais fácil estabelecer uma distância para contar as suas façanhas em Havana: utilizarei a terceira pessoa, como se eu fosse outro." É curioso pensar que eu hoje (um senhor de meia idade, um pouco mais careca e desdentado), com a distância de apenas um ano e meio, já possa sentir algo de semelhante em relação àquele viajante que foi a Buenos Aires em julho de 2014.

Re(vi)vendo grandes jogos de futebol do passado

"Freund, es ist auch genug. Im Fall du mehr willst lesen,
so geh und werde selbst die Schrift und selbst das Wesen."

"Amigo, isso já é o bastante. Caso tu queiras algo mais ler,
então vá e torna-te tu próprio a escrita e tu próprio o ser."

—Angelus Silesius, *O peregrino querubínico* VI, 263

1

"La realidad trabaja en abierto misterio."

— Macedonio Fernández

Talvez só agora – depois de ter adormecido um pouco no sofá (quase babando e roncando de leve, segundo um discreto testemunho de minha mulher), vendo, num domingão à tarde pela Rede Globo, a famosa final da Copa de 1970, quando o inesquecível Brasil de Carlos Alberto, Clodoaldo, Gérson, Jairzinho, Tostão, Pelé e Rivelino venceu gloriosamente a Itália por 4 x 1 no estádio Azteca na cidade do México e se sagrou tricampeão do mundo, conquistando definitivamente a taça Jules Rimet – eu esteja me dando conta realmente, ao acordar um pouco sobressaltado, do quanto é estranho (como se estivesse continuando a sonhar acordado num pesadelo leve e tão absurdo quanto a chamada vida "normal") não mais poder assistir duas ou três vezes por semana – nem que seja um tempo apenas, ou pedaços de um tempo, ou (retrospectivamente, no fim de noite ou madrugada) os melhores momentos, ou somente os gols de – alguns jogos de futebol mais importantes dos campeonatos regionais brasileiros, do Brasileirão, da Copa do Brasil, e – filé dos filés – da Libertadores da América e da Liga dos Campeões da Europa (já que nunca fui viciado ao ponto de acompanhar os melhores campeonatos nacionais europeus como o espanhol e o inglês, coisa que, como alguns bons cronistas e técnicos de futebol, uns antigos companheiros meus de "pelada" [e bons bebedores de cerveja] semanalmente faziam, pra meu estarrecido espanto e às vezes, posso agora confessar, até mesmo também alguma pueril inveja...).

Curiosamente – estando talvez ainda muito perplexo e surpreendido pela novidade absolutamente inusitada (nunca vista em vida nos meus quase 60 anos) de uma supressão total e planetária dos jogos de futebol semanais ainda não acontecidos e presentes (com toda a sua deliciosa dimensão de desconhecido e abertura pra um futuro ainda não de todo definido, no qual o imprevisível acontecimento é soberano na hora mesma em que está se dando...) –, no domingo anterior à tarde eu tinha assistido com minha mulher, ligadão e sem cochilar um só instante, o primeiro tempo da fatídica final da Copa de 1998,[1] quando um time do Brasil meio confuso e distraído pelas convulsões

1 A primeira final de Copa do Mundo reprisada pela Rede Globo (obviamente com a presença da Seleção Brasileira) no horário vespertino nobre do domingo (mas começando às quatro e não às cinco da tarde) foi a da última Copa ganha pelo Brasil em 2002 (como se pra elevar um pouco o moral meio baixo do torcedor de futebol sem futebol ao vivo e correndo o risco de morrer nesta pandemia), Brasil 2 x 0 Alemanha, em Yokohama no Japão, com dois gols de Ronaldo "Fenômeno" em boas jogadas de Rivaldo (que acabei revendo num compacto no *YouTube* pra escrever esta nota), um jogo que, por causa do fuso horário, acontecera no Brasil de madrugada (lá já à noite), nos obrigando a esperar um pouco pra sair pra comemorar (com os amigos com que então eu ainda jogava uma pelada semanal de futebol de salão no Colégio Arnaldinum no Anchieta) num boteco no bairro Sion, logo no começo da manhã, bebendo cerveja e comendo churrasquinhos como um estranhíssimo café da manhã.

neste dia mesmo de Ronaldo "Fenômeno" iria levar de 3 a 0 da França em pleno "*stade de France*" em Paris, com dois golaços de cabeça de Zidane ainda no primeiro tempo, para o delírio da torcida francesa ali presente e a desconcertante decepção de alguns vários torcedores brasileiros também ali presentes em bem menor número, entre os quais – "acredite se quiser..." (como diria o saudoso Jack Palance) – este presente e inverossímil narrador ("eu"?) que dirige agora a palavra a ti, improvável leitor, e que estava atrás do gol defendido por Taffarel, numa posição mais baixa, naquilo que nos antigos estádios brasileiros (antes da nefasta, elitizante e excludente reforma comandada pela corrupta FIFA na também fatídica Copa do Mundo de 2014 no Brasil, "*hélas!*" com os vergonhosos 7 a 1 pra Alemanha em pleno Mineirão...) era chamado de "geral", com uma péssima visão do conjunto do campo, mas uma excelente e em *close-up* deste gol mais próximo, junto com o marido francês de uma amiga brasileira, que tinha trocado na última hora o seu ingresso sorteado por um carro usado (um bravo Peugeot 505, que levara nossa família duas vezes no verão europeu a Verona e Veneza), marido com o qual naquele então eu tentava conversar civilizadamente (apesar de ele ser meio chato e conhecer muito pouco de futebol, mesmo com a sua pose de sabichão),[2] mas que abandonei ime-

2 Não estávamos com celulares (na época os *iPhones* nem existiam) e, assim, estranhamos muito que a seleção brasileira tivesse demorado quase meia hora pra entrar em campo, enquanto a seleção francesa já se aquecia há um bom tempo e começava a se impacientar com esta demora, parecendo (como nós) não estar entendendo bem o que estava acontecendo. Obviamente esse fato inusitado acabou por funcionar pra mim como uma espécie de sinal aziago que cortou logo no começo a esperança que eu senti, ao encontrar nos arredores do estádio (antes de entrarmos pro jogo) uma belíssima banda (de música

diatamente após o fim da partida, puto da vida e não querendo conversar com francês nenhum. Pois, pra minha surpresa e desmentindo bastante minha fraca (ou – agora enfim pude reconhecer – quase nula) memória, o domínio do time da França neste primeiro tempo, apesar de uma maior posse de bola e precisão nos passes, sobretudo no meio de campo, muito firme na marcação e tocando de primeira quase sem nunca errar, tinha sido bem menor do que o que eu imaginava e os gols tinham surgido de dois corners bem cobrados e ainda melhor aproveitados por um atacante bem esperto e com senso agudo da ocasião em contraposição à distração e ao vacilo de uma defesa meio boba...

Mas o mais curioso ainda foi que minha mulher, que vira esse jogo em Paris pela televisão na casa dessa amiga brasileira casada com o tal francês, perdeu a paciência revendo agora esse primeiro tempo comigo ("você é mesmo masoquista! querer rever esse jogo inteiro, que foi um desastre pro Brasil...") e – como só temos uma televisão em casa (que, por sinal, nem é ainda uma SmarTV, apesar de a tela plana ser bem grandinha e a imagem em alta definição ter uma qualidade razoável) – pediu, ou melhor, suplicou que trocássemos de canal, escolhendo ela então logo a seguir um jogo de vôlei (pois ela é aficionada por esse esporte) também já passado em que o Cruzeiro, ainda com o craque cubano Leal, o preciso armador William e o destruidor atacante Wallace, derrotava inapelavelmente o SESI de São Paulo, num jogo que aos poucos eu fui reconhecendo já ter visto,

e dança), colorida e brilhante, de maracatu, no mesmo exato dia em que, no começo da tarde (quando já estava começando um insólito buzinaço nas ruas de Paris), minha mulher e eu tínhamos visto (numa grande exposição) também cores fortes em vários quadros impactantes da pintora mexicana Frida Kahlo.

o que, apesar das boas jogadas, me levou em pouco tempo a um tédio brutal que me fez levantar, já bocejando, pra retomar a leitura da "Ilustríssima" da *Folha de São Paulo* (não sei se Jorge Coli ou Bernardo de Carvalho, que eram os meus preferidos, ou, quem sabe?, o Jânio de Freitas no 1° caderno, outro de quem era fã há muito tempo) no meu celular, agora que eu havia feito uma assinatura digital mensal por 9,90 reais, já que eu gastava 12 reais comprando as edições em papel de somente um fim de semana (pra ler, por exemplo, o Fernando Haddad e o Mário Sérgio Conti no sábado, e umas cada vez mais mirradas resenhas de livros recentes), além do fato de que agora se tornara muito arriscado (mesmo de máscara e com uma garrafinha de álcool gel) sair pra comprar um jornal diretamente na banca, coisa que antes ao menos me "obrigava" a sair de casa e dar uma andada mais longa pra estender as pernas, respirar melhor, suar um pouquinho, gastar um pouco dos carbo-hidratos, e ser depois inundado bem suavemente pelo efeito benéfico da endorfina...

Curiosamente eu veria numa sexta-feira à noite (dia, até recentemente, de jogos da série B do Brasileiro), na TV Bandeirantes (já que no domingo eles passariam a última partida de uma série de três compondo a final entre Cruzeiro e Corinthians no Campeonato Brasileiro de futebol da 1a divisão, o Brasileirão, de 1998, partida ganha pelo Corinthians por 2 a 0, após dois empates, um de 2 a 2 e outro de 1 a 1), o primeiro jogo da final entre Cruzeiro e Corinthians no Brasileirão de 1998, aquele 2 a 2 acontecido no Mineirão em 13 de dezembro, onde, já há muito de retorno a BH, após a fatídica final da Copa de 1998 em Paris no 12 de julho (aonde fora fazer a mudança final da família depois de uma estadia de quatro anos de doutorado), eu também estava presente, pra ver o Cruzeiro (do Levir Culpi) desgraçadamente deixar escapar uma vitória de 2 a 0, com um 1° gol de Müller no final do 1° tempo, após um bom passe da linha de fundo por Fábio Jr., e um 2° gol de Valdo, no comecinho do 2° tempo, cobrando falta espertamente e com precisão no ângulo esquerdo, quando a expectativa do goleiro é que o Djair (o cobrador oficial) fosse cobrar mais pro centro ou pro lado direito com um chute violento, estando nós (três cruzeirenses: eu, Beto e Antônio) nas cadeiras especiais mais embaixo (num tempo em que as "cativas" ainda existiam), perto deste gol defendido pelo goleiro do Corinthians no 2° tempo, bebendo cerveja[3] (eu já extasiado com o espetáculo de massa ao vivo num Mineirão bem cheio e com as torcidas bem ruidosas, tendo deixado de lado uma edição bilíngue francesa de *Contrainte de lumière*, ou *Constrição de luz*, *Lichtzwang*, de Paul Celan, de que o Antônio com razão escarnecera dizendo: "puta que o pariu!, se ainda fosse um jornal, mas trazer Celan pro Mineirão, vai ser nerd assim lá na casa do caralho...") e acreditando que o Cruzeiro, mesmo com um time um pouco pior, fosse ganhar aquele campeonato e dar essa alegria então faltante de um Brasileirão à sua torcida...

Pois neste mesmo 2° tempo, um atacante novo que entrou no Corinthians (como vim a saber depois, um ex-viciado em

3 Ainda me lembrei bem de ter visto, num dos bares do andar de cima, quando pegamos nossas primeiras cervejas, um conhaque Dreher e um churrasquinho e um tropeiro pra rachar de tira-gosto, o Samuel Rosa, vocalista do Skank, junto com o baixista Lelo Zaneti e o ator (então ainda do grupo Galpão) Rodolfo Vaz, cruzeirenses doentes, completamente bêbados e gritando agressivamente com outros torcedores, serem abordados pela polícia pra se acalmarem, sob a ameaça de terem de ser conduzidos pra fora do estádio antes mesmo do jogo começar.

crack e de uma família bem pobre e da periferia de São Paulo), desconhecido então pra nós, Dinei, iria arrasar o que já parecia uma vitória do Cruzeiro, fazendo um 1° gol com muito oportunismo, depois de um passe ousado e na marra de Edílson, e, após várias outras jogadas perigosas, dando um cruzo preciso e certeiro pro Marcelinho Carioca fazer de cabeça (ele um baixinho esperto como Romário) o 2° gol do Corinthians e empatar o jogo que terminaria assim. Desta vez, eu confirmei um pouco, reconstituindo mais ou menos este jogo já acontecido há 21 anos e alguns meses à medida que o ia vendo, que o Corinthians tinha um time com um toque de bola bem melhor, sobretudo no meio de campo, com um craque que era o colombiano Rincón. Mas também eu me perguntava, já suspeitando da resposta, por que eles estavam reprisando estes jogos finais que dariam este Campeonato Brasileiro ao Corinthians (obviamente pra dar um gostinho de vitória – em plena desgraça/derrota da covid-19 misturada à recessão econômica e miséria social da maioria sob o desgoverno do fascista/facínora Bolsonaro – à grande torcida do Corinthians no Brasil) e não, por exemplo, o jogo (também no Mineirão) contra o Remo do Pará que assegurou ao timaço do Cruzeiro do Vanderlei Luxemburgo o seu primeiro Campeonato Brasileiro (que já era então um campeonato de pontos corridos) em 2003, onde voltaríamos a estar eu, Beto e Antônio, felizes (novamente com várias cervejas na cabeça e muita conversa fiada) de ver a torcida azul festejando o seu primeiro e merecido Brasileirão.

Mas pra mim que agora, depois que minha mulher já tinha apagado no sofá (ela que levantava mais cedo e não aguentava ficar vendo TV depois das onze da noite, com a única exceção da segunda-feira, dia em que passava o episódio novo da excepcional série italiana *Minha amiga genial*, com história e roteiro de Elena Ferrante), pra mim que ainda estava bebendo sozinho uma última estranha doméstica cerveja numa sexta à noite, sexta esta descaracterizada pela ausência de uma rotina de trabalho útil externo, o que vinha à mente, além da lembrança da frequentação impossível dos estádios já fechados e que, em alguns casos, começavam a ser usados pra montar hospitais improvisados de campanha, eram as partidas de futebol mais importantes, como as decisivas do seu time num Brasileirão ou numa Libertadores, ou as da Seleção brasileira, vistas também na TV, mas quase sempre acompanhado por uma galera de amigos e/ou conhecidos torcedores tanto em alguns bares quanto em algumas casas (ou apartamentos grandes) mais generosas que acolhiam muitos pra beber, comer e conversar (e até mesmo dançar com boa música pós-jogo), fazendo daquelas ocasiões esportivas mais significativas, que às vezes se tornavam autênticos feriados, um bom pretexto pra um exercício descomprometido (ou de puro gasto e inútil) de uma sociabilidade que tendia a ser cada vez mais consumida pela esfera do trabalho ou da produtividade. Às vezes, o máximo que seria possível fazer (mas que eu ainda não tentara) seria combinar de trocar uns "zaps" ou fazer um breve "zoom" após acabar a transmissão – mas pense bem que bizarro e sem graça! – de uma partida já acontecida, e que a maioria já tinha visto, e cujo resultado era também sabido pela maioria ou por todos.

Como se pra completar retrospectivamente um ciclo de três Copas do Mundo em que o Brasil chegou à final (se não a melhor, ao menos a 2ª melhor seleção de futebol do mundo, pra compensar um pouco um já bem anunciado sentimento de derrota numa hora em que o subdesenvolvimento, a miséria e a acintosa desigualdade social apenas começavam a cobrar um preço cruel e doloroso...), depois de 2002 e 1998, tinha sido anunciada pro domingo à tarde (começando às três e meia) na rede Globo a final mais longa (porque com prorrogação de meia hora e ainda disputa de pênaltis) da Copa de 1994 – no estádio Rose Bowl em Pasadena na Califórnia – nos Estados Unidos, país em que, como sabemos, a retomada ou primeira alavancagem maior do futebol (sempre em franco segundo plano por contraste com o basquete ou com o futebol americano, por exemplo) deveu-se justamente à presença de grandes jogadores brasileiros que estavam na seleção de 1970 como Pelé e depois Carlos Alberto Torres (assim como, por exemplo, também exerceu depois um papel semelhante no Japão um craque como Zico). Mas o que pra mim desta vez o rever o 2° tempo, a prorrogação e a disputa de pênaltis revelou de mais sensível (já que durante o 1° tempo, que tinha começado bem mais cedo, eu ficara lendo no celular uns artigos bem recentes sobre a pandemia e suas consequências sociais desastrosas na boa revista digital francesa *Analyse, Opinion, Critique*, ou AOC, pra me informar e depois repassar pros amigos os melhores) foi não uma sonífera insipidez de um longuíssimo 0 a 0, com dois times muito defensivos e pouca criatividade sobretudo no meio de campo (o do Brasil mais ou menos seguro atrás, mas bastante feioso com Dunga, Mauro Silva, Mazinho e Zinho – de fato, um excesso de pequenez ou mesquinharia pra atacar mais agressivamente, sinalizada irônica e involuntariamente nos diminutivos "zinhos" –, enquanto, no ataque, brilhavam às vezes intensamente um Bebeto e um Romário, mas coincidente e negativamente não naquela final, com a defesa super-bem-plantada e atenta da Itália, como aliás o era também a nossa com uma zaga muito boa composta por Aldair, um craque, e Márcio Santos, ainda que o Brasil tivesse criado um pouco mais de chances realmente perigosas de gol), mas o fato de que pela primeira vez eu estava vendo (numa tela plana maior e com alta definição) o jogo, ouvindo a "narração" (mais ou menos dispensável, justamente porque já o estava vendo, e bem inchada de comentários e juízos o mais das vezes totalmente equivocados) do execrável Galvão Bueno (quando de hábito sempre preferimos a bem mais inteligente, tranquila e bem-humorada de Milton Leite no Sportv, ainda que a qualidade da imagem seja um pouco pior) e os comentários de Pelé e Falcão (ao menos estes, às vezes bem oportunos e perceptivos),[4] pois tínhamos visto este jogo já bem tarde da noite numa pequena televisão (cuja qualidade da imagem era relativamente bem precária), ouvindo a "narração" e os comentários de um locutor e de um comentarista esportivo franceses, na sala de um pequeno apartamento no quinto andar do nº 4 da rua Auguste Perret no 13° distrito (ou "*arrondissement*", um bairro de forte presença oriental) de Paris, logo no ano das nossas primeiras férias de verão europeias do que viria a ser uma

4 Poderia aqui aproveitar a menção de um dueto básico (ou terceto, quando há mais de um comentador, eventualmente um quarteto, com mais um ainda pra falar do juiz, no caso da Globo o Arnaldo César Coelho) composto por locutor e apresentador, pra lembrar aqui em Minas (ou em BH) dos saudosos Fernando Sasso como locutor (do então famoso grito de gol "Tá no filó!" ou da observação perplexa "*It's not more* não, prezado...") e Kafunga (de cujas estrepolias verbais o Sasso morria de rir) como comentarista na antiga TV Itacolomi e um pouco depois na Rede Globo Minas durante muitos anos.

estadia de quatro anos e meio pros doutorados meu e da minha mulher com nossas duas filhas ainda bem pequenas.

Talvez por isso, com as meninas muito pequenas e dormindo mais cedo (e o pior, já de férias) e ainda com relativamente poucos amigos em Paris, tenhamos visto o jogo só nós mesmos no apartamento, o que na rememoração agora criou uma inesperada ressonância conosco confinados nesta quarentena em pleno fim de semana no nosso atual apartamento belo-horizontino, apesar da decisiva diferença de lá (mesmo com alguma sonolência e aborrecimento com o jogo arrastado e cheio de passes errados e encontrões) ainda não sabermos qual seria o resultado e sofrermos com cada gol brasileiro perdido ou chance italiana e, mais do que tudo, porque uma espécie de condensação da chance num só chute desimpedido e de perto e uma possibilidade bem pequena de defesa por parte do goleiro, a aguda angústia do telespectador diante das cobranças de pênalti decidindo pela primeira vez uma Copa do Mundo (sendo que o Brasil já se dera mal assim com a França, apesar de não ter sido uma final, em 1986), estranhamente com o Márcio Santos (que não errava nenhum nos treinamentos) perdendo logo o primeiro, mas o Taffarel igualando depois a vantagem deles (com o primeiro chute pra fora deles) e depois a invertendo com uma defesa sensacional (pela qual ele agradecia o Senhor apontando os indicadores das duas mãos pro céu), enquanto Romário e Branco convertiam cobrando muito bem, e Baggio, enfim (com sua pseudo-tranqüilidade zen), isolava a bola lá em cima, dispensando Bebeto de cobrar o último pênalti e dando uma sofrida Copa pro Brasil, ao que, antes de ligar todo feliz pros EUA pra falar com minha irmã mais velha (que fora ao jogo do Brasil, nas quartas de final, contra a Holanda,[5] em Dallas no Texas, estado em que ela morava), eu abri a janela e gritei pra uns italianos que estavam numa pizzaria que ficava lá embaixo do outro lado da rua: "Esse Baggio é um merda! Brasil! Campeão!", gritos (como se de desforra da condição meio difícil de estrangeiro terceiro mundista e não europeu, no ano em que o Senna morrera num acidente, algo bem marcado – agora reparei melhor – por uma faixa, depois de enfim vencida a Copa[6]) que foram rapidamente absorvidos pelo silêncio e a indiferença, até que mais tarde passasse lá embaixo um grupo de jovens brasileiros

5 Este jogo, jamais vou me esquecer, nós vimos em Cambridge na Inglaterra, na casa de um indiano muito simpático e acolhedor (de cujo nome me esqueci agora), que era amigo de um grande amigo meu brasileiro e belo-horizontino que estava lá desde 1992 fazendo um doutorado em Administração, ocasião pra tomar umas boas cervejas e exercitar um pouco o inglês que era a língua (um pouco mais difícil pra nós do que o francês) em que estava sendo transmitido o jogo na TV e também a da ex-colônia em que estava acontecendo a Copa.

6 Algo que não poderia aparecer jamais nesta comemoração em reprise, onde existem cenas (como a de Pelé, muito sem graça, correndo junto do Galvão Bueno pra dentro do campo, ou a de Dunga pegando a taça e gritando: "Porra! É nossa!", antes de passá-la pro Romário, envolto numa bandeira do Brasil, que a pega e beija antes de levantá-la) que se tornaram antológicas de tão repetidas que foram, seria (em contraponto ao mega-show de encerramento da Copa por Whitney Houston, antes do jogo, algo que também, obviamente, não apareceu nesta reprise) uma filmagem qualquer de um imaginado show de Jorge Ben, depois do jogo e da entrega da taça, ainda no próprio estádio, cantando no maior swing "Alô, alô, W Brasil (...)", o que, segundo minha irmã mais velha (num testemunho por telefone que agora enfim eu soube ter sido sonhado apenas por mim), foi uma cena de arrepiar... A memória pessoal, com o passar dos anos, torna-se mesmo muito traidora e falaciosa, o que é hoje bem mais facilmente verificável por meio de uma simples consulta ao Google em qualquer celular com acesso à internet.

rodando uma garrafa de cachaça e gritando de novo: "Brasil!", comemoração obviamente impossível numa mera reprise, que – talvez pra uma grata surpresa pros dois grandes protagonistas deste tetra pro Brasil: Romário e Bebeto, já bem mais velhos, e chorando algumas lágrimas de emoção – afastava temporariamente do foco presente os astros ativos do momento e dava uma última chance de brilho (ainda futebolístico) pra grandes craques de um quarto de século atrás.

Mas, assim como os locutores e comentaristas atuais e em exercício, que passaram a não ter propriamente o que narrar ou comentar (quando antes – com exceção das férias de verão no começo do ano – era sempre uma semana cheia e certamente cansativa com ao menos dois ou três jogos, às vezes bastante ruins), os jogadores, técnicos, preparadores físicos, massagistas, roupeiros, gandulas, juízes e bandeirinhas atuais de não sei quantas infinidades de times de 1ª, 2ª e 3ª divisões e de uma dezena de federações regionais e nacionais de não sei quantos países no mundo onde se pratica o futebol estavam e estão sem o que fazer exatamente, sendo difícil até mesmo qualquer treinamento coletivo ou mero encontro pra conversar com os colegas. O que eles estariam (ou estão) fazendo? Como e até quando poderiam (ou poderão) suportar este vazio (assim como uma série de outras categorias profissionais – como, por exemplo, os atores de filmes, séries, novelas ou peças de teatro – que não poderiam trabalhar apenas à distância, também uns dos outros, ou pra delivery, usando a internet e a telefonia celular, esta também associada ao WhatsApp), sobretudo sem o dinheiro que os espectadores de espetáculos ao vivo pagavam pra poder consumir uma arte exercida ou "performada" com algum improviso na hora mesma em que estava sendo produzida ou um pouco depois (imaginando que até os filmes, séries ou novelas, cujo público não estaria presente concomitantemente à representação ou performance dos atores, não poderiam mais ser feitos ou continuados pela mera impossibilidade de reunir com alguma proximidade ou contato físico um número maior de pessoas)? Mas até mesmo quando os jogadores de futebol pudessem voltar eles mesmos a se reunir num campo que é relativamente grande, talvez usando máscaras bem flexíveis, que permitissem também uma respiração mais ofegante, pra jogar, mas sem um grande público, pra evitar as aglomerações e os repiques possíveis de contágio, não seria estranho imaginar todo um pedaço de um campeonato jogado sem público ou com um público muito reduzido e com a subtração de um elemento que parece também definir este tipo de esporte, que é a massa de torcedores com toda a vibração que vem justamente do ajuntamento?

Em um outro padrão de transmissão de partidas de futebol, anterior à milagrosa transmissão direta televisiva que, juntamente com as cores (mas estas não no Brasil onde só vieram a acontecer um pouco mais tarde), só começou com a Copa de 1970, ou seja: através do rádio, onde a arte do locutor era fundamental, decisiva e suficiente, seria possível ainda imaginar sem grandes problemas a fantástica hipótese da crônica de H. Bustos Domecq (pseudônimo de uma parceria engenhosíssima e feliz de Borges e Bioy Casares) intitulada, em homenagem ao filósofo idealista G. Berkeley, "*Esse est percipi*" (ou seja: "Ser é ser percebido"), em que o narrador descobre estarrecido que o estádio do *River Plate*, o famoso Monumental de Nuñez em Buenos Aires, simplesmente não existe mais, ainda que as partidas que ali aconteceriam continuem sendo transmitidas pelo rádio, até que Tulio Savastano, o presidente do clube Abasto Juniors, lhe revele que é o locutor Ferrabás[7] quem, de acordo com um roteiro básico escrito por ele (Savastano), mas com uma margem de improviso, pra dar a sensação de algo acontecendo ao vivo, criou apenas discursiva e ficcionalmente (com a voz e a imaginação dos ouvintes) a última vitória do seu time, incluindo aquele "último gol", memorável e tão verossimilmente realista, "(...) que, a despeito da intervenção oportuna de Zarlenga e Parodi, fora feito pelo *center-half* Renovales, após aquele passe histórico de Musante."

Segundo esta hipótese, portanto, que parece antecipar bem a preeminência quase absoluta da televisão (cujo público pode ser muito maior do que o de qualquer estádio grande completamente lotado) sobre os eventos enquanto tais, as partidas de futebol seriam apenas a sua transmissão artificial e inventada (a última de fato jogada em Buenos Aires tendo sido em 24 de junho de 1937), os estádios já sendo "ruínas caindo aos pedaços" e "tudo se passando" apenas "no rádio e na televisão", o futebol

7 Talvez seja esta a única ocasião, neste relato (quase ficcional), de lembrar a função essencial do locutor na transmissão de partidas de futebol pelo rádio, algo que também ficaria bem marcado em minha memória auditiva de frequentação do Mineirão (desde menino), onde eram muitos os torcedores que acompanhavam o jogo ouvindo um radinho de pilha, a partir dos quais, assim como em rádios maiores que ficavam ligados, por exemplo, nos bares, ressoavam as vozes dos principais narradores de partidas, como Jairo Anatólio Lima da Rádio Inconfidência e Jota Júnior da Guarani nos anos 60, Vilibaldo Alves da Itatiaia nos anos 70 (geralmente acompanhado por Osvaldo Faria: "Coragem para dizer a verdade!"), e, nos anos 80, nesta mesma rádio, o inconfundível e vibrante Willy Gonser, ao qual se juntaram depois as vozes também reconhecíveis de Alberto Rodrigues ou Ênio Lima.

sendo "um gênero dramático, a cargo de um só homem em uma cabine ou de atores com camisetas junto ao câmera", o que teria como contrapartida complementar necessária a seguinte situação (que prefigura bem visionariamente o confinamento desta quarentena, definido sarcasticamente a partir da pergunta perplexa do narrador: **"Então no mundo não acontece nada?"): "O gênero humano está em casa, refestelado numa poltrona, atento ao vídeo ou ao locutor, quando não à imprensa marrom.** (...) É a marcha gigante dos séculos, o ritmo do progresso que se impõe." (Borges, J. L. e Bioy Casares, A. *Crônicas de Bustos Domecq*. São Paulo: Alfa-Omega, 1976, p. 105-108. A tradução é de Janer Cristaldo e os negritos e sublinhados são meus).

O que poderíamos pensar como contra-argumento parcial para essa hipótese no caso da televisão, ou seja: "de atores com camisetas junto ao câmera" (e não para o rádio "a cargo de um só homem em uma cabine"), seria que, para serem convincentes ou verossímeis como atores representando jogadores de futebol profissional, esses atores teriam de ser tão bons quanto os jogadores mesmos, mais valendo então manter os próprios jogadores, que de todo modo seriam reconhecidos por seus corpos únicos (dificilmente reconstituíveis tais quais) e afinal são apenas uma espécie particular de atores sem um texto de todo predeterminado (mas que, neste caso, poderia sutilmente passar a ser, tornando-se eles atores apenas por isso, como no caso de jogos cujo resultado é previamente combinado e vendido entre os dirigentes, às vezes com a participação do juiz), ainda que eles pudessem não mais jogar em campos reais, pois em filmes em que atores que são ruins de bola (ou apenas mais ou menos bons) representam jogadores profissionais realmente bons (como, por exemplo, recentemente, o Rodrigo Santoro representando o papel do craque perfeccionista e meio doidão Heleno de Freitas jogando pelo Botafogo) o efeito de inverossimilhança e teatrinho mal feito é terrível e dificilmente algo assim poderia ser sustentado por várias trupes de 16 atores que não jogam futebol direito, disputando falsamente umas contra as outras, continuamente, durante três ou quatro meses e duas vezes por semana, várias partidas de uma hora e meia, perfazendo o conjunto complexo e multiforme de todo um campeonato.

Mas antes de seguir um pouco mais nessa linha argumentativa imaginária, atualizando-a com o que as novas tecnologias digitais permitem, acho oportuno aproveitar, na citação deste trecho da crônica "*Esse est percipi*" de H. Bustos Domecq, a menção da "imprensa marrom" a que "o gênero humano (...), em casa, refestelado numa poltrona", estaria atento, pra lembrar também o quanto, em meio à repetição não só de jogos de futebol, de vôlei ou de tênis, mas também de novelas nos horários nobres normais vespertinos ou noturnos pras telenovelas nos grandes canais (e não num alternativo, no começo da tarde, ou num canal só de repetições), os telejornais pareciam ampliar e diversificar a sua faixa horária com notícias quase sempre novas, a praticamente cada turno do dia, não só sobre as calamidades do coronavírus no mundo, mas – no caso brasileiro – também sobre as sempre renovadas trapalhadas patéticas, num estilo grotesco vulgar de filme de horror B (mais precário do que o do Zé do Caixão), de um Bolsonaro genocida e talvez suicida (em termos médicos e políticos), disposto a romper o isolamento horizontal (em nome da retomada do trabalho e das atividades econômicas), saindo às ruas e, por exemplo, se juntando sem nenhuma máscara de proteção a manifestantes fascistas que vociferavam em prol do AI-5 e da ditadura militar (ou demitindo um ministro da Saúde que propunha, com algum bom senso, um isolamento mais estrito), infelizmente poupando assim à imprensa (mesmo a mais séria) todo e qualquer esforço – já que **diariamente tudo vinha de bandeja e em profusão numa espécie de circo do horror centrado no Palácio da Alvorada** – em direção ao (como sugere a definição do Houaiss para "imprensa marrom") "**sensacionalismo das notícias (com ênfase para escândalos** amorosos, **políticos, sociais, econômicos)**" e "**o achaque a personalidades**".

Mas ainda bem mais rapidamente do que na TV (e digo isso simplesmente porque, tecnologicamente defasados, não temos em casa ainda uma Smartv), as notícias, montagens em vídeo e interpretações novas da pandemia chegavam e chegam, a quase todo instante, via internet (e-mail),[8] Facebook, WhatsApp, Twitter e Instagram, com todos estes canais de comunicação facilmente acessíveis num mero celular tipo *iPhone* vibrando insistentemente com intervalos às vezes de brevíssimos segundos, e isso praticamente ao longo de todo o dia, mesmo durante as refeições, com paradas e intervenções de duas ou três pessoas

8 Só por aí eu já recebia ou acessava uma quantidade razoável de informação, como em escala maior e mensal a revista ***piauí*** e a versão brasileira do jornal ***Le monde diplomatique***; em escala diária mais reduzida sempre dois ensaios e/ou relatos novos da revista digital francesa ***Analyse, Opinion, Critique***; em escala diária mais ampliada e diversificada a ***Folha de São Paulo*** digital, consultada logo pela manhã pra dirimir dúvidas quanto às notícias políticas mais importantes do dia anterior (assim como pra conferir alguns colunistas mais importantes); e variavelmente sites como o GGN de Luis Nassif, ou o portal de notícias ("24 horas por dia, 7 dias por semana") ***Brasil 247*** com as dicas econômicas do Eduardo Moreira, ou ainda o canal de notícias no YouTube do ***Bob Fernandes***.

(eu, minha mulher e minha filha mais nova), cada qual com seu celular-computadorzinho na mão, pra dizer um "você viu isso?", acionando um vídeo ou resumindo uma notícia, com um comentário breve e ordinário também quase imediato: "que horror!", "puta que o pariu!", "tá muito engraçado!"(...), dificultando a leitura de qualquer texto mais longo ou o acompanhamento contínuo de qualquer filme, episódio de série, ou jogo inteiro de futebol ou vôlei já passado. À primeira vista, parecia hegemônica a incômoda sensação de fragmentação explosiva e pluralidade inumerável, ambas potenciadas e caóticas (incluindo toda uma mecânica obsessiva de propaganda e anúncios das grandes marcas e empresas digitais), mas – como antes no telejornalismo as notícias do dia, a partir das mesmas grandes fontes de informação, se repetiam indefinidamente à noite nos mais diferentes canais de TV aberta ou a cabo, criando paradoxalmente a impressão contrária de uma monótona e infinita repetição de um mesmo repertório limitado de notícias mais importantes[9] – também nos novos e mais rápidos meios de comunicação (internet e WhatsApp, por exemplo), em intervalos ou blocos de

9 Certamente não será de todo gratuita a espantosa semelhança entre esta impressão de infernal repetição produzida a partir dos hoje já velhos (em seu formato comunicacional) telejornais e aquela impressão de uma igualmente infernal repetição produzida pela insônia, segundo o que sugere magistralmente Aníbal Machado em três aforismos da hoje já clássica "Topografia da insônia" (de *Os cadernos de João*): "Quando chegamos a perceber que são as mesmas coisas que se repetem, fingindo de novas – já a insônia está lavrando pelos pontos mais protegidos e em toda a extensão do nosso ser." / "Não deviam voltar os acontecimentos que já aconteceram, mas voltam: com um formato especial, reduzido, próprio para circular na cabeça." / "A questão é que não acaba nunca de desenrolar-se essa película interminável, com o negativo de todas as imagens do dia...".

tempo mais breves do que um dia (por exemplo, um turno apenas, como uma manhã, uma tarde ou uma noite), não só as notícias se modificavam vertiginosamente de um turno do dia para o outro, mas, imediatamente depois, no interior deste mesmo turno do dia (manhã, tarde ou noite), começavam a se repetir indefinidamente, intensificando gradativamente a impressão meio zumbi de achatamento da atenção, esvaziamento de sentido e supressão do espírito, numa areia movediça fatal da mole e preguiçosa indiferença e inércia do mero (mas milionesimamente multiplicado) consumidor digital de textos, sons e imagens... Também se tornou muito comum que um texto ou vídeo inteligente e/ou engraçado começasse nas redes sociais a ser repassado por muitos e com tanta frequência (o efeito irônica e coincidentemente – em tempos de pandemia – chamado em linguagem digital de "**viralização**") que, durante um breve período, muitos amigos e/ou conhecidos "informados" e "inteligentes" acabassem por repetir indefinidamente suas mesmas pérolas ultra-vulgares: frases de efeito, textos breves, micro-cartazes, vídeos ou memes circulando sempre mais e mais num círculo vicioso doentio e sem fim...

E, enfim, como forma ultra-mitigada de participação política possível numa época em que estavam, e ainda estão, proibidas e/ou desaconselhadas as manifestações de protesto coletivas e públicas na rua, restam as assinaturas dos abaixo-assinados digitais (cuja iniciativa estaria, em princípio, aberta "democraticamente" a quem quer que se habilitasse a isso), vulgarizados sobretudo em plataformas como a do "Change.org" ou a do Avaaz, recentemente satirizada por um programa de TV conhecido da HBO, o "GregNews", que, no entanto, também começou a lançar mão de algum abaixo-assinado digital pra tentar intervir publicamente contra o desgoverno Bolsonaro, algo que, como bem disse o próprio Gregório Duvivier, pode muito bem ser feito tranquilamente por alguém, bem instalado ou estendido num sofá, vendo TV e bebericando uma cervejinha ou um cafezinho, a partir do seu lap-top ou *iPad* ou celular tipo "iphônico".

Mas talvez nada conseguisse ser mais ilusório em termos de real efetividade política – numa época em que a produção artificial e robótica de *fake-news* em larga escala nas redes sociais decidira em parte (mas, ainda assim, decisivamente) as eleições de execráveis presidentes fascistas[10] como o dos EUA ou o do Brasil – do que a tentativa bem intencionada de, também por meio da internet ou das redes sociais, informar e orientar educativamente a interpretação política do mundo de pequenos grupos de amigos e/ou conhecidos, que o mais das vezes ou já compartilhavam de uma mesma básica visão de mundo (não fazendo muito mais do que se regozijar, às vezes tão somente por meio das palminhas ou risadas icônicas dos e-mojis, com a confirmação de uma pretensa superioridade de entendimento sobre seus estúpidos adversários) ou jamais se deixariam converter a um outro modo mais razoável de pensar o mundo (que seria sempre previamente identificado com o de quem estaria

10 Mas (como eu iria admitir um pouco depois), apesar da surpreendente e aterradora volta recente da extrema-direita ao poder em países como os EUA, a Hungria ou o Brasil, o fascismo e o nazismo têm algo de específico historicamente e que não se deixa exatamente comparar ao possível genocídio que aconteceu em 2020 e 2021 no Brasil. Para um questionamento sóbrio da aplicabilidade do termo "fascismo" ao governo de Bolsonaro, ver o subcapítulo final ("Rumo ao fascismo?") do livro *O Brasil à procura da democracia. Da proclamação da República ao século XXI (1889-2018)* de Newton Bignotto (Bignotto 2020: 233-243).

mal intencionadamente desejando o domínio comunista ou, em contexto brasileiro, o do corrupto PT e seus asseclas).[11]

11 Talvez uma das minhas experiências mais loucas neste tempo de quarentena estendida (em razão da pandemia) no Brasil de Bolsonaro tenha sido a de aceitar – certamente por vaidade ou desejo se ser reconhecido como inteligente e especial por pessoas com formação universitária, mas de um outro meio profissional – ser uma espécie de "*coach*" literário-filosófico de uns antigos amigos de colégio (e seus novos colegas nerds da Medicina da UFMG) que se tornaram médicos bem-sucedidos, a maioria dos quais bolsonarizou (por absoluto e inamovível anti-petismo) no 2° turno das eleições de 2018, e que me propuseram, em troca de alguns bons vinhos franceses e chilenos, uma iniciação literária e filosófica em bons e menos conhecidos (mas não muito longos) textos da grande tradição ocidental, proposta que aceitei, mas deixando claro desde o início que seria impossível, sobretudo numa época de crise, separar ou abstrair a dimensão política da literatura ou da filosofia (ainda que tentasse manter sempre um critério básico de bom cuidado formal, ou mesmo – na literatura alguma inventividade na linguagem), o que me levou a postar excelentes textos mais radicais e explosivamente anti-bolsonaristas de autores como Augusto de Campos, Arnaldo Antunes, Raduan Nassar e Bernardo Carvalho, mobilizando uma reação irada e violenta dos bolsonaristas ou ferrenhos anti-petistas – que vinha acompanhada de toda uma propaganda assassina e suicida pra retomada imediata de todas as atividades econômicas, como se as classes mais pobres simplesmente não pudessem viver sem seus salários (o que é um fato) e o Estado, já em bancarrota, não pudesse se endividar mais, pagando salário ou meio salário pra quem não está trabalhando, e nem as grandes fortunas (adquiridas em legítimo direito legal burguês) serem penalizadas, arcando com uma parte dessa nova e bilionária despesa social e com a grave recessão econômica que apenas começava a mostrar a sua medonha face – que, a partir de um certo ponto, começaram a me atacar pessoalmente com argumentos semelhantes ao do atual ministro da "má educação", questionando o que estavam fazendo os preguiçosos professores das Universidades Federais, que continuavam a receber seus salários mesmo sem dar nem as suas mirradas oito horas semanais de aula, e desconhecendo assim absolutamente (como o senhor Weintraub, que fez falcatruas até mesmo pra obter o seu mestradinho) todo um trabalho essencial de pesquisa, orientação de pós-graduação, promoção de eventos acadêmicos internacionais, editoria de publicações (revistas, coletâneas ou livros individuais) acadêmicas, assistência qualificada à extensão, que justamente agora, sobretudo nas áreas

Mas se voltarmos agora ao ponto anterior da extrema dificuldade de uma execução efetiva da hipótese fantástica de H. Bustos Domecq de todo um campeonato argentino de futebol disputado não em estádios reais e apenas com partidas de atores representando verossimilmente pra TV os papéis de jogadores profissionais (mas também de juízes, técnicos, preparadores físicos etc.), talvez já fosse possível hoje, com as novas tecnologias, imaginar algum sucedâneo com uma efetividade bem maior e uma verossimilhança talvez suficiente (o que não deixaria de ser espantoso).

Para compor os cenários dos variados estádios estaduais (mais ou menos cheios) com suas respectivas torcidas vivas vibrantes ou amortecidas (segundo o resultado e a feição de cada jogo ainda em curso) seria possível se apropriar, com talvez algumas colagens pra obter variações (e um maior efeito de jogo "ao vivo" e "como ele é"), de imagens/sons em movimento de partidas já passadas (mas não muito antigas) naqueles mesmos estádios, já que, com uma maior atenção no jogo mesmo, esse detalhe tenderia a passar mais despercebido (a não ser no caso, que poderia ser inventado também a partir de imagens/sons passados, de uma briga maior ou de sinalizadores nas torcidas, e que apenas de vez em quando conviria também introduzir, que levariam a uma paralisação da partida no campo, a ser, portanto,

médica e de ciência biológica, poderiam ser decisivas para a descoberta de uma vacina, de medicamentos e aparelhos de cuidado de pacientes em estado mais grave (como os respiradores), além do efetivo cuidado crescentemente multiplicado a esses pacientes em hospitais públicos, levando-me simplesmente, pra não mais me desgastar com tão trabalhosa, inútil e ingênua tentativa de informar ou orientar melhor a visão de mundo desses antigos amigos médicos bolsonaristas, a me desligar definitivamente desse grupo.

também planejadamente modificada com todo o cuidado).

Um pouco ou bem mais complexo seria o arranjo, composto cautelosamente com a composição das figuras de cada jogador titular e dos principais reservas (com a exceção daqueles poucos em cada time que todos já saberiam terem sido negociados para o futebol europeu, norte-americano, japonês ou chinês), assim como da do técnico (a não ser que também já negociado para o futebol estrangeiro), do auxiliar técnico e do preparador físico, de cada time – exatamente a partir do repertório variado de imagens/sons (com o detalhe de que o som, geralmente em segundo plano na transmissão do que acontece no campo numa partida, seria muito mais facilmente manipulável) de um time na temporada passada – pra refazer uma colagem "viva", tipo *fotoshop* fílmico, em que cada jogador manteria o seu padrão básico de preparo físico, habilidade e temperamento, podendo, no entanto, um bom time, exatamente como na temporada passada, jogar mal algumas partidas, meio por distração ou cansaço, mas sem destoar de todo, em termos de uma habilidade básica no toque de bola, das apresentações nas boas ou melhores partidas, o que acabaria levando – segundo um delicadíssimo plano, envolvendo várias partidas singulares também concebidas/arranjadas em seus detalhes, discutido por uns cinco ou seis estrategistas contratados entre os melhores comentaristas esportivos e jogadores e técnicos que se tornaram também inteligentes comentaristas (obviamente com a assistência destes verdadeiros mágicos das novas tecnologias digitais que são os melhores *designers* fílmicos informáticos) – à configuração de um campeonato brasileiro (por exemplo) em paulatino decurso, com alguma imprevisibilidade (mas nenhuma grandíssima reviravolta ou zebra), em que os melhores times da temporada passada – como Flamengo (um virtual bicampeão), Palmeiras (possível novo campeão ou 2° colocado, pelo seu elenco milionário), Grêmio (também entre os três primeiros), São Paulo, Corinthians (um eventual 2° colocado, depois da contratação de Luan do Grêmio), Internacional, Atlético Mineiro e Atlético Paranaense – poderiam ser rearranjados nas sete ou oito primeiras colocações, deixando as maiores surpresas (pois alguma grande sempre também é mais ou menos esperável, pra se manter um padrão básico de verossimilhança) para o meio ou o fim da tabela, onde seria preciso também decidir com sabedoria o patético drama anual de qual grande time do Rio (como o Vasco no penúltimo Brasileirão), de Minas (como o Cruzeiro no último Brasileirão, ou o América, que já nem era um grande propriamente, no penúltimo Brasileirão), do Rio Grande do Sul ou da Bahia iria (chorando chuvosamente com sua fanática torcida) pra segunda divisão no ano seguinte.

Obviamente, a existência conhecida de um Brasileirão da segunda divisão, com seus dias da semana preferidos também na TV a cabo (Sportv, ESPN ou Fox Sports) terça e sexta à noite (às vezes em dois horários, o das 7 e o das 9) e sábado à tarde ou à noite no 1° horário, levaria à difícil tarefa concomitante de compor todo um segundo campeonato com vinte times diferentes se enfrentando nessa periodicidade que acabou de ser citada, gerando trabalho não só pra todo um segundo escalão de atores pros times e mais os técnicos e juízes, mas também pra uma outra equipe de uns cinco ou seis comentaristas e ex-jogadores e técnicos que, juntamente com os designers fílmicos informáticos, comporiam, a partir de colagens fílmicas de jogos do ano passado ou retrasado do Brasileirão da segunda divisão, não só cada partida em particular, mas também o andamento paulatino do conjunto do campeonato, com uma margem ou franja necessária de imprevisibilidade ou surpresa. Como até os jogos de um Brasileirão da terceira divisão também eram passados em alguns canais de esporte da TV a cabo, ainda que numa frequência bem menor do que os do Brasileirão da segunda divisão, seria preciso ao menos compor também artificialmente, a partir de colagens de partidas do ano passado ou retrasado, este número menor de partidas, assim como o andamento paulatino do campeonato, mas com a vantagem de que os jogos não transmitidos (e que, nesse caso, felizmente eram uma maioria) poderiam ter apenas os seus resultados com seus elementos básicos (gols de que time e de quais jogadores e em quais minutos do 1° ou do 2° tempo) definidos discursivamente apenas.

Restaria, no entanto, além da composição do conjunto de lances, gols, inércias e paralisações menores ou maiores que perfazem uma única partida singular com os seus 2 tempos de 45 minutos cada um e ainda os acréscimos (em cada caso, a partir ou não de uma decisão prévia sobre o resultado final do jogo), a questão maior do resultado final do conjunto do Campeonato Brasileiro (tanto da 1ª quanto da 2ª e até mesmo da 3ª divisões, já que, como vimos, elas estão em necessária conexão) e do encaminhamento paulatino até ele (implicando um entrelaçamento plural e complexo de resultados dos vários jogos em particular), com seus devidos suspenses e surpresas acentuados, de preferência, na reta de chegada ao fim do

Campeonato. Esse resultado final do Campeonato seria pensado a partir de uma estratégia programada com cautela e em detalhe desde os primeiros jogos, ou as partidas individuais teriam uma total ou quase total autonomia, sendo o resultado final do Campeonato deixado, em não desprezível parte, a um certo acaso, como se tentando imitar com perfeição a indeterminação (sempre, de algum modo, mais ou menos em aberto e contingente) do resultado final real de um Campeonato. E, em caso contrário, seriam as principais decisões tomadas em discussões e deliberações do grupo de cinco ou seis roteiristas, ou haveria um deles que, por comodidade e pra criar um efeito melhor de coerência (temperada, é certo, por alguma verossímil dose de incompreensível capricho), se encarregaria de todas as decisões finais, atuando como uma espécie de divindade maior (assim como, por exemplo, Zeus nas tramas dos dois grandes poemas homéricos, a *Ilíada* e a *Odisseia*, e nas dos dois grandes hesiódicos, *Teogonia* e *Trabalhos e dias*) que conduz o fio ou o curso principal dos acontecimentos, confundindo-se em parte com o próprio destino? E, neste último caso, quem seria, em cada Campeonato Brasileiro, o roteirista chefe que, coordenando este pequeno grupo de cinco ou seis roteiristas (todos eles exímios conhecedores do futebol), desempenharia um papel análogo ao de Zeus na *Ilíada*, na *Odisseia* ou na *Teogonia*, como se demonstrando assim uma espécie de superposição ou coincidência entre o poder divino (de definição do curso dos eventos ou do que, uma vez acontecido, passa a ser a pra sempre imodificável realidade histórica) e o narrativo (de apresentar ou presentificar a sua encadeada sucessão por meio de palavras articuladas em orações e frases formando uma história)? Ou ainda uma última e sutil hipótese intermediária entre uma margem inextirpável de acaso (sempre trazendo alguma graça ao conjunto) no resultado final do Campeonato e uma determinação toda planejada deste pelo roteirista-chefe coordenando o trabalho acurado de composição dos cinco ou seis roteiristas, que seria uma mimetização por parte desses treinados roteiristas (coordenados pelo inteligente roteirista-chefe) exatamente dessa margem inextirpável de saboroso acaso no resultado final do Campeonato?

Mas antes que eu retome de um modo mais radical e filosófico (ainda que com exemplos-hipóteses fantásticos) a questão da repetição de grandes jogos de futebol do passado em conexão com a difícil questão da memória, eu gostaria de ampliar ou diversificar um pouco o repertório desses grandes jogos, saindo da esfera apenas dos da Seleção Brasileira, que vinham ocupando (e ainda ocupam) o horário nobre do domingo às 4 da tarde no canal de TV aberta da Rede Globo, para incluir jogos decisivos de times brasileiros ganhando Campeonatos Nacionais, a Libertadores ou o Mundial de Interclubes,[12] em dias e

12 A partir do domingo 18/05/2020 a própria Rede Globo em canal aberto começaria a reprisar as partidas finais de grandes campeonatos (como o Mundial de Clubes e a Libertadores) ganhos por times brasileiros (também pra tentar elevar um pouco o moral meio deprimido do torcedor sem futebol ao vivo na pandemia e no pandemônio bolsonarista), mas com variações segundo os estados: pra São Paulo a primeira partida seria a da conquista do Mundial de Clubes em 2012 pelo Corinthians, ganhando de 1 a 0 do Chelsea; pro Rio (e pra vários outros estados brasileiros) a primeira partida seria a da recente conquista da Libertadores em 2019 pelo Flamengo, ganhando de 2 a 1 do River Plate; pra Minas Gerais a primeira partida seria a da heroica e sofrida conquista da Libertadores em 2013 pelo Atlético Mineiro, ganhando no tempo normal de 2 a 0 do Olímpia do Paraguai (com um gol de Jô e outro milagroso

horários semanais que antes também eram ocupados pelo futebol, como a quarta ou a quinta-feira à noite ou o sábado à tarde, à medida que justamente o período de quarentena ia se estendendo (com o aumento assustador do número de casos e de mortes em todo o Brasil, apesar da insistência "louca"/suicidária/autogolpista de Bolsonaro pra romper o isolamento horizontal e retomar as atividades econômicas) e, atravessando o mês de abril, já entrava no mês de maio.

Um primeiro tipo de jogo, segundo uma direta e intensa relação possível do torcedor com ele (mesmo que não tenha visto o jogo ao vivo no campo), é o que pra mim como cruzeirense foi o VT (*Video-Tape*) ou "reprise" na ESPN da final da Copa do Brasil de 2003 contra o Flamengo no Mineirão, com uma vitória de 3 X 1 do Cruzeiro[13] (que também liderava então o Brasileirão,

de Leonardo Silva no finalzinho do jogo) e nos pênaltis de 4 a 3, com uma atuação aí decisiva (como aliás já havia ocorrido várias vezes durante a competição) do goleiro Vítor, que passou então a ser chamado carinhosamente de São Vítor.

13 Curiosamente a minha memória da final da primeira Copa do Brasil que o Cruzeiro ganhou, em 1993, vencendo o Grêmio por 2 a 1 também no Mineirão, era um pouco mais viva, ainda que bem apagada (tinha me esquecido até mesmo dos nomes dos jogadores que marcaram os gols do Cruzeiro: Roberto Gaúcho, o 1°, e Cleysson, o 2°), porque tinha ido ao campo com toda a parte masculina de uma família de cruzeirenses doentes muito amigos: o Beto Magalhães, seu irmão Ricardo e o pai Walbert que era então conselheiro do clube e estava felicíssimo, sobretudo (como bom e emotivo semi-alcoólatra) depois de algumas várias cervejas e muita conversa fiada sobre glórias passadas do time tanto nos anos 50, quanto nos inesquecíveis anos 60 de Raul, Piazza, Natal, Tostão e Dirceu Lopes. Mas talvez o que tenha me marcado mais naquela partida (cujo conteúdo eu esquecera quase totalmente) foi uma crise de asma do saudoso Ricardo que, como aplicado estudante de Medicina, desceu correndo (da arquibancada em que estávamos) pra um serviço médico de urgência do Mineirão, tendo sido atendido com prontidão e voltando pouco depois todo lépido e sorridente, como

já tendo sido campeão mineiro), arrasando o Flamengo logo na primeira hora de jogo – com um toque de bola envolvente, uma zaga segura e de bom toque na saída de bola, além de serem bons cabeceadores (Edu Dracena e Luizão, e depois Chris), um ótimo e ofensivo lateral direito (Maurinho, que tinha vindo do Santos, o último campeão brasileiro), um médio volante raçudo e habilidoso (o chileno Maldonado), um meia armador muito craque e desconcertante com sua precisão e tranquilidade (Alex), um ponta direita corredor e agressivo (Wendell), e dois atacantes muito rápidos, habilidosos e certeiros em suas conclusões (o colombiano Aristisábal, talvez o mais surpreendente jogador do Cruzeiro nesta temporada da tríplice Coroa em 2003, e Deivid, o artilheiro do time até ser vendido, o que o impediu de finalizar o Brasileirão), aos quais se juntou depois um habilidoso ponta-esquerda que jogava mais no meio de campo (Zinho), e tendo também uma boa segurança no próprio gol com um excelente goleiro (Gomes) –, com um gol de cabeça de Deivid (após um cruzo preciso de Alex) logo no 1° minuto, e um outro aos 20 minutos, também de cabeça (após uma falta bem cobrada em cruzo de Alex), desta vez de Aristisábal, que, esperto e agilíssimo, se agachou pra poder testar de frente e com força a bola sem dar chance pro goleiro, e enfim, de um cruzo vindo desta vez da direita (e não da esquerda como os dos outros dois gols), uma cabeçada no chão certeira e no canto de Luizão, marcando o terceiro gol aos 28 minutos de jogo, pra delírio da torcida que lotava o Mineirão, e que não seria decepcionada por apenas um único

era costume seu em sua tranquilidade meio temerária, até ser ceifado impiedosamente dois anos depois por um vírus fatídico (cruel destruidor do sistema imunológico), tendo então pouco mais do que 30 anos.

gol de Fernando Baiano do Flamengo, em um chute rasteiro após boa jogada do ataque na chegada da grande área, aos 18 minutos do 2° tempo, pois não só Gomes, o goleiro do Cruzeiro, fez algumas grandes defesas, como também ou ainda mais Júlio César, o (goleiro) do Flamengo, impedindo que os 3 x 1 se tornassem uma verdadeira e humilhante goleada. Mas a esse rápido resumo que fiz agora (me permitindo retomar uma base de memória de um jogo que vi na época na TV, mas de que já não me lembrava bem) não posso dizer que tenha correspondido, desta vez na repetição, uma atenção vibrante e continuada, a não ser justamente nesta primeira hora de jogo, a que se seguiram, com oscilações, alguns momentos de inércia, consultas ao celular, idas ao banheiro pra mijar, ou à cozinha pra pegar água ou um pouco de vinho tinto, e que, após o gol do Flamengo e a certeza recuperada de que o jogo só seria mesmo 3 x 1, me levou, após alguns bocejos e uma sonolência acrescida, primeiro a começar a mudar de canal, pra ver o que estava passando no Arte 1, no curta!, no Canal Brasil, no TeleCine Cult, nos três canais da HBO ou ainda na Paramount ou em algum canal exclusivamente de telejornalismo (com suas notícias assustadoras sobre o aumento do n° de casos e mortes de coronavírus nos EUA e no Brasil), até que minha mulher pegou o controle remoto e colocou no Sportv 1 (o 39) pra ver uma partida já começada da Seleção Brasileira feminina de vôlei em alguma das suas muitas temporadas vitoriosas.[14]

14 Paradoxal e ironicamente me imaginar vendo com alguma sonolência e enfaro esta repetição de jogos (mesmo os pretensamente melhores) um número infinito de vezes porque também minha vida iria se repetir exatamente tal qual foi vivida pela primeira vez um número infinito de vezes (com a concepção do meu ser como indivíduo humano, numa inatingível cena de sexo entre meus pais, passando a acontecer de novo exatamente no momento da minha morte

Ainda dentro desta mesma categoria, mas com um tipo de formato mais breve (um compacto extenso de uma hora ou um pouco menos, pra uma hora e meia ou um pouco mais de jogo contínuo, sem o intervalo entre os dois tempos e também sem propagandas de cerveja ou de carros último modelo), foi na ESPN (mas num dia da semana e horário noturno bem menos concorridos) o VT ou a "reprise" do jogo que, sem ser uma final com um grande time como o Flamengo (pois o Brasileirão já era então um civilizado e técnico campeonato de pontos corridos), sagrou o Cruzeiro como campeão brasileiro de 2003, com duas rodadas de antecedência e 9 pontos à frente do 2° colocado (o Santos), com uma vitória de 2 x 1 contra o traiçoeiro Paysandu de Belém do Pará (que havia derrotado lá, no 1° turno, o Cruzeiro por 3 x 0) em pleno Mineirão,[15] jogo de que nunca vou me esque-

ou suposta passagem à inexistência), apenas para retomar sucintamente o algo fantástico "eterno retorno do mesmo" pensado e/ou experimentado (em Sils Maria) por Nietzsche, era uma hipótese que não me trazia nenhum prazer como possível espectador futuro, mas, muito antes pelo contrário, um indisfarçável e nauseante horror.

15 O último jogo importante do Cruzeiro que eu tinha ido assistir no Mineirão (jogo de que também não vou me esquecer com facilidade e que vi com os mesmos amigos cruzeirenses Beto Magalhães, Cao Guimarães e Antônio Teixeira) foi a semifinal do Brasileirão de 2000 contra o Vasco, que o Cruzeiro perdeu por 3 a 1, numa exibição de gala do Vasco, que seria campeão este ano, com um golaço de falta meio sem ângulo do Juninho Pernambucano no 1° tempo, empatado pelo Cruzeiro ainda no 1° tempo com um gol de Sorín de cabeça, após uma jogada do Fábio Jr., e dois golaços também do Vasco no 2° tempo, o 2° de Euler, num chute rasteiro preciso no canto (depois de um bom passe de Júnior Baiano), e o 3° de Romário, já no finzinho do jogo, após receber um bom passe de Juninho Paulista e driblar com classe o goleiro Gomes, empurrando pro gol com tranquilidade e saindo com um sinal do indicador sobre os lábios fechados pra torcida do Cruzeiro calar a boca. Curiosamente eu me lembrava

cer de todo (pois afinal foi, após já duas Libertadores, o primeiro Brasileirão que o Cruzeiro, várias vezes vice e com bons times, ganhou em sua história) e cujo ingresso de cadeira numerada (conseguido por um preço módico pelo meu amigo e conselheiro do Cruzeiro, Beto Magalhães) guardei como um talismã por muito tempo (junto com uns dólares e um certificado do meu primeiro molar de baixo postiço) no fundo da minha primeira gaveta de roupas no meu quarto da casa (hoje já inexistente) da rua Venezuela 586, que era onde eu morava então em BH.

Lembrei bem de que fomos pro Mineirão, no carro do Beto, eu, Beto e Cao, três amigos cruzeirenses doentes e ansiosos pra ver, depois de tanto tempo, o sonhado e então quase certo (depois de uma excelente campanha do time, já campeão da Copa do Brasil, dirigido pelo inteligente e esperto Vanderlei Luxemburgo) 1° campeonato brasileiro do Cruzeiro, tendo saído num domingo no começo da tarde (pois o estádio ia encher) e ido tomar uma cerveja no "Mineiríssimo", que era um bom bar nas imediações do estádio (junto ao Mineirinho), gerido por um antigo colega do Loyola, o Luiz Carlos, e onde encontramos vários outros cruzeirenses e antigos colegas já bem chapados de cerveja (e também umas pinguinhas ou conhaques ou vodcas de apenas mediana qualidade) ativando uma pré-felicidade química

bem do 1° e do 3° gols do Vasco e sabia que o 2° tinha sido feito pelo Euler, mas precisei ver um compacto mais rápido no YouTube pra refazer a memória de como tinha sido o gol do Euler e pra saber de quem e como tinha sido o gol do Cruzeiro, que teve também uma grande chance de marcar no finalzinho do primeiro tempo, deixando a sua torcida bem esperançosa pro 2° tempo (sobretudo ao saber que o craque Juninho Pernambucano estava com febre e não ia poder continuar jogando), o que acabou se revelando apenas como um enorme engano (desses que estranhamente dão gosto ao futebol...).

a ser confirmada pelo espetáculo futebolístico ao vivo, com uma vista pra, nesta tarde, majestosa e iluminada lagoa da Pampulha (ouvindo ao fundo o som meio eufórico e dançante de Muddy Waters, dos Rolling ou Sly Stones ou do Led Zepellin).

O detalhe incômodo da chegada (uns 15 minutos antes do jogo) aos nossos lugares nestas cadeiras numeradas foi perceber que estavam quase todos os torcedores ali já em pé e que não adiantava gritar pra se sentarem, porque ninguém reagia ou fazia nada (senão gritar de volta, mandando ir "tomar no cu"), o que nos levou a sacrificar uns 10 minutos iniciais de jogo, tentando (segundo uma sugestão do Beto) ir pra arquibancada pra ficar numa posição atrás de um dos gols onde havia menos torcida e era possível, sobretudo se nos sentássemos mais no alto, ter uma visão do conjunto do campo e também da partida muito melhor do que lá embaixo apenas um pouco acima da antiga e popular "geral" (que foi extinta com a reforma elitista dos estádios brasileiros pra famigeradamente infame Copa do Mundo de 2014), o que felizmente acabamos conseguindo fazer com alguma sorte que nos permitiu depois, já bem mais tranquilos, voltar a comprar umas cervejinhas e ver tanto o gol do Zinho no 1° tempo (lá do outro lado), cobrando falta e enganando o goleiro (já que mais de um atacante cruzou a área, confundindo sua visão), quanto o gol do Motta (um bom e oportunista atacante, que entrava às vezes no lugar do já saudoso Deivid) no 2° tempo, já bem mais pertinho de onde estávamos, tendo dado pra ver o seu chute rasteiro de bico, aparentemente deselegante mas mortífero (como alguns do velho e bom Romário), entrando bem no cantinho esquerdo do goleiro e praticamente assegurando a vitória e acabando de enlouquecer a torcida.

Mas, apenas pra esfriar um pouco a alegria, sem porém matá-la em nada, já no finalzinho do jogo o Paysandu conseguiu, num bom chute rasteiro cruzado, fazer o seu golzinho de honra numa bela jogada do ataque, de que eu já tinha me esquecido totalmente, assim como de quase todas ou todas as outras jogadas sem grande perigo de gol e obviamente das pequenas paralisações (nunca mostradas por inteiro neste tipo de compacto extenso) que compõem habitualmente uma faixa inercial não desprezível mesmo daqueles jogos em princípio memoráveis que são as partidas finais ou decisivas de importantes campeonatos como o Brasileirão ou a Libertadores pra um brasileiro que gosta muito de futebol. Se não fossem estes VTs (*video-tapes*), impensáveis sem esta prolongada quarentena, talvez eu nunca mais me lembrasse com alguma precisão não só desses cinco importantes gols do Cruzeiro neste memorável ano da tríplice coroa de 2003, mas até mesmo de nomes de jogadores que tinham tido uma participação importante, como o beque Luizão, o lateral (então reserva) Maicon, o atacante Motta e o médio volante brigador, violento e com pouquíssima habilidade que era o Augusto Recife (de quem lembrei ter tido muita raiva impotente em algumas ocasiões, como soe acontecer com torcedores que, apesar de serem sempre inteligentíssimos treinadores imaginários, não podem nunca escalar ou modificar um time...).

Um segundo tipo de jogo, segundo uma apenas indireta e branda relação possível do torcedor com ele (já que não seria o seu time que estaria jogando), e felizmente já no formato de um compacto extenso de quase uma hora contínua de partida, foi o que eu peguei num fim de noite do Sportv, tendo visto primeiro a maior parte do segundo tempo da primeira partida final da

Libertadores de 2005, entre Atlético Paranaense 1 x 1 São Paulo (no Beira-Rio em Porto Alegre), em tempo de ver o gol do empate do São Paulo (sem graça porque um gol contra de um zagueiro, depois do goleiro cortar um cruzo com muita força bem em cima de sua cabeça), e depois o compacto inteiro da vitória acachapante do São Paulo por 4 a 0 (no Morumbi em São Paulo) com um primeiro gol de Amoroso (um bom atacante que chegou a ter alguma chance na Seleção Brasileira), um segundo do zagueiro Fabão de cabeça, depois de uma bela cobrança de corner pelo lateral direito Cicinho, um terceiro do atacante Luizão, completando um passe perfeito de Amoroso (com quem ele havia jogado uns 10 anos antes no Guarani de Campinas), e um quarto do Diego Tardelli (driblando com habilidade um zagueiro e chutando rasteiro no canto),[16] que entrou no final pra substituir Luizão, que iria pro Japão e estava fazendo sua última partida pelo São Paulo (e por isso não disputaria a decisão do Mundial de Interclubes contra o Liverpool, coincidentemente em Tóquio).

Depois, já um pouco sonolento, eu assisti a vitória do São Paulo contra o Liverpool por 1 a 0, com um gol de Mineiro, um meio de campo de cuja existência eu tinha me esquecido de

16 Este belo gol de Diego Tardelli apenas prenunciava o que viria a ser depois, sempre como um atacante habilidoso e muito rápido, uma carreira brilhante e (relativamente) vitoriosa no Atlético Mineiro, culminando de um modo inesquecível pra um cruzeirense, um ano depois de 2013 quando o Atlético foi (pela primeira e única vez em sua história) campeão da Libertadores, com o gol – de grande oportunismo seu – da vitória de 1 a 0 contra o Cruzeiro na final da Copa do Brasil de 2014, impedindo assim o Cruzeiro de conquistar de novo (onze anos depois) a tríplice Coroa, com o inesquecível time campeão do Brasileirão de 2014, com os craques (ou quase) Fábio, Mayke, Dedé, Lucas Silva, Nilton, Éverton Ribeiro, Ricardo Goulart, Borges, Dagoberto e Willian, dirigidos então pelo inteligente Marcelo Oliveira.

todo, diferentemente dos dois laterais, bons e ofensivos, Cicinho e Júnior, ou de Lugano, um bom beque uruguaio, e sobretudo de Rogério Ceni, que brilhou neste jogo com várias defesas difíceis e importantes. Mas, como confirmei depois no YouTube, os dois primeiros campeonatos mundiais do São Paulo, em 1992 e 1993, em ambos sob a direção de Telê Santana (que, apesar de ter montado bons times, nunca ganhou uma Copa do Mundo com a Seleção Brasileira nos anos 80), tiveram suas partidas únicas decisivas bem mais emocionantes (ainda que as conquistas dessas duas Libertadores tivessem sido com derrotas na partida no campo do adversário),[17] em 1992 com uma virada de 2 a 1 sobre o Barcelona, com dois gols de Raí, o 2° de falta, um golaço, e em 1993 com uma vitória de 3 a 2 sobre o Milan, com um 1° gol de Palhinha (obviamente não o jogador do Cruzeiro dos anos 70), um 2° de Toninho Cerezo (já um pouco velho, mas ainda muito bom de bola) depois de um cruzo preciso da esquerda do lateral craque Leonardo (enquanto o lateral direito era o conhecido Cafu), e um 3° de Müller, com a bola batendo nele de costas,

17 Em 1992 o São Paulo perdeu de 1 a 0 para o Newell's Old Boys em Buenos Aires e, apesar de ter jogado bem melhor do que o time adversário na partida em São Paulo, venceu apenas por 1 a 0 também no Morumbi, levando a decisão pros pênaltis e vencendo aí por 3 a 2 antes da sua última cobrança (curiosamente, em 1994, o São Paulo perderia de 5 a 3 nos pênaltis em pleno Morumbi, também depois de uma vitória de 1 a 0 contra um outro time argentino, o Vélez Sarsfield); enquanto em 1993, apesar de uma goleada humilhante de 5 a 1 contra o Universidad Católica do Chile na primeira partida no Morumbi, o São Paulo perdeu a segunda partida em Santiago por 2 a 0. Como seria, de algum modo, de se esperar, eu já não lembrava nada nem ativa e nem mesmo passivamente desses jogos duplos finais das Libertadores de 1992 e 1993, como se a sinalizar um pouco mais chãmente a dissolução total da memória do que não era muito marcante ou próximo afetivamente em termos de futebol.

depois da tentativa de corte por um zagueiro de um passe muito bom do Toninho Cerezo.

Certamente esta reativação da memória, particularmente do time de 2005, que era bem mais medíocre do que o time bicampeão mundial de 1992 e 1993 (dirigido por Telê Santana), tinha algo de surpreendente, porque apesar de eu ter conseguido me lembrar de alguma coisa enquanto revia os compactos dos três jogos (as duas finais da Libertadores contra o Atlético Paranaense e a partida única decisiva do Mundial contra o Liverpool), como as atuações de Rogério Ceni, de Cicinho (e também do bom lateral esquerdo Júnior), de Lugano, Amoroso e Luizão, com a exceção de Rogério Ceni (que ainda continuou no São Paulo por muito tempo como goleiro e passou também a fazer muitos gols de falta), eu não tinha mais uma memória ativa de nenhum desses jogadores, diferentemente de um Raí, um Palhinha, um Müller, um Toninho Cerezo, um Leonardo e mesmo do goleiro Zetti no(s) time(s) de 1992 e 1993, como se provando assim que a memória ativa dependia muito mais da qualidade (craqueza e entrosamento misturados com vontade de ganhar ou raça) ou memorabilidade do próprio futebol do que da proximidade temporal dos campeonatos passados.

Mas o que ainda me chamou mais a atenção foi o fato de que, mesmo tendo assistido a dois compactos extensos de uma hora de duas partidas de futebol e ainda um bom pedaço de um tempo de uma terceira, eu tivesse apagado, pouco depois, da memória recentíssima dos compactos extensos dessas três partidas decisivas de futebol do São Paulo (time paulista pelo qual nunca tive grande simpatia, diferentemente do Santos e depois do Palmeiras) quase todos os lances que não foram os gols, as bolas na trave ou de muito perigo de gol, e no limite, até mesmo para me lembrar de todos os quatro gols da partida de volta da Libertadores e do gol contra do Atlético Paranaense na primeira, que eu tivesse de os rever algumas vezes no YouTube pra poder descrevê-los sem muita imprecisão neste relato escrito, no que passava a ser uma dependência quase infantil do YouTube pra uma memória audiovisual básica, semelhante à omni-dependência do Google pra uma memória mais genérica.

Mas seria possível ainda – o que factualmente dependeria do tempo de duração desta "quarentena" futebolística (que apenas começava a ser quebrada timidamente com jogos sem nenhuma torcida ou abraços de gol no Campeonato Alemão) ou do também limitado tempo de "lazer" disponível pra ver partidas ou compactos de partidas de futebol passadas – estender quase infinitamente (ou, ao menos, inumeravelmente) tanto as grandes partidas primeiramente do meu time (o Cruzeiro), começando pelas decisivas nas conquistas dos campeonatos mais importantes (como a Copa do Brasil, o Brasileirão e a Libertadores,[18]

18 Destas obviamente fariam parte algumas partidas memoráveis do inesquecível bicampeonato do Brasileirão (já no tempo do modelo mais técnico e racional dos pontos corridos) de 2013 e 2014 do já citado time dirigido por Marcelo Oliveira com os craques Lucas Silva, Éverton Ribeiro, Ricardo Goulart e Willian (bicampeonato que nos sofridos anos 70 e 80 do século XX parecia um feito tão inatingível e distante quanto uma utopia socialista num país de desigualdade social tão violenta e indecente como o Brasil), assim como todas aquelas partidas decisivas (uma das finais contra o River Plate, a no Mineirão, eu tinha visto no estádio com um primo, o Paulo Tarso, e um amigo dele, o Romeu, vindos de Itajubá só pra isso) da também inesquecível primeira Copa Libertadores ganha pelo Cruzeiro em 1976 (numa 3ª partida em Santiago no Chile), com o grande time de Raul, Nelinho, Piazza, Zé Carlos, Eduardo, Roberto Batata, Palhinha, Jairzinho e Joãozinho, ou até mesmo da segunda Libertadores. Um pouco menos pra mim talvez (que não estava em BH nem no Brasil na época),

ficando em segundo plano o Campeonato Mineiro ou uma Copa como a Sul-Americana) e passando depois por aquelas que também de algum modo foram importantes nestes títulos (como as quartas de final ou as semifinais em campeonatos não de pontos corridos), assim como depois por aquelas também importantes em campeonatos em que o time ficou apenas em 2°, 3° ou 4° lugar, sobretudo se tivesse jogado bem e sido (no limite) "injustiçado" ou por erros grosseiros e quiçá intencionais da arbitragem (como na célebre final do Brasileirão de 1974 contra o Vasco no Maracanã, quando o jogo era pra ter sido no Mineirão e o Cruzeiro teve um gol legítimo do craque Zé Carlos anulado por Armando Marques no finalzinho do 2° tempo), ou simplesmente por algum acaso associado, por exemplo, a um regulamento meio abstruso (como quando o Cruzeiro ficou com o vice-campeonato em 1973, derrotado pelo grande Palmeiras de Luís Pereira, Dudu e Ademir da Guia nem mesmo em saldo de gol, mas em "*goal-average*", tendo ganhado por 2 a 1 a sua última partida num triangular decisivo final contra o Corinthians no Mineirão), ou mesmo tendo apenas perdido justamente (mas jogando bem) e por um magro 1 a 0 para um time muito bom e ligeiramente superior na final, como o Internacional em 1975 no Beira-Rio em Porto Alegre (com aquele gol de orelha do grande beque

mas não pra um torcedor que tenha acompanhado melhor, ainda que o time fosse tecnicamente muito inferior ao de 1976, foi a segunda Copa Libertadores ganha em 1997 com várias atuações decisivas (sobretudo em disputas de pênalti) do goleiro então craque do time Dida, e alguns jogadores apenas razoavelmente bons como Nonato, Gottardo, Ricardinho, Marcelo Ramos, Palhinha e Elivélton, que foi quem fez o único e meio feio gol da vitória de 1 a 0 na partida final contra o Sporting Cristal do Peru (depois de um 0 a 0 em Lima) em pleno Mineirão.

chileno Figueroa e defesas fantásticas do goleiro Manga, assim como uma bela atuação do meio de campo deles formado pelos craques Falcão e Paulo César Carpegiani), assim como também as semifinais de vice-campeonatos como o de 1974 (Cruzeiro 3 x 0 Santos em plena Vila Belmiro em Santos) e o de 1975 (Cruzeiro 3 x 2 Santa Cruz em pleno Arruda em Recife), chegando enfim àquelas várias partidas em que o time tinha jogado bem ou numa primeira fase de um campeonato em que ele tinha chegado numa das primeiras posições, ou num campeonato em que ele tinha ido meio mal, até inversamente àquelas em que ele tinha jogado mal (e perdido ou empatado) ou num campeonato em que ele tinha ido bem, ou num campeonato em que ele tinha ido mal, partidas que, em princípio, mesmo bem compactadas e para aqueles torcedores doentes e inverossimilmente enciclopédicos, teriam pouquíssima chance primeiramente de serem reprisadas e, caso o fossem, de encontrar o seu seleto e reduzidíssimo número de espectadores.

Ainda muito mais improvável seria encontrar, mesmo entre os amantes fanáticos de futebol, aqueles espectadores interessados em partidas (sobretudo se inteiras ou em compactos extensos) não tão decisivas e/ou não tão bem jogadas (ainda que fazendo parte eventualmente de campanhas vitoriosas de grandes títulos brasileiros ou sul-americanos) de grandes times brasileiros que não fossem o seu (ou aquele pelo qual se torce), algo que, em época normal de futebol sendo jogado ao vivo e com torcida, poderia eventualmente acontecer para pelo menos uma parte de uma partida de algum grande e bom time disputando um grande campeonato, como foi o caso pra mim de mais de uma partida do Flamengo, do Grêmio ou do Palmeiras (no Brasileirão, na Copa do Brasil ou na Libertadores) nas terças, quartas e quintas à noite ou nos sábados e domingos à tarde do ano de 2019.

O que dizer então do que seriam as reprises ou VTs, mesmo se em compactos mais condensados, de partidas entre times apenas do meio ou da parte de baixo da tabela de um campeonato com um certo prestígio como o Brasileirão? Caberia aqui, inclusive, um rápido parêntese pra observar que a condensação dos compactos (ou a sua redução máxima aos gols apenas) parecia agora, diante da esperável e ansiosa impaciência do espectador comum (e até mesmo do fanático) para partidas já jogadas (e cujos resultados eram o mais das vezes previamente sabidos), um recurso narrativo não só extremamente útil, mas também necessário em sua higiene básica, como se a lembrar ironicamente aos ingênuos e desavisados amantes de uma pretensa realidade histórica "nua e crua" o quão enfadonha e insuportável é, também no futebol, "a vida como ela é" com toda a sua inércia e os seus tempos vazios.[19]

E se fosse pra estender ou aprofundar essa improbabilidade (tentando com isso ao menos lembrar rapidamente a inumerável e quase indescritivelmente complexa e multifária realidade que compõe o conjunto de um campeonato como o Brasileirão e

19 A hipótese, portanto, do ponto de vista do mero espectador, de uma memória exata e em tempo real de uma partida inteira de futebol (mesmo daquelas melhores e mais importantes) com seus 2 tempos de 45 minutos cada e mais os seus respectivos minutos de acréscimo e um intervalo de 15 minutos, como se recuperando no registro audiovisual hoje tecnologicamente fácil do vídeo o que seria uma memória espantosa (tal como a do borgiano "Funes o memorioso") do que ocorreu tal e como exatamente ocorreu, estranhamente deixa de ter qualquer atrativo maior, a não ser pra um pesquisador muito minucioso.

a Copa do Brasil, esta com seus muitos e vários times pequenos que o mais das vezes não têm chance nenhuma e são eliminados na primeira ou na segunda partida), imaginando que espectador maníaco por futebol (e talvez soberba e nobremente sem nenhum projeto de vida "sério" ou estando disposto a loucamente desperdiçar o seu breve tempo de vida) ainda teria alguma paciência pra ver não só os jogos dos times que (conseguindo jogar mais ou menos bem) estão nas primeiras posições, mas também daqueles (jogando entre si) que estão apenas no meio ou na parte de baixo da tabela de um campeonato da 2ª divisão (dos quais às vezes eu pegava aleatoriamente um pedaço numa noite erma e desconsolada de terça ou sexta-feira)[20] ou até mesmo da 3ª divisão (o que era muito mais raro e quase impossível) ou daquelas partidas beneficentes totalmente insossas de fim de ano entre o time dos amigos de não sei quem (algum grande e midiático ex-jogador de futebol) contra o dos amigos de não sei mais quem (algum outro grande e midiático ex-jogador de futebol)?

Ou quem sabe, enfim, a reprise ou o VT de um daqueles compactos rápidos (apenas gols, bolas na trave e lances de grande perigo) das finais dos principais campeonatos de várzea, como a antiga Copa Arizona, da cidade de Belo Horizonte (em campos de grama ruim ou quase terra e com poucos lugares pros apinhados e vibrantes torcedores), passados apenas no "Globo Esporte" na hora do almoço de um dia como a segunda ou a quinta-feira?

20 Um efeito análogo, transposto pra um contexto mais "nobre" de Copa do Mundo, fora registrado por mim, naquele desassossego brandamente corrosivo da ausência de projeto e de sentido, em um breve poema do meu livro de bolso pra sempre inédito *pseudoásis*: "(jogo qualquer de copa)/pálpebras/lânguidas/oscilam:/arábia/saudita/versus/costa/rica."

Afinal, perceber e admitir esta grande e cada vez maior improbabilidade (segundo a escala de importância objetiva), mesmo em uma época totalmente anômala como esta da ausência de jogos ao vivo na atual pandemia, não seria também dar-se conta do como evidentemente apenas uma muito pequena parte, mesmo de um esporte de massa tão apreciado como o futebol no Brasil, era registrada e transmitida na televisão (e no rádio ou na internet), omitindo toda uma enorme variedade de eventos acontecidos e supostamente de menor ou nenhuma significação ou importância, mas sem os quais toda a rede complexa e em conexão dos campeonatos de 1ª, 2ª e 3ª divisões (com suas respectivas faixas etárias) não existiria como tal, e que nem por isso deixavam ou deixaram jamais de existir enquanto tais para os que os realizavam como bravos *performers* (jogadores, técnicos, preparadores físicos, juízes e bandeirinhas) ou os que os presenciavam como apaixonados torcedores (espectadores)?

E, afinal (novamente), não revelava isso, em sua cada vez mais escancarada evidência, que o destino final não só da imensa maioria de eventos futebolísticos (mesmo os de grande qualidade técnica, ainda que com pouca repercussão midiática), mas até daqueles que supostamente teriam se eternizado por sua suprema qualidade e repercussão objetiva (como os melhores times de seleções nacionais nas Copas do Mundo: a Hungria de 1954, o Brasil de 1958 e 1970, a Holanda de 1974, o Brasil de 1982, a Argentina de 1986, a França de 1998, o Brasil de 2002, só pra lembrar muito parcial e arbitrariamente de alguns...) seria o inevitável e equalizador esquecimento?

Apenas pra dar um tipo de exemplo mais fácil (começando pelo próprio Cruzeiro campeão da Libertadores em

1976) de um jogador que jogou muito bem algumas temporadas e era uma grande promessa, mas teve a carreira interrompida por um brusco e inesperado acidente (sendo então lembrado apenas por aqueles que acompanhavam bem o seu time naquela época), poderia citar agora o ponta-direita Roberto Batata (morto num acidente de carro, depois da vitória por 4 a 0 do Cruzeiro contra o Alianza em Lima, ao voltar pra Três Corações pra ver a mulher e o filho pequeno, numa viagem temerária de madrugada), ou, num plano nacional de um pouco maior destaque, já que teria jogado algumas partidas como titular da Seleção Brasileira mais ou menos coetânea dirigida por Osvaldo Brandão (grande técnico do Palmeiras, que também está sendo citado aqui pela primeira vez), o habilidoso meia-armador Geraldo do Flamengo (que morreu de um choque anafilático de uma anestesia pra uma simples operação de amígdalas).[21]

Obviamente existem muitos outros tipos de carreiras de jogador de futebol relativamente bem-sucedidas, mas a que faltaram um sucesso mais conclusivo e consagrador e que, por isso, também teriam sido ou foram mais facilmente tragáveis pelo esquecimento, como a de bons jogadores em seus times, mas que não conseguiram vingar bem na Seleção Brasileira nem mesmo como jogadores que disputaram uma Copa do Mundo inteira (a exemplo de um Zico, um Reinaldo, um Sócrates, um Toninho

21 Uma descrição da percepção mnemônica fugidia desse tipo de jogador de futebol (ou de outros ainda menos memoráveis) é o que eu tinha tentado num outro poema breve, contemplativo e desencantado (uma espécie de avesso de uma iluminação zen instantânea) do meu inédito livrinho *pseudoásis*: "[*no turno*]/deitado/quieto,/ruídos:/carros,/latidos,/vento./ /desfilam/no breu/nomes de/jogadores/esquecidos,/sub-glória/esvaindo-se/em sono."

Cerezo, um Éder), como o Leivinha do Palmeiras ou o Careca do Guarani, ou mesmo daqueles que, tendo sido reconhecidos como grandes craques em seus times, nunca tiveram uma chance real (por alguma conjuntura técnica ou tática, ou preconceito de algum técnico obtuso, ou mesmo algum acaso maior inexplicável) na Seleção Brasileira, como Dirceu Lopes do Cruzeiro ou Ademir da Guia do Palmeiras.

A esses grandes jogadores relativamente "mal-afortunados" poderia também ser acrescentado agora um curiosíssimo exemplo recente de um grande craque argentino unanimemente reconhecido em seu país por sua grande habilidade, "El Trinche" Carlovich (ou Tomás Felipe Carlovich), mas de que nunca ouvíramos falar no Brasil (e imagine então em países da Europa ou em outros continentes já interessados por futebol, os quais por sua vez teriam seus vários craques raros e desconhecidos, passíveis também e ainda mais do esquecimento ou desconhecimento), e que – apesar de nunca ter jogado na Seleção Argentina[22] ou mesmo num clube argentino reconhecido internacionalmente por seus títulos (como não o foi o Rosario Central, em que ele jogou no auge de sua carreira) – foi reconhecido por sua extrema e exímia habilidade futebolística (quando de sua trágica morte assassinado por um golpe brutal na cabeça, ao estar ele andando, como de hábito, de bicicleta em sua cidade, causando uma comoção nacional maior do

22 "Antes da Copa de 1978, Carlovich havia sido convocado para jogar na seleção argentina por uma partida. Mas, segundo o técnico Menotti, não tinha aparecido para os treinos porque 'preferia ir pescar'. Parte da lenda sobre Carlovich é justamente essa, o fato de que para ele nem os títulos nem atuar pela seleção eram importantes. Jogava por prazer e era muito indisciplinado para treinar." (Sylvia Colombo, *Folha de São Paulo*, 12/05/2020).

que a covid-19)[23] como o mais hábil jogador de futebol argentino de todos os tempos (curiosamente quase nunca tendo tido uma *performance* sua registrada em vídeo ou, quando muito, só algumas pouquíssimas), por testemunhas insuspeitas como Maradona (que disse: "o Trinche foi o único melhor que eu"), Pasarella (o beque e capitão da Seleção de 1978) e o técnico da seleção argentina de 1978, César Luis Menotti.[24]

Mas justamente o fato de que algumas pouquíssimas atuações em compactos de um ou dois jogos de apenas alguns minutos de "El Trinche" Carlovich tenham sido registradas em vídeo e estejam agora facilmente acessíveis no YouTube a qualquer um que tenha um mero smartphone faz com que um apreciador (bem avisado) de futebol possa verificar se esta lenda corresponde a alguma realidade futebolística minimamente comprovável ou se ela foi desproporcionalmente inflacionada com os relatos fascinados dos que sempre associaram boas jogadas de fato (mas em meio a várias outras medianas apenas, quando não equivocadas e ruins mesmo) a uma crescente reputação – no modelo conhecido e gasto do "gênio romântico" – de marginal

23 Estranhamente a história da sua morte a aproxima da história trágica e dramática do conhecido filme *Os ladrões de bicicletas* de Rosselini: "Carlovich tinha 74 anos e foi assassinado com uma pancada na cabeça quando roubaram sua bicicleta, em Rosario, cidade onde viveu toda a sua vida, na última sexta-feira (8). Estava indo visitar uma amiga." (*Folha de São Paulo*, 12/05/2020).

24 Segundo a reportagem de Sylvia Colombo para a *Folha de São Paulo*: "Entre os que alimentam a 'lenda' de Carlovich está o próprio Diego Armando Maradona, que dizia: 'o Trinche foi o único melhor que eu'. Entre seus outros admiradores, também estão José Pekerman ('o jogador mais maravilhoso que vi jogar'), Daniel Pasarella e César Luis Menotti ('parecia que a bola tinha sido sempre seu único brinquedo')." (*Folha de São Paulo*, 12/05/2020).

insubordinado a qualquer disciplina e senso de utilidade e, "no entanto", talentosíssimo, hipótese que, pra mim, depois de uma consulta atenta de uns quinze minutos no YouTube (onde vi, além de umas jogadas de craque de meio campo, vários passes meramente normais e mesmo vários erros de passe), se revelou a mais verossímil, sendo, enfim, pela exímia habilidade no passe, no drible e no chute (além de um bom preparo físico e vontade de ganhar), um jogador como o próprio Maradona ou um Messi infinitamente superiores a este "injustamente esquecido" "El Trinche" Carlovich.

Semelhantemente, o que poderia parecer uma mera injustiça devida apenas a uma ignorância cada vez maior segundo o maior recuo no tempo e a maior raridade das imagens filmadas de craques lendários não exatamente como Puskás ou Di Stéfano nos anos 50 (que de algum modo são, no entanto, bem mais esquecidos do que um Pelé ou um Cruyff), mas como Leônidas da Silva nos anos 30 ou ainda mais um Friedenreich nos anos 20, quando hoje verificados estes poucos registros filmados de Leônidas (o famoso "Diamante Negro", inventor da bicicleta) ou de Friedenreich no YouTube, eles decepcionam um pouco pela relativa raridade de jogadas ou gols que hoje poderíamos considerar como realmente de craques (não há, por exemplo, uma única bicicleta filmada num jogo de Leônidas da Silva), num contexto ou dinâmica de conjunto futebolística que, por outro lado, parece, por sua lentidão e o seu à vontade, inteiramente diferente e amadorística, quase como se fosse um outro jogo (impressão mais forte ainda – por sua grande lentidão e ênfase no jogo bem próximo ao gol e com uma larga participação do goleiro – do que a dos gols de Leônidas na Copa do Mundo de 1938 é a de uma vitória por 7 a 1, com alguns gols de Friedenreich, de uma Seleção Brasileira contra uma Seleção Francesa de futebol em 1925, em Paris, no que tem todo o ar de ser não mais do que uma bem-representada encenação do velho cinema mudo...).

Mas se formos conferir com atenção no YouTube um compacto mais largo de grandes jogadas e gols de craque de um jogador bem mais filmado como Puskás, capitão e artilheiro do grande time da Seleção de futebol da Hungria campeã da Olimpíada de 1952 e vice-campeã da Copa do Mundo de 1954 (considerado, como a Holanda em 1974, o time mais habilidoso e revolucionário da história em termos técnicos e táticos), somos obrigados a reconhecer uma técnica refinada e vários verdadeiros golaços, assim como também, apesar de ele nunca haver disputado uma Copa do Mundo (pois, apesar de ter sido convocado pra Seleção Espanhola em 1962, se contundiu e não pôde jogar), a habilidade hiper elegante, com passes precisos e dribles desconcertantes, e chutes potentes e certeiros em verdadeiros golaços, de um Di Stéfano, jogador argentino (de origem italiana), que se consagrou nos anos 50 como o maior jogador do que foi então um dos maiores ou o maior time europeu de futebol, o Real Madrid (também campeão mundial de clubes), e que alguns (como é também o caso de Puskás) consideram como o maior jogador de futebol de todos os tempos (melhor até mesmo do que Pelé),[25] o que, porém, pra quem conhece bem partidas

25 Segundo nos anuncia infalível o saber oracular e de fácil acesso da Wikipedia: "Várias opiniões têm aqueles que foram seus adversários contumazes: Joaquín Peiró, que jogava pelo Atlético de Madrid, afirmou: 'Para mim, o número 1 é Di Stéfano. Aqueles que o viram, viram. Aqueles que não o viram, perderam.' Helenio Herrera, técnico do Barcelona, declarou que 'se Pelé foi o violinista principal, Di Stéfano foi a orquestra inteira.' Gianni Rivera e Bobby Charlton, que no

inteiras e um compacto de melhores jogadas e gols de um Pelé e de um Garrincha ou de um Didi (um Pelé, além disso, tricampeão em Copas do Mundo, enquanto Garrincha e Didi foram bicampeões, e um Pelé também bicampeão da Libertadores e bicampeão mundial de clubes pelo Santos em 1962 e 1963), não parece em absoluto se justificar e também não passar de uma lenda meio romântica de mais um grande gênio (Puskás ou Di Stéfano, que por sinal jogaram juntos no Real Madrid) relativamente injustiçado e esquecido.

Curiosamente, um depoimento de Tostão sobre um encontro inesperado com Di Stéfano em Dallas nos EUA na Copa de 1994 (quando os dois estavam comentando jogos para canais das televisões brasileira e espanhola respectivamente) parece trair um padrão de conhecimento sobre o futebol jogado por um grande jogador de uma era anterior à da difusão da TV e bem anterior à da internet (ou seja, apenas pelo rádio ou pelo testemunho oral dos que o viram jogar)[26] que é análogo ao desta época

início de suas carreiras enfrentaram (e perderam) por seus respectivos clubes (Milan e Manchester United) para *La Saeta Rubia* ["a Flecha Ruiva"] e o Real Madrid na Taça dos Campeões Europeus, nos anos 1950, disseram respectivamente que 'ele nos enlouqueceu' e 'foi o jogador mais inteligente que vi jogar e transpirava esforço e coragem. Foi um líder inspirador e um exemplo perfeito para os outros jogadores.'" No entanto, assim como o que disse "modestamente" Maradona a respeito de "El Trinche", assim também Di Stéfano, segundo nossa infalível Wikipedia, teria se posicionado da seguinte e "modesta" maneira: "*Don Alfredo*, contudo, preferia desvencilhar-se da polêmica; ele dizia que, para ele, o melhor jogador foi Adolfo Pedernera, astro do River Plate nos anos 1940."

26 Este padrão antes auditivo do que visual é confirmado pelo seguinte testemunho do editor de esportes do *As* (jornal favorável ao Real Madrid), segundo nossa mesma fonte oracular, a *Wikipedia*: "Para as crianças dos anos 1950, Di Stéfano era, acima de tudo, o som da vitória que se ouvia nas rádios, seu nome ecoava

(ainda que, quando o livro em que está este depoimento foi editado, o acesso fácil ao *YouTube* já fosse possível): "Um dia, no centro de imprensa, fui fazer um lanche. Estava sentado, comendo um sanduíche, quando apareceu um senhor mais velho, mais gordo, que pediu permissão para sentar-se a meu lado. Quando o vi, achei que o conhecia. Ele se apresentou e disse: 'Sou Di Stéfano.' Quase caí da cadeira. Batemos um longo papo sobre futebol. (...) Os argentinos mais antigos falam que ele foi superior a Maradona e a Messi. Foi um dos ídolos de meu pai e considerado, por muitos, um dos cinco maiores jogadores da história do futebol. Alguns falam que era maior do que Pelé. Meu pai dizia que Pelé foi melhor, mas que Di Stéfano era o único jogador que brilhava de uma área à outra."[27] (Tostão, *Tempos vividos, sonhados e perdidos. Um olhar sobre o futebol*. São Paulo: Companhia das Letras, 2016, p. 104). Esta última afirmação do pai de Tostão, que felizmente parece ter sido razoável e não ter se deixado enganar facilmente por uma mitologia demasiado romântica, é de algum modo corroborada (em outra e menor escala) pelo que,

como uma batida do coração associada sempre a uma sensação de vitória, transportando-nos ao *Parc des Princes*, San Siro ou *Hampden Park*."

27 Curiosamente, Tostão, que nunca quis, como o marrento Maradona, se dizer igual ou melhor do que um Pelé ou um Garrincha (mas quem, por outro lado, em sua sensata modéstia, nunca deixou de ser suficientemente vaidoso), também se reconheceu de algum modo inferior a um Di Stéfano (mesmo que tenha disputado duas Copas do Mundo e sido campeão numa delas, a de 1970, numa Seleção Brasileira que é considerada por muitos, juntamente com a de 1958, como a melhor de todos os tempos, assim como um dos maiores ou o maior jogador de um time mineiro em todos os tempos): "Por causa da influência de meu pai, tentei, durante uma época, no Cruzeiro, jogar como Di Stéfano, de uma área à outra. Quando chegava ao campo do adversário, estava exausto e errava o lance. Desisti de ser um Di Stéfano e contentei-me em ser apenas um Tostão." (Tostão, *Tempos vividos, sonhados e perdidos. Um olhar sobre o futebol, op. cit.*, p. 105).

segundo a *Wikipedia*, disse Helenio Herrera, técnico do Barcelona, quando declarou que "se Pelé foi o violinista principal, Di Stéfano foi a orquestra inteira."[28]

Enfim, o recurso hoje meio fácil aos registros fílmicos no YouTube, como a uma espécie de prova documental decisiva sempre à mão (desde que provida de sua extensão eletrônica quase naturalizada em um *iPhone* devidamente conectado), mesmo com o relativo falseamento da condensação dos efeitos de "craqueza" por meio da edição mais cerrada dos compactos apenas com cenas de gols e de grandes jogadas (livrando, por outro lado, o espectador do tédio de longas faixas mortas ou de inércia inevitáveis mesmo entre os melhores jogadores), pode primeiramente nos lembrar do quanto a historiografia foi no século XX profundamente alterada pela invenção da fotografia e do filme enquanto meios mecânicos e instantâneos de registro de imagens em movimento (da realidade viva), como já fora sugerido com alguma cautela teórica por Siegfried Kracauer no capítulo 2 ("The Historical Approach") do seu último e inacabado livro *History: The last things before*

28 No entanto, a imagem de um jogador que serve antes ao conjunto do time, mais imediatamente identificável com uma função ou posição como a do meio de campo, é de algum modo desmentida pelo seguinte testemunho do próprio Di Stéfano (confirmado, aliás, por seus vários golaços e seu oportunismo típico de artilheiro), segundo a venerável autoridade da Wikipedia: "Entre fazer o gol e dar o gol para outro, não vacilava. Fazia eu. Não me arrependo disso. O goleador tem mesmo que ser um tanto egoísta. (...) O futebol para mim era feito de gols, muitos gols. Gols meus." Curiosamente, Tostão também foi um atacante que fazia muitos gols tanto no Cruzeiro quanto na Seleção Brasileira, de que foi o artilheiro nas Eliminatórias da Copa do Mundo de 1970, mas nessa mesma Copa de 70, já no México, ele atuou mais como alguém que deu passes decisivos ou abriu espaços para os atacantes que concluíam a jogada, como Pelé e Jairzinho.

the last (Princeton: Markus Wiener Publishers, 1995, p. 45-61).

Pois o que a fotografia e sobretudo o filme (enquanto série de fotografias, por inumerável justaposição, em movimento) captam – a exemplo do que é o material por excelência da historiografia – é não exatamente o mundo natural em sua constância formalizável em leis físicas segundo modelos matemáticos, mas o cotidiano humano em sua contingência, indeterminação e imprevisibilidade. Nas palavras de S. Kracauer (que eu traduzo agora do inglês): "A 'câmera-realidade' – esta espécie de realidade para a qual o fotógrafo ou o *camera-man* dirige sua câmera – tem antes todas as características do *Lenbenswelt* ('mundo da vida'). Ela inclui objetos inanimados, rostos, multidões, gente que se mistura, sofre e espera; o seu grande assunto é a vida em sua plenitude, a vida como comumente a experimentamos." (Kracauer, S. *History: The last things before the last, op. cit.*, p. 58). No parágrafo imediatamente posterior, Kracauer, ao aproximar (ou comparar) a "câmera-realidade" do fotógrafo e a realidade histórica, dirá o seguinte: "Para começar, os fotógrafos parecem inclinados a marcar bem a natureza contingente do seu material. Eventos fortuitos são o verdadeiro repasto dos cliques instantâneos; fotógrafos autênticos parecem recolher seus assuntos '*en route*' ('pelo caminho'). Da mesma maneira, os cineastas têm uma queda para transmitir impressões passageiras e encontros imprevisíveis." (Kracauer, S. *Ibidem*).[29]

29 Um pouco depois ainda, Kracauer também observa que "existe (...) a afinidade da câmera pelo indeterminado" e, transferindo o foco para o cinema, diz (retomando uma citação de Sève já presente no seu livro *Theory of film*): "Discutindo as propriedades de uma sequência de filmagem, um crítico francês

Ora, o que a evidência manifesta das imagens filmadas ou transmitidas de uma partida de futebol de campo revela (tornando irremediavelmente supérflua a sua narração oral como na época do rádio e permitindo, por outro lado, aproximar intrinsecamente o material humano vivo do futebol daquilo que também caracteriza a natureza basicamente fortuita e documental do cinema segundo Kracauer) é, na tensão viva e sempre de algum modo em aberto de um time de onze jogadores jogando contra (em princípio) outro time de onze também, a indeterminação e imprevisibilidade básica do conjunto do jogo enquanto um longo, múltiplo e complexo evento vivo, com várias situações particulares muito diferenciadas e que podem ser decididas (segundo a habilidade, intuição e vontade dos jogadores mais diretamente envolvidos) a cada vez de uma maneira que nunca é de todo previsível de antemão, podendo ser mais ou menos modificada até o apito final do juiz (que, a seu modo também, mesmo hoje com o recurso do VAR, participa, decidindo humanamente o que é válido ou não segundo as regras, da definição paulatina, progressiva e nunca de uma vez por todas fechada, senão pelo seu apito final, do resultado do jogo).

Ou seja: exatamente aquilo que faz a graça insuperável de uma partida de futebol transmitida ao vivo (e, necessária e complementarmente, esvazia de algo essencial uma partida repetida cujo resultado já se conhece) e que pode ser resumido em máximas populares meio vulgares (mas que não deixam de conservar o seu sólido grãozinho de verdade) como "o futebol é uma

observa sagazmente que ela 'delimita sem definir' e que ela tem a qualidade, 'única entre as artes, de não oferecer muito mais explicações do que a realidade.'" (Kracauer, S. *Op. cit.*, p. 59).

caixinha de surpresas". Mas, paradoxalmente, até mesmo numa repetição, a possibilidade de que, na hora em que um lance estava sendo decidido, ele o fosse de uma outra maneira, como se a lembrar a intervenção da vontade viva tanto do jogador que dá um passe ou dribla (contra a resistência viva de um defensor adversário) quanto daquele que conclui com um chute certeiro (ultrapassando a tentativa também viva de defesa do goleiro) e fazendo um gol, traz ainda um gostinho da vida "como ela é" ou "como aconteceu na hora em que aconteceu" a uma partida ou lances de uma partida de futebol filmada.

Enfim, numa escala que poderia ser considerada menor (mas não em situações conhecidas como a de estádios lotados de torcedores adversários inflamados, às vezes bem perto do campo, como em certas partidas contra times argentinos nos seus campos na Argentina pela Libertadores), ainda que sem dúvida faça parte também, de uma maneira não desprezível, do conjunto vivo que é um jogo de futebol profissional valendo pra um campeonato qualquer importante, é preciso também considerar a menor ou maior participação das torcidas dos dois times, algo que pode eventualmente ter também alguma influência imprevisível sobre o resultado final de um jogo e que, de modo genérico (fato que só agora, com estranhíssimas partidas sem torcida como padrão, estamos apreciando melhor), também traz pros jogadores uma vibração sem a qual os jogos, por mais bem jogados que sejam, parecem não muito mais do que simples treinos. Na iniciativa, por exemplo, da Federação Alemã de Futebol, de acrescentar um som artificial de torcida (segundo o estádio e os momentos de ataque ou de defesa dos dois times),[30] já que nem reduzida a 25%, pra haver um espaço de 2 metros entre um torcedor e outro, estava ainda sendo admitida uma qualquer torcida (permanecendo totalmente vazio um estádio às vezes bem grande, como, por exemplo, o do Borussia de Dortmund quando foi derrotado por 1 a 0 pelo Bayern de Munique em jogo decisivo do campeonato agora em 'novo' padrão), o que parecia dar um ar ainda mais fantasmagórico a estes estranhos jogos sem nenhuma torcida. Por outro lado, em partidas de futebol mais antigas filmadas, assim como os uniformes e as chuteiras dos times, a torcida, por seu vestuário e maneira de se comportar (mesmo que seu barulho ou vozerio ruidoso não tivesse sido gravado), também funcionava como um inequívoco testemunho da época, ou, pra ser mais preciso e concreto, do exato momento e lugar (conjunção que agora se tornou fisicamente improvável) em que o jogo estava acontecendo.

30 Segundo uma recente notícia (do dia 27/05/2020) de um site de esportes do jornal *O Globo*, uma nova tecnologia já estaria sendo testada no Japão para permitir que torcedores em casa com seus smartphones se manifestem sonoramente apoiando seus times de futebol ou repudiando os times adversários, com sons já gravados que seriam transmitidos em vários potentes alto-falantes colocados dentro dos estádios: "O sistema '*Remote Cheerer*' permite que os fãs que assistem partidas na televisão nas salas de suas casas aplaudam ou vaiem os jogadores em campo por meio de seus smartphones, enviando uma mensagem pré-gravada ou uma mensagem pessoal. As vozes que eles emitem reverberam pelo estádio em tempo real, transmitidas por alto-falantes gigantes. A Yamaha, que desenvolveu o aplicativo, testou recentemente o sistema no 'Shizuoka Stadium ECOPA', com capacidade para 50.000 pessoas, usado principalmente para o futebol, com dois clubes da 'J League', 'Jubilo Iwata' e 'Shimizu S-Pulse', participando da tentativa. De casa, os fãs conseguiram enviar seu apoio através de 58 alto-falantes em todo o terreno. 'Em um ponto durante o teste de campo do sistema, fechei os olhos e parecia que os torcedores estavam ali no estádio comigo', disse Keisuke Matsubayashi, um funcionário da empresa do estádio. 'Este sistema tem o potencial de animar os jogadores, mesmo em um estádio desse tamanho'."

2

"(...) e eu não sou Pelé nem nada,
se muito for, eu sou um Tostão.
Fazer um gol nesta partida
não é fácil, meu irmão."
— Gilberto Gil, "Meio de campo"

Se naquele ano de 1966, decisivo para a sua fulminante carreira de craque reconhecido do futebol brasileiro, Tostão, ainda com seus meros 19 anos, podia também se lembrar não só do bicampeonato mineiro pelo Cruzeiro no começo da era Mineirão (inaugurado em 1965), mas ainda de uma discreta participação na Seleção Brasileira que fracassadamente disputou a Copa de 1966 (em julho) na Inglaterra, sendo eliminada na primeira fase, com apenas uma vitória de 2 a 0 sobre a Bulgária no jogo inicial e duas derrotas nos jogos seguintes: de 3 a 1 pra Hungria e de 3 a 1 pra Portugal (em jogo que consagrou Eusébio, o craque moçambicano que marcou três gols, e foi uma desgraça pro goleiro Manga, acusado depois de ter entregado o jogo e sido comprado), com Tostão tendo feito o único gol do Brasil contra a Hungria, na única partida em que jogou nesta Copa com a camisa 20, substituindo Pelé, foi, no entanto, nas duas partidas contra o Santos (a primeira em 30 de novembro e a segunda em 7 de dezembro) pela Taça Brasil, torneio inter-regional que então era o que mais se assemelhava a um Campeonato brasileiro, que Tostão lembrava de ter brilhado mais, sobretudo na segunda partida em São Paulo no estádio do Pacaembu. Pois se na primeira partida, no Mineirão, o

Cruzeiro surpreendeu, com uma goleada de 6 a 2, Tostão fez apenas um gol (e mesmo assim de pênalti), enquanto Dirceu Lopes fez três gols e foi mais decisivo, mas na segunda partida, depois de estarem perdendo de 2 a 0 no primeiro tempo (o Santos tendo tido chances inclusive de ampliar), no segundo tempo Tostão, após perder um pênalti, cobrando fraco e em cima do goleiro Cláudio, desassombradamente fez um golaço de falta, chutando de curva e quase sem ângulo já no lado menor externo à direita do grande retângulo da grande área (que era onde estava Natal quando sofreu a falta) e depois, após o Cruzeiro ter empatado com um chute forte certeiro e fora da grande área de Dirceu Lopes (o que já daria o título ao Cruzeiro), Tostão (depois dos 40 minutos do 2° tempo), também pela esquerda, entrou na grande área driblando e cruzou como um ponta pra Natal, que se antecipou ao zagueiro e chutou forte no ângulo esquerdo, não dando chances pro goleiro Cláudio e sacramentando a vitória e a virada de 3 a 2 em pleno campo do adversário.[31]

Tostão, agora cronista de futebol na imprensa escrita (e/ou digital), demorou um pouco (um mês e meio ou dois após o começo da quarentena pandêmica no meio de março de 2020) pra começar a formular o desejo de rever aquele último jogo final da Taça Brasil de 1966, já que nem mesmo um compacto

31 O próprio Tostão depois fez por escrito uma análise mais concreta e física da diferença etária entre os dois times como tendo sido decisiva para o resultado das duas partidas finais: "Foi o encontro entre o jovem time do Cruzeiro, que despontava no cenário nacional e jogava com muita velocidade, contra a experiente e cadenciada equipe do Santos, que já dava sinais de decadência, com o envelhecimento de vários craques." (Tostão, *Tempos vividos, sonhados e perdidos, op. cit.*, p. 36).

qualquer dele ele tinha conseguido ver nas inúmeras reprises de jogos, lances decisivos e gols de campeonatos importantes que ele começara a ver nos canais de esporte da TV a cabo (sobretudo em madrugadas insones) meio repetidamente como um zumbi num levemente estranho e apocalíptico pesadelo: voltavam sempre os gols dos grandes jogos da Seleção Brasileira de 70, 82 e 86, 94, 98 e 2002, assim como os do Palmeiras ou os do Internacional nos anos 70, ou os do Flamengo do começo dos anos 80, ou os do São Paulo (de Telê Santana) no começo dos anos 90, ou os do Corinthians (do Luxemburgo) do fim dos anos 90, o Cruzeiro quase só aparecendo como adversário do Internacional na final do Brasileirão de 1975 e como campeão da Libertadores em 1976. Depois, quando ele mesmo pesquisou no YouTube e procurou saber com alguns amigos jornalistas muito bem-informados, ficou sabendo com alguma tristeza que (como a grande maioria dos jogos de clubes brasileiros nos anos 60) não havia um VT completo e nem mesmo um compacto mais inclusivo (do que o de um mero "Canal 100") daquele jogo, o que só reacendeu o seu desejo de vê-lo.

O que agora ele revia em sonho, mas da perspectiva de quem está jogando (ou seja: revivia), numa grande horizontal tridimensional com vários corpos e troncos e cabeças dificultando muito enxergar bem o que estava à frente (sobretudo pra ele que era relativamente baixinho, com seus 1,70m de altura, apesar de Pelé não ter mais do que 1,71m),[32] eram os momen-

32 Este fato desacreditaria objetivamente a pertinência do apelido jocoso de personagem (da pintura) que lhe daria um pouco depois o cronista Nélson Rodrigues: "o anão de Velásquez".

tos decisivos da sua participação naquele jogo no segundo tempo (além, é claro, do também decisivo gol de Dirceu Lopes, o do empate em 2 a 2, que já dava o título pro Cruzeiro, o que o levou a ir pegar a bola dentro do gol adversário e depois isolá-la quase verticalmente pra cima como se fosse já um foguete de triunfo): tanto o pênalti mal batido e perdido, quanto um corte num lateral direito e (Natal estando do seu lado direito) um chute de curva pra dentro com a esquerda, muito bem espalmado pra fora pelo goleiro Cláudio, quanto também o passe preciso (depois de um drible no lateral) pra Natal no 3° gol, e enfim (e inversamente) – em escala de importância e cronologicamente o primeiro, pois iniciando uma então desacreditada reação – o golaço de falta, chutando forte e precisamente de curva e quase sem ângulo já no lado menor externo à direita do grande retângulo da grande área (que era onde estava Natal quando sofreu a falta) bem no ângulo direito superior (na "forquilha") da trave, em um alto estilo de exímio e fatal cobrador de faltas que retrospectivamente lembraria um Rivelino, um Nelinho ou um Zico.[33]

33 Em um e-mail que ele (Tostão) recebera, um pouco depois do começo da quarentena pandêmica no Brasil, de um professor da Letras da UFMG interessado também no "acaso" no futebol, ele lera alguma coisa curiosa, retirada do famoso escritor argentino Borges (num ensaio com o título curioso de "A postulação da realidade"), sobre o modo como, num relato convencional de um evento complexo (como uma batalha numa guerra), quem narra opera o tempo todo seleções, escolhendo apenas aqueles micro-eventos supostamente mais significativos (como os gols ou os passes para os gols no futebol) para o evento maior (no caso, uma partida de uma hora e meia e mais os acréscimos), e com isso excluindo como insignificantes todos os outros (por exemplo, de uma partida de futebol) sem os quais os supostamente mais significativos simplesmente não existiriam enquanto tais.

Mas, juntamente com isso, também os gritos dos jogadores e da não tão grande torcida majoritariamente santista, pois era uma noite de chuva, que aumentou depois de começado o jogo, fazendo com que o uniforme branco do Cruzeiro (no Mineirão eles tinham jogado com o azul) ficasse encharcado e todo sujo de lama já no intervalo (eles tendo que torcer a camisa molhada no vestiário, pois não tinham uniforme sobressalente), e também fazendo rescender ou subir de leve (como uma exalação da terra) um cheiro de mato ralo molhado, que era inconfundível e delicioso, lembrando a ele não só o cheiro sentido num dia chuvoso num campo meio de várzea na cidade de Caxambu (num amistoso que a Seleção Brasileira aquele ano fez contra o Cruzeiro em 28 de abril, ele tendo jogado então pela Seleção e até feito um gol), mas também umas peladas que menino ele jogara em pequenos campos de várzea em fazendinhas ou sítios (de parentes seus) na grande periferia de Belo Horizonte, já que no tempo do IAPI, que foi sua escola infantil informal de futebol, ele praticamente só jogava em quadras de cimento de futebol de salão, onde aprendeu também a dar dribles e passes curtos muito precisos, ou seja: a jogar com pouco espaço, mas perdendo um pouco assim também uma ligação com a terra ou a grama (da ordem do táctil e muscular, ou seja: também da ação física), que era mais própria do futebol de campo, e que curiosamente lhe vinha agora como se quintessenciado no perfume (ou cheiro) meio selvagem de mato ralo ou grama molhada, consagrando uma conhecida conexão baudelairiana entre o olfato e a memória. Ainda uma vez ele voltaria a sentir este cheiro vegetal meio tosco, mas muito vivo e vibrante, quando avançou pela esquerda, driblando um lateral (com o uniforme também já todo sujo de uma lama que também cheirava de leve meio mal e toscamente), e cruzou pro Natal marcar o gol da vitória com um chute forte no ângulo superior esquerdo, pegando o goleiro no contrapé, e selando com isso também a conquista da Taça Brasil em pleno estádio paulistano do Pacaembu, o que iria ainda repercutir por um bom tempo e alavancar a sua carreira fulminantemente vitoriosa no Cruzeiro, levando-o (agora, enfim, como titular) à Seleção Brasileira campeã da Copa de 1970 no México.

Espantosamente, pois parecia mesmo trivialmente inverossímil e fantástico como uma ficção científica best-seller qualquer, ao acordar no dia seguinte, depois da primeira noite com sono REM induzido na "Clínica Mineira do Bom Sono" (e este sonho-memória então bem vivo e nítido), estranhando um pouco o silencioso quarto meio *clean* de Spa de luxo e sua cama de solteiro espaçosa e com lençóis brancos macios cheirosos e limpinhos, ele encontrou, no lado direito da cama após o travesseiro (manchando um pouquinho de marrom-claro o lençol branco), um talinho de grama ligeiramente molhado, que ele pegou com a mão direita e levou até o nariz, tendo então sentido ou reconhecido um inconfundível cheiro antigo de grama molhada que o remeteu imediatamente para a cena daquele gol de falta no Pacaembu naquela noite do 7 de dezembro de 1966, como se portanto estivesse se realizando com ele o conhecido milagre da "flor de Coleridge" (o poeta romântico inglês que sonhou também um extenso trecho do poema *Kublai Khan*), flor que é transportada concretamente de um sonho com o (ou no) jardim do paraíso para as mãos do sonhador ao acordar,[34] o que leva depois Tostão a ligar pra recepção da Clínica pra perguntar se alguém tinha estado no seu quarto à noite (ou ao nascer do dia), pois ele tinha dormido profundamente e não tinha visto/ouvido nada, e recebeu (como era de se esperar) uma resposta negativa.

E, em alguns ou um único lance decisivo numa partida final de um campeonato importante, apesar da embriaguez do estado desperto e tenso, se concentrava todo um passado de um longo aprendizado e treino do passe, do drible e do chute, em treinos e jogos de campeonatos estaduais do juvenil (do América e do Cruzeiro) e do time principal (do Cruzeiro) que passam cada vez mais a exigir o seu tempo e energia. É mais ou menos sabido, por exemplo, que Tostão treinou diariamente durante um bom tempo a passar e a chutar com a perna direita, porque ele era canhoto, pra assim ter uma dupla capacidade com alguma destreza nas duas pernas e pés (como se fossem dois gêmeos craques de bola em um só jogador) e poder surpreender melhor o adversário. Não havia muito tempo também que ele se tornara profissional, tendo terminado com algum esforço o segundo grau, estudando à noite (por causa dos treinos), em um bom colégio público (o Estadual), e por isso com uma vida de jovem razoavelmente regrada e sem muitas aventuras boêmias adolescentes, preferindo, por exemplo, desde as primeiras concentrações pros jogos, ficar no quarto lendo alguma literatura ou ouvindo

34 Eis a nota de Coleridge sobre este sonho e esta flor, tal como pinçada e traduzida por Borges no ensaio "A flor de Coleridge": "Se um homem atravessasse o Paraíso num sonho e lhe dessem uma flor como prova de que tinha estado ali, e se ao despertar encontrasse essa flor em sua mão... então, o quê?" (Borges, J. L., "La flor de Coleridge" in *Otras inquisiciones*. Buenos Aires: Alianza/Emecé, 1985, 1a edição: 1960, p. 17-20, p. 18).

alguns vinis de MPB e música pop. Ele sabia muito bem, apesar de ainda não ter se tornado um médico, que pra estar no melhor da sua forma ele deveria estar atento à preparação física, à alimentação e aos treinos com bola pra brincar com bons "adversários" ou reservas do seu próprio time. Mas, sobretudo, ele se sentia então bem leve, arisco e cheio de energia, mesmo sendo um pouco tímido, com seus apenas 19 anos, ainda ignorante do sucesso maior na Seleção Brasileira na Copa de 70 (quatro anos depois), e que encerraria precocemente a carreira (por causa de um problema no olho esquerdo) com 26 anos de idade, ou seja: ele bem jovem, no começo da sua breve glória como jogador vitorioso e num momento luminoso da sua juventude, que, como tudo nesta vida mortal, e particularmente a de um jogador de futebol, iria logo se acabar.

De algum modo ele sabe também, nem que seja por uma memória viva imediata do passado proximíssimo (se ele não sabe que está revivendo a experiência viva e aberta daquele jogo), que o Santos fez 2 gols (e o Cruzeiro, nenhum) – o 1° em jogada magistral de Pelé e o 2° numa jogada muito boa do atacante Toninho (e do ponta-esquerda Edu) –, jogou um 1° tempo muito melhor e poderia, inclusive, ter feito mais gols. Assim como ele sabe também que no intervalo um representante de Mendonça Falcão, presidente da Federação Paulista de Futebol, chega no vestiário do Cruzeiro com um convite (arrogante e presunçoso) da parte deste último pro presidente do Cruzeiro, Felício Brandi, ir conversar com ele (Mendonça Falcão) sobre a realização de uma 3a partida em São Paulo, ao que Felício Brandi respondeu com um "não" indignado e aos berros, dizendo que as passagens aéreas já estavam compradas e eles iriam sair ao menos com um empate de 2 a 2 naquele jogo.[35] É como se aquilo, juntamente com o seu uniforme todo molhado e sujo de barro, acabasse de acendê-lo ainda mais pra uma possível virada, até mesmo com um pouquinho de raiva. Pois ele tinha dormido muito mal a noite anterior, estava mais tenso, mas – como ele mesmo iria depois reconhecer por escrito (usando termos médicos) – "(...) a ansiedade, desde que não ultrapasse certos limites, é benéfica, pois aumenta a liberação de substâncias químicas que melhoram a velocidade, a força muscular e a concentração. O jogador fica mais ativo, esperto. É o *dopping* psicológico." (Tostão, *Tempos vividos, sonhados e perdidos, op. cit.*, p. 61).[36]

Mas se, num primeiro sonho vivíssimo em sua agudeza e nitidez (ele estando ainda totalmente distendido na cama de um quarto particular na "Clínica Mineira do Bom Sono" em BH), ele revive, numa espécie de brevíssimo compacto de memória "a la Canal 100", mas sem nenhuma trilha sonora (só o som ambiente) e tridimensional colorida, táctil e olfativa (com intervalos negros ou de total ausência psíquica), os três ou quatro principais lances de participações decisivas suas no 2° tempo do 2° jogo em São Paulo, num segundo sonho, já em casa, flash mais breve ainda do que a breve colagem do primeiro e sem a

35 Estou resumindo e parafraseando aqui o informativo relato de Plínio Barreto e Luiz Otávio Trópia Barreto no subcapítulo "No Pacaembu, a façanha" de "Campeão do Brasil em 66" (ANOS 60) do livro *De Palestra a Cruzeiro* (Belo Horizonte: [s. n.], 2000, p. 102 e 103).

36 Mas a contrapartida seria a seguinte: "Se a ansiedade for intensa, o cérebro deixa de dominar o corpo, e o jogador passa a errar lances bisonhos, fica mais agressivo e violento. Muitos times perdem partidas decisivas porque não conseguem lidar com as emoções." (Tostão, *ibidem*).

nitidez mais exata daquele, ele revive apenas o primeiro gol, o dele, de falta e meio sem ângulo, num estado de ânimo meio desesperado e incerto, mas inteiramente desperto, e que o leva a uma extrema precisão e força no chute, ou seja: a uma felicidade técnica e de boa sorte, que jamais é garantida de antemão e constitui a maior graça do jogo (assim como da própria vida). O paradoxal, no entanto, é que justamente um instante incerto de um chute (numa cobrança de falta difícil), e que poderia muito bem ter tido um outro resultado, seja aquilo que será repetido em sonho mais de uma vez, mas em cada uma delas sem o saber, por parte do sonhador, nem que ele está sonhando e nem que ele estaria vivendo uma segunda ou terceira vez a experiência tensa e vivíssima daquele chute naquele momento daquele jogo, mas, por outro lado (ou contraditoriamente), criando também um espanto desconsolado, por um certo pressentimento de que aquilo já foi vivido antes, ou seja: pela sensação de um levemente estranho e familiar déjà-vu, para com o que não passaria de uma espécie de mini vídeo interativo em *looping* ou uma espécie de vivência em círculo e/ou eterno retorno do mesmo, em princípio feliz porque vitorioso, mas depois começando a perder um pouco a graça até eventualmente tornar-se tedioso, o que obviamente não chegou a acontecer com ele, pois a sua experiência foi apenas de dois sonhos breves (num momento em que curiosamente os jogos todos de futebol estavam suspensos por causa da pandemia do coronavírus) revivendo vivissimamente o instante do chute certeiro daquela falta (que resultaria no 1° gol do Cruzeiro) no 2° tempo daquele Santos 2 x 3 Cruzeiro.

Curiosamente, em um (velho, pois não zap escrito ou oral) e-mail que lhe fora endereçado há pouco tempo por um professor da Letras da UFMG também interessado no "acaso" no futebol e agora impressionado com a repetição de jogos, partes de jogos (ou compactos) e de gols passados nesta suspensão dos eventos esportivos de grande público e aglomeração na pandemia,[37] ele lera uma citação curiosa de Robert Burton sobre a insônia, explicativa talvez da própria gênese da ideia atroz do "eterno retorno" em Nietzsche, retirada de um ensaio de Borges sobre "a doutrina dos ciclos": " 'O não dormir (...) crucifica demais os melancólicos.', e nos consta que Nietzsche padeceu essa cruz e teve de procurar salvação no amargo hidrato de cloral." (Borges, Jorge Luis, "A doutrina dos ciclos" em *História da eternidade*, trad. Carmen C. de Lima. *Obras completas vol. I*. Porto Alegre: Globo, 1998, p. 425-433, p. 430).

Desde que começou a pandemia, por hábito funcional ou de trabalho semanal como comentarista de futebol na imprensa escrita, o seu assunto (os jogos e campeonatos atuais e ainda em curso) diminuíra bastante, tendo praticamente se transferido pra própria disseminação pandêmica do vírus entre os atletas

37 O inverossímil, mas muito real, encontro com este professor universitário (também estudioso da literatura grega antiga) da Letras da UFMG acontecera num domingo, duas semanas antes do começo da quarentena, no restaurante *D'Artagnan*, perto da praça Marília de Dirceu, em BH, quando, talvez animado por um pouco de vinho, este professor se dirigiu a ele (Tostão), quando ele, voltando do banheiro, passou ao lado daquele que não se conteve e, saudando-o também como grande cronista de futebol, perguntou-lhe se ele não se interessaria por um artigo que ele publicara no *Suplemento Literário MG* sobre o "acaso" no futebol, de que de fato ele (Tostão) tinha gostado e (um pouco por já estar meio sem assunto com a suspensão da grande maioria dos campeonatos de futebol) resumido e referido num primeiro parágrafo da sua crônica de domingo na *Folha de São Paulo*. Foi a partir de então que este professor lhe enviou outros e-mails levemente filosóficos sobre o futebol, aos quais (como era sua praxe ordinária com gente pouco conhecida) Tostão simplesmente não respondera nada.

e membros das comissões técnicas dos grandes times e o que os dirigentes estavam pensando fazer, o que o levou mais de uma vez a uma noite incômoda e desassossegada de insônia, onde ele acabava vendo (por vício profissional talvez) muita coisa de futebol nos vários canais de esporte da TV a cabo. Mas mesmo que mudasse de canal e fosse pros de cinema, era muito comum que pegasse um pedaço de um filme já visto mais de uma ou muitas vezes, como, nestas duas últimas semanas, *Morangos silvestres* do Bergman, *O bebê de Rosemary* do Polansky e *O homem que amava as mulheres* do Truffaut.[38]

Mas foi ainda em um outro e-mail deste mesmo professor, que ele leu uma espécie de refutação lógica por Borges do déjà-vu concebido literalmente (que o intrigou ainda mais) só pra lhe desaconselhar qualquer ingênuo desejo de identificação com (ou revivência de) um importante momento vitorioso do seu passado: "A sensação 'de já ter vivido esse momento' por vezes nos deixa pensativos. Os partidários do eterno regresso nos juram que é assim e buscam corroboração de sua fé nesses estados de perplexidade. Esquecem que a lembrança implicaria uma novidade que é a negação da tese e que o tempo a iria aperfeiçoando – até o ciclo distante em que o indivíduo já prevê seu destino e

38 Numa dessas noites ele viu um grande pedaço de um curioso filme húngaro em que um homem e uma mulher que trabalham num matadouro e grande açougue de uma empresa de carne bovina sonham à noite simultaneamente que são um alce e sua fêmea se paquerando numa floresta hibernal gélida e inabitada onde neva bastante, o que o levou a pensar meio loucamente se ele não poderia tentar combinar com dois jogadores importantes do Cruzeiro, que jogaram aquele jogo e ainda estavam vivos, por exemplo: o Natal e o Dirceu Lopes, de sonharem simultaneamente algumas jogadas mais importantes do 2° tempo daquele jogo de futebol (e explodir assim o molde mais tradicional da privacidade dos sonhos em oposição à publicidade da vigília).

prefere agir de outro modo..." (Borges, Jorge Luis, "A doutrina dos ciclos", *op. cit.*, p. 431). Mas, justamente, e se o desejado (e também inevitável) fosse não "agir de outro modo", mas exatamente como da primeira vez e, por isso, querer reviver exatamente (como aconteceu em seu frescor de presente) aquela experiência ou pedaço de existência do passado?

Na terceira e última nota deste ensaio, como ele conferiu depois que comprou (curioso) este 1° volume das *Obras completas* do Borges em português, após uma última frase deste parágrafo ["Nietzsche, além disso, nunca falou de confirmação mnemônica do Regresso"], Borges tinha colocado uma longa, lógica e laica explicação em francês do fenômeno do déjà-vu por Nestor Ibarra (que ele pediu a um amigo brasileiro que mora há muito tempo na França pra traduzir), onde ele leu algo que, meio de tabela, o fez pensar numa outra (e onírica) possibilidade cognitiva de revivência tal qual (se deu) de um acontecimento já passado: "Imagino que se trata de um curioso comportamento de nossa memória. Uma percepção qualquer se efetiva primeiro, mas *sob o limiar do consciente*. Um instante depois, as excitações agem, mas desta vez nós as recebemos *no consciente*. Nossa memória é ativada e nos oferece justamente o sentimento do *déjà vu*, mas ela localiza mal esta rememoração. (...) Trata-se na realidade de um passado imediato, e o abismo que nos separa dele é aquele de nossa distração." (Borges, J. L., *ibidem*).

Pois se uma percepção "*sob o limiar do consciente*" nos afeta de modo mais impactante (como se podendo gerar a sensação misteriosa e metafísica do déjà-vu), talvez também *sob o limiar do consciente*, ou seja: no sonho (e no sono profundo REM que lhe é próprio), fosse possível reativar, nas cinco dimensões sensoriais, alguns acontecimentos importantes do passado (no caso, os de partidas, gols e passes decisivos numa bem breve e a seu modo gloriosa carreira de jogador de futebol), nem que fosse no modo de uns flashes fílmicos, com os gols e mais uns poucos lances principais de uma partida decisiva num Campeonato, como os do velho Canal 100 (mas sem música) ou hoje os compactos do "Giro da Rodada" (dos *Sportvs* da GloboSat), revividos em sonho tão nítida e frescamente como se fossem pela primeira vez, mas paradoxal e meio confusamente como se também pudessem ser pressentidos ou percebidos (para não dizer lembrados) vagamente como já acontecidos uma única e fulgurante vez.

Para tanto, ele pesquisou na internet sobre a indução terapêutica do sono REM (tendo encontrado também muita propaganda de Melatonina), e encontrou num texto de apresentação de um site de uma "Clínica do Sonho" (não confundir com a conhecida "Clínica Mineira do Bom Sono" em BH) estes seguintes acréscimos: "com a ativação dos sonhos como precioso ganho psíquico secundário, a ser trabalhada por sua vez (mas com um psicanalista atento ao fenômeno) numa possível interpretação psicanalítica dos sonhos", o que propriamente não o interessou, já que ele queria testar apenas a possibilidade como se mnemônica de sonhar para reviver de maneira intensa um ou alguns acontecimentos passados, o que ele também não sabia se era possível (ou se seria induzível também por várias revisões das cenas decisivas de um jogo no YouTube justamente na véspera de ir pra Clínica Mineira do Bom Sono), mas, na ausência de uma informação mais precisa, ele perguntou num e-mail pra "Recepção" se a Clínica oferecia algo como uma "indução terapêutica do sono REM", ao que, depois de uma grande demora, por fim responderam que sim, apesar de não usarem o termo "terapêutica", mas sim o mais direto e simples de "relaxante", e acrescentando que, para tanto, o melhor era o paciente poder passar pelo menos umas 60 horas (ou seja: dois dias ou duas noites e meio dia) retirado ou internado na Clínica, o que devia ser cobrado certamente como umas quase três diárias de um hotel de luxo.

E, enfim, como um último estímulo a conferir uma realidade total reinstaurada em todo o seu frescor e nitidez pela conjunção dos cinco sentidos, juntamente com a sensação paradoxal de um *déjà vécu* ("já vivido"), este professor da Letras da UFMG citava (em tradução sofrível pro português ligeiramente corrigida por ele) uns versos curiosos de Dante Gabriel Rosseti, citados por Borges no fim de seu famoso prólogo à *Invenção de Morel* de Bioy Casares – em que ele, embalado pela sedutora sucessão de noções e imagens criadoras de mistério, reparou sobretudo no primeiro adjetivo qualificando o cheiro como "aguçado", algo de que ele se lembraria depois ao sentir o memorável cheiro de grama molhada, não exatamente "suave" (assim como "o som suspirante" da não tão grande torcida santista naquela noite chuvosa), no estádio do Pacaembu na noite de 7 de dezembro de 1966: "Já estive aqui antes,/ Mas quando ou como, não posso dizer:/ Conheço a grama além da porta,/ O **aguçado cheiro** suave,/ O **som suspirante** e as luzes em torno da costa...".

Para seu desconsolo, naquele que é o primeiro sonho bem nítido que ele tem, desde que retirado no relativo luxo hoteleiro ou de *spa* (com preço especial abatido pra ele, por ele ainda ser famoso numa mídia impressa e digital bem pensante em sua bolha) de quatro estrelas da "Clínica Mineira do Bom Sono", depois da indução química meio ordinária (com um coquetel ou "rabo de galo" de melatonina e zolpidem) do sono REM, ele passa em frente a uma casa de mais de meio século (uns 60 anos) atrás, ou seja: dos anos 60 do século XX, fechada e como que meio abandonada, apesar de uma certa claridade emitida pelo reflexo da luz solar (no começo da tarde) em sua pintura bege meio ocre, como se ligeiramente ofuscada pela poeira, e em cuja garagem há um carro branco empoeirado e de pneu furado, cujo nome ou tipo antigo e esquecido então ressoa como um significante enigmático, ecoando a contínua passagem passo a passo do passado, quando o "t" final bem à francesa não é pronunciado e o "a" final é acentuado: **Passat** (e parecendo, por outro lado, uma corruptela cômica de "pra assar", com um ligeiríssimo intervalo entre os "a"s de, tais como pronunciados oralmente, "**pá**" e "**assá**"...).

Mas, simultaneamente, ele não sabe (**estar revivendo** o acontecimento), porque é também exatamente tal qual foi a primeira vez, com uma percepção corporal aguçada (mas um zero grau de meditação discursiva) e a angústia da ação ainda não realizada, e as várias outras possibilidades de futuro ainda em aberto (o que Borges chamaria, em sua versão fantástica que não as anula, de "jardim dos caminhos que se bifurcam"), que, aos poucos, à medida que a realidade única e irreversível de uma partida de futebol já jogada (ou o seu placar final) vai se definindo, são descartadas de uma vez por todas como meras possibilidades que jamais irão se realizar naquele mesmo espaço/tempo, donde portanto o peso decisivo daquela leve e jovem presença de corpo/espírito (com seu sapiente "não saber") no brevíssimo instante de um chute, um passe ou um drible.

E é precisamente este duplo (angustiado/feliz) "não saber" (do ser passado e do que será o futuro) que parece concentrar uma qualidade ou intensificar a experiência de algo muito difícil de ser apreendido em sua infinitesimal e contínua desaparição enquanto também pela ação vai se construindo ou encenando "teatralmente" no mundo real o futuro ainda não realizado: o momento presente. E a sua extrema vivacidade, no caso, parecia vir também do duplo fato de ele (ou o seu "corpo") ser ainda muito jovem e de ser aquele grande acontecimento uma partida de futebol decisiva de um campeonato importante no Brasil, como se de algum modo toda a vida possível de um humano pudesse estar concentrada ali (numa percepção nítida do que Borges gostava de expor com uma bela citação de Marco Aurélio: "Ainda que os anos de tua vida sejam três mil ou dez vezes três mil, lembra-te de que ninguém perde outra vida senão a que vive agora, nem vive outra senão a que perde. [...] O presente é de todos; morrer é perder o presente, que é um lapso brevíssimo.", reforçada por uma outra de Schopenhauer (mais atenta ao elemento da "ação"): "A forma de aparecimento da vontade é só o presente, não o passado nem o futuro: estes só existem para o conceito e pelo encadeamento da consciência, submetida ao princípio da razão. Ninguém viveu no passado, ninguém viverá no futuro; o presente é a forma de toda a vida." [Borges, J. L., "O tempo circular" em *História da eternidade*, *op. cit.*, p. 436]).

Mas, entre um (o primeiro mais largo com uma espécie de compacto do 2° tempo daquele jogo Santos 2 x 3 Cruzeiro no Pacaembu na 2ª partida final da Taça Brasil de 1966) e outro sonho (o segundo bem mais curto com apenas o lance da falta cobrada por ele no 1° gol do Cruzeiro), ele primeiramente acordou já no começo da manhã, ainda bem sonolento (com alguma ressaca do coquetel de hipnóticos que tinha tomado à noite), demorando um pouco a reconhecer onde estava e estranhando muito aquele quarto de "hotel/hospital") e – antes mesmo de encontrar, no lado direito da cama após o travesseiro, um talinho de grama ligeiramente molhado (que ele pegou com a mão direita e levou até o nariz, reconhecendo o cheiro da grama molhada do Pacaembu naquela noite gloriosa de 1966) e de mais tarde um pouco tentar checar na recepção como é que aquilo poderia ter acontecido – ele se perguntou (ou antes teve a seguinte impressão dubitativa) mais ou menos assim: "estou sonhando agora e antes era a realidade?" ou "estava sonhando e agora acordei numa espécie de sonho ruim?", como se renovando a célebre dúvida do sonho da borboleta de Chuang-Tzu.

Mas, depois de ir meio tropicando ao banheiro (fazer um xixi) e tomar um pouco da água de coco em caixinha que estava no frigobar,[39] ele (redespertando de leve) deu um rápido e inútil chamado à recepção do "hotel/hospital" e voltou preguiçosamente à sua cama, mas paradoxalmente para ser disciplinado nos exercícios de sono/sonho, e – sem ligar o celular,

39 Neste ambiente retirado, esses cuidados básicos e sua frugalidade lembravam a imagem idílica (e meio indiana) de Borges para o sonhador (fantástico) que quer em sonho criar um outro homem no conto "As ruínas circulares": "Convinha-lhe o templo inabitado e despedaçado, porque era um mínimo de mundo visível; a proximidade dos lenhadores também, porque estes se encarregavam de suprir suas necessidades frugais. O arroz e as frutas eram pábulo suficiente para seu corpo, consagrado à única tarefa de dormir e sonhar." (Borges, J. L., "As ruínas circulares" em *Ficções*, trad. de Carlos Nejar, *Obras completas vol. I*, *op. cit.*, p. 499-504, p. 500).

o laptop ou a TV – se deitou, cobriu-se com um lençol branco macio limpinho e um cobertorzinho leve marrom-claro, e, um pouco depois, já de olhos fechados (enquanto flashes meio confusos de notícias fúnebres sobre a pandemia desfilavam em sua consciência já adormecendo), voltou a sonhar, mas não ainda aquele segundo sonho do 2° tempo daquele Santos 2 x 3 Cruzeiro de 1966 (com apenas o lance da falta cobrada por ele no 1° gol do Cruzeiro), e sim a exata ação que ele acabara de fazer ao ir ao banheiro, tomar um pouco de água de coco e voltar pra sua cama naquele quarto de "hotel/hospital", o que – ao acordar de novo – o levou a uma vertiginosa dúvida quanto ao seu próprio conceito de realidade (ou vigília) instituído por oposição ao sonho.

Mas foi só ao chegar em casa e depois de uma deliciosa reacomodação no ambiente doméstico rotineiro (de um apartamento num bairro ultra Zona Sul de BH), tendo também tido de enfrentar à tarde uma série de e-mails e *WhatsApps* mais ou menos urgentes (ou seja: só os "mais" naquele dia de trânsito), que ele, à noite, sem conseguir escrever nada e zapeando inquieto a esperável e repetitiva ciranda feérica da TV a cabo, tentou ainda um último repique onírico com um comprimido de zolpidem que lhe dera o enfermeiro da Clínica, e – depois novamente de uma estranha e confusa colagem de fragmentos de vida pandêmica e também de uma série de lembranças de importantes jogadores (com quem ele convivera) já mortos – ele voltou a sonhar, numa espécie de flash mais rápido (mas ainda muito vívido), mas sem reconhecer estar sonhando algo já vivido, apenas o 1° gol do Cruzeiro no 2° tempo daquele Santos 2 x Cruzeiro 3 no Pacaembu em 1966, ou seja: o seu golaço de falta, exatamente como da primeira vez, chutando forte e precisamente de curva e quase sem ângulo já no lado menor externo à direita do grande retângulo da grande área (que era onde estava Natal quando sofreu a falta) bem no ângulo direito superior (na "forquilha") da trave.

Desta vez, porém, ao acordar (e não como algo que ele tivesse paradoxalmente pressentido durante o próprio sonho), ele reconheceu que, em relativamente pouco tempo, já era a segunda vez que ele sonhava com muita nitidez (e como se estivesse acontecendo no exato instante presente do sonho) aquele seu golaço de falta (o 1° do Cruzeiro no 2° tempo daquele decisivo Santos 2 x Cruzeiro 3 no fim de 1966), tendo, portanto, a estranha impressão da possibilidade de um acontecimento notável se repetir (tal qual foi vivido) um número indefinido de vezes, o que, estranhamente também, depois da perplexidade inicial, acabou por levá-lo a imaginar (como se visse agora este mesmo gol repetido inúmeras vezes na TV, como outros também importantes e já há muito acontecidos, nesta quarentena pandêmica), e apesar (neste caso) da sua pretensa felicidade e/ou glória, o bocejante horror ou tédio mortal do eterno retorno do mesmo.

Brasil 3 x 1 Uruguai, semifinal da Copa de 70

(um relato-ensaio retrospectivo)

[Artigo publicado em *FULIA/UFMG*, v. 5, n. 3, set.-dez., 2020 – "(Auto)biografias no mundo dos esportes" e aqui com uma ligeira revisão]

pro Tostão (vivíssimo e bem-pensante cronista)

> "A bola [...]
> que, como bicho, é mister
> (mais que bicho, como mulher)
> usar com malícia e atenção,
> dando aos pés astúcias de mão."
>
> — João Cabral de Melo Neto,
> "O futebol brasileiro evocado da Europa"

Ainda que seja possível dizer que um núcleo de memória do próprio jogo visto (em preto e branco) com nove anos de idade numa televisão pequena e com imagem certamente bem menos nítida do que a atual de "alta definição" ("HD, High Definition") tenha se conservado, misturado certamente com os inúmeros VTs de compactos e dos gols (já em cores), primeiro em retrospectivas da Copa do Mundo (de futebol) de 1970 no próprio cinema na época, e depois na televisão não sei quantas vezes, o que vou tentar modestamente fazer aqui é a narração resumida de uma experiência recente de ter assistido o VT desse jogo inteiro em cores e em HD na TV (o que não é possível fazer com um mero recurso ao YouTube, por causa dos direitos da FIFA sobre as imagens do jogo inteiro), já sabendo do resultado do jogo e conhecendo bem os quatro gols e alguns lances memoráveis, numa grande retrospectiva da íntegra dos seis jogos do Brasil nessa Copa de 70 no Sportv1 (da Globosat), comemorando um exato meio século de existência de cada jogo memorável (exatamente no seu dia) no mês de junho de 1970 e agora de 2020 (às 23:30 de cada um desses dias, horário um pouco ingrato),[1] para preencher de algum modo o insuportável vazio de jogos de futebol brasileiro ao vivo nesta quarentena bem estendida devido à terrível pandemia do coronavírus num Brasil inteiramente desgovernado e já tendo se tornado o 2° país em todo mundo com o maior número de infectados e de mortes devidas a esse novo vírus.

Curiosamente eu sempre guardei alguma memória (confirmada agora pelos depoimentos dos jogadores) de que esse jogo era visto então pela imprensa como muito perigoso pro Brasil devido ao desastre da final da Copa de 1950, em pleno Maracanã (o famoso "Maracanazo"), quando o Brasil, com um

1 Um detalhe bem importante desses VTS dos seis jogos inteiros do Brasil na Copa de 1970 (cada qual de uma hora e meia e mais alguns poucos acréscimos, pois na época juiz algum estendia muito os dois tempos de 45 minutos de um jogo) é que apenas o visual filmado estava sendo retransmitido, enquanto tanto a locução (obviamente sem grande importância, como no rádio, senão para uma correta identificação dos jogadores, técnicos, juiz e bandeirinhas) quanto os comentários não eram os de quem os haviam feito há 50 anos atrás (mesmo que os sons da partida então acontecendo tivessem sido conservados), mas de locutores e comentaristas atuais, que (como eu próprio) já sabiam de todos os resultados dessa Copa e muito dificilmente conseguiriam fingir bem uma emoção qualquer de quem poderia ser surpreendido por um outro curso dos eventos em uma série temporal sucessiva e irreversível que compõe o evento maior total de um jogo de futebol. Apenas pra lembrar aquele que era o locutor brasileiro de TV mais conhecido então (o Geraldo José de Almeida), vou citar agora, em sua homenagem, o modo como ele descrevia com precisão um gol que acabava de ser feito (por seu efeito imediato no resultado mesmo da partida): "Olha lá, olha lá, olha lá no placarrrrrr..." (arrastando bem o "r" final dessa palavra).

time considerado bem melhor tecnicamente, perdeu de 2 a 1 pro Uruguai, em dois vacilos fatais (sobretudo o último, no gol de Giggia, pra abominável desonra do goleiro Barbosa) e talvez também por alguma vergonhosa falta de virilidade ou "raça" (à qual se contrapunha o heroísmo macho, e indiferente ao imenso público brasileiro que lotava o estádio, do capitão uruguaio Obdúlio Varela), algo que sempre foi também decisivo no futebol.[2] Mas, de um ponto de vista objetivo, segundo o mero regulamento, então bem conhecido de todos, esse jogo era perigoso ou possivelmente fatal simplesmente porque era (depois da fase classificatória dos grupos, em que o Brasil ficou em 1° lugar com três vitórias, e já como no caso das quartas de final na vitória de 4 a 2 contra o Peru) uma partida única e eliminatória (ou de "mata-mata"),[3] em que todas as chances

2 No entanto, diferentemente do jogo contra a Inglaterra, que foi ao meio-dia (obrigando o Brasil a se antecipar na madrugada pra ficar com o melhor vestiário), o jogo contra o Uruguai foi num horário bem mais ameno do verão mexicano: às 16 horas, ou 4 da tarde, dispensando o Brasil de qualquer iniciativa nesse sentido e lhe permitindo um concentrar-se apenas no adversário. Apenas como uma curiosidade (de que em algum remoto dia eu já tinha ouvido falar) vale registrar o que Carlos Alberto diz sobre Pelé no vestiário antes de qualquer partida começar: "O Pelé dormia no vestiário, o Pelé tinha esse hábito. Em qualquer jogo, ele ia pro vestiário, pegava um saco de roupa, que servia de travesseiro, ia lá num cantinho, num banco, tirava lá um soninho. Ele apagava, tem gente que tem essa facilidade. E acordava com tudo, né?" (TORRES. Fui com tudo, cheguei na passada certa, com a certeza de que iria fazer o gol).

3 Mas caberia lembrar que objetivamente também o time da Seleção Uruguaia, composto com uma base de jogadores do Nacional e do Peñarol, era formado por alguns jogadores do Peñarol (como o goleiro Mazurkiewicz, o zagueiro Forlan e o meio campo Pedro Rocha que felizmente não jogou contra o Brasil) que já haviam sido não só campeões nacionais, mas também da Libertadores e mesmo do Mundial de Clubes em 1966, assim como do Nacional (com alguns jogadores

estavam sendo apostadas de uma vez por todas (no que, paradoxalmente, algo de cada instante único e irreversível da própria vida humana de cada indivíduo, mesmo que não necessariamente o da morte, estaria sendo também de algum modo representado), dando ao espectador do jogo um medo, um "frisson" e uma graça únicos, sobretudo porque o time brasileiro estava indo muito bem (quatro brilhantes vitórias) e seria uma tristeza que tudo fosse desperdiçado pra disputar um medíocre e jamais compensatório 3° lugar (como, por exemplo, na Copa de 1978), o que na hora H parece revelar bem que no futebol também a vitória ou o resultado final é muito (ou talvez o mais) importante.

Estranhamente, o que é bem próprio do futebol, o Brasil parece ter se assustado um pouco no primeiro tempo com a marcação cerrada e violenta dos uruguaios (que tinham até então a melhor defesa da Copa) e não conseguia acertar bem as sequências de jogadas do meio de campo pra frente (ou às vezes apenas na finalização), apesar de também não sofrer propriamente maiores perigos de um ataque uruguaio que era, no fim das

que estavam na Seleção de 1970, como Luis Cubilla) que seria campeão da Libertadores em 1971, e cabendo ainda lembrar que fazia parte, por exemplo, da tradição do futebol uruguaio ter tido um time, o Peñarol, que foi bicampeão das duas primeiras Libertadores da América em 1960 (sendo que neste ano, no jogo de volta contra o Olímpia do Paraguai, em Assunção, depois de ter vencido em Montevidéu por 1 a 0, o Peñarol empatou em 1 a 1 com o Olímpia, com um gol de Cubilla aos 38 minutos do 2° tempo), e em 1961 (ganhando do Palmeiras por 1 a 0 em Montevidéu e empatando em 1 a 1 em São Paulo, sendo que Cubilla, apesar de não ter marcado gol, jogou ambos os jogos), e foi também campeão mundial de clubes em 1961 (novamente com Cubilla jogando), e ainda disputou as finais da Libertadores com o Santos, também campeão do mundo em 1962 (ainda uma vez com Cubilla jogando).

contas, como o próprio meio de campo uruguaio no sentido da armação de jogadas, bem insosso e medíocre.

Mas agora, enfim, vou dizer algo que só o rever tranquilo de todo o jogo pôde permitir, em contraste com o depoimento retrospectivo de cinco jogadores (Carlos Alberto, Clodoaldo, Gerson, Tostão e Piazza, mas sobretudo o do Gerson) que acentuou um certo "apagão" do Brasil no 1° tempo, como se não tivesse jogado "nada":[4] o Brasil, com um toque de bola bem melhor (apesar do padrão do Uruguai não ser também de todo ruim), criava muito mais jogadas de ataque do que o Uruguai (ainda que fosse um jogo muito interrompido devido às muitas jogadas violentas e faltosas), e logo aos 19 minutos foi surpreendido numa jogada em que o famoso ponta direita ou atacante Luis Cubilla (e não Cubillas com "s", como é o nome do craque peruano que fez o 2° gol do Peru no jogo anterior do Brasil), depois de um erro bisonho de passe do nosso bruto beque Brito[5] e uma recepção de bola tranquila e repasse imediato e preciso de Morales, recebeu a bola livre e meio sem ângulo já dentro da grande área, mas aparentemente sem grande perigo, e num chute não tão forte (e parecendo um cruzamento que tivesse dado errado, mesmo que nenhum outro atacante estivesse propriamente chegando pra conferir), mas

4 "Não jogamos, não tinha explicação [para o primeiro tempo]. Sentamos lá, discutimos, argumentamos, chegamos à seguinte conclusão: 'Nada'." (GERSON. Como é que você vai admitir que o Pelé jogue 45 minutos mal?).

5 No entanto, num primeiro lance de perigo para o Uruguai, foi Everaldo quem cabeceou meio mal, cortando um lançamento pelo alto pra esquerda, e a bola sobrou pro atacante Fontes que chutou de primeira bem forte e rasteiro no canto direito, mas o goleiro Félix estava bem colocado e pulou rápido pra baixo pegando firme a bola e sem dar rebote (o perigoso "bater roupa").

muito bem colocado se realmente intencional, pegou o nosso às vezes "feliz" e "dorminhoco" Félix no contrapé e foi morrer no outro e esquerdo cantinho interior do gol (enquanto o Piazza chegava já meio atrasado e sem poder fazer nada), causando uma vibração intensa dos uruguaios e um certo desespero completamente desconcertado ("como é que isso pode estar acontecendo conosco agora?") dos brasileiros.

Como tive a impressão de ter visto (neste VT privilegiado) um pouco mal esse gol de Luis Cubilla, passando a desconfiar então de que ele pudesse ter tentado o gol diretamente (e não indireta e equivocadamente), como também o seu olhar pra dentro da pequena área (na hora do lance) parecia indicar bem, além do fato (só agora evidente pra mim) de que nenhum atacante uruguaio estava chegando à grande área pra finalizar o que teria sido um mero cruzamento pra área, voltei a ver o lance mais de uma vez em compactos no YouTube e passei enfim, com um pouco mais de justiça à realidade dos fatos, a considerar que esse foi um gol de muita técnica e malícia desse atacante uruguaio (pois ele também apostou inteligente e calculadamente que esse goleiro – por "coincidência" meio dado a vacilos – não estaria esperando um improvável chute direto e sem ângulo e seria pego de surpresa numa decisiva fração de segundo), ou seja e forçando um pouco o oximoro na escolha insólita do adjetivo: um "discreto golaço".[6]

6 Se considerarmos que esse Cubilla, então já meio gordinho e com 30 anos de idade e que tinha fama de ser meio irritante para os beques adversários, já tinha sido cinco vezes campeão uruguaio, duas vezes campeão da Libertadores, em 1960 e 1961, e campeão mundial de clubes em 1961 pelo Peñarol, e voltaria a ser campeão uruguaio e da Libertadores em 1971 pelo Nacional, o grande rival do Peñarol (e isso sem considerar que ele seria ainda duas vezes campeão da

Mas não houve propriamente "apagão" nenhum, pois o Brasil, apesar de estar perdendo por causa deste gol apenas à primeira vista meio fantasma (ou "ubaldino", como os mineiros poderão reconhecer), continuou atacando e mantendo o controle do jogo (em termos de domínio de bola e habilidade, como a Seleção Holandesa de 74 e o bom Barcelona depois), tendo tido várias chances de gol e mesmo o que hoje seria talvez considerado um pênalti no Pelé, cabendo aí, portanto, a observação – não secundária ou menor – de que, para o padrão de arbitragem de hoje (ou do que é considerado falta grave ou passível de cartão amarelo, que só então aparecia timidamente pela primeira vez nas Copas, ou inaceitável e merecendo expulsão com o cartão vermelho, também uma novidade), o Uruguai dificilmente poderia ter saído como um quase vitorioso naquele 1° tempo da semifinal da Copa de 70, sendo que, antes do dramático gol de empate, o Brasil ainda teve três chances mais ou menos claras de gol, além do já citado possível pênalti em Pelé (segundo foi reclamado então pelos brasileiros, mesmo que hoje possamos ter alguma dúvida), num jogo em que os jogadores brasileiros estavam sendo "caçados" com violência pelos uruguaios e correndo assim o risco de "arregarem" e ficarem com o moral meio baixo.

Na primeira chance, trocando a bola tranquilamente no campo do adversário, Rivelino passa pro Clodoaldo que (como médio volante bom de bola e que não tinha medo de arriscar) chuta de longe, mas com perigo, a bola passando meio

Libertadores como técnico), teríamos, sem dúvida, uma figura inquestionável de um herói que foi um dos maiores jogadores da história do futebol uruguaio, algo de que só agora, com a facilidade de consulta imediata de bons sites sobre futebol no Google, estou enfim me dando conta (mas antes tarde do que nunca...).

alto (mas não acima do limite vertical do gol) ao lado da trave esquerda de um goleiro que, caso ela tivesse ido mais pra dentro do gol, talvez não a alcançasse (pois é tudo muito rápido, o que o VT em câmera lenta costuma falsear...). Na segunda, é o Gerson quem, muito marcado no primeiro tempo, dá um passe ou cruzo preciso e suave, na borda de dentro da grande área, pro Pelé, que cabeceia com algum perigo para o chão ao lado da trave direita. Na terceira, numa falta perigosa no ângulo de fora direito da grande área, é Rivelino (grande batedor de faltas, como o 1° gol contra a Tchecoslováquia tinha provado bem) quem cobra a falta com curva, a bola indo na direção certa no alto do gol, mas um pouco no meio demais, facilitando uma boa defesa do grande goleiro Mazurkiewicz, o famoso Mazurka (que depois dessa Copa jogaria dois anos com algum variável brilho no Atlético Mineiro, assim como o lateral esquerdo Cincunegui, algo de que nenhum torcedor mineiro mais velho, como eu mesmo, jamais vai se esquecer).

Mas o problema é que o Brasil, obstaculizado por uma defesa uruguaia compacta (com desarmes precisos, mas também muitos lances violentos e desleais de falta), não conseguia fazer o gol, aumentando a tensão e criando um possível risco pro 2° tempo (nos pedaços de VTs com narração dos locutores e comentários dos comentaristas da época, o lúcido João Saldanha "aparece" falando que falta justamente uma postura mais agressiva e direta no ataque brasileiro...). Mas também, como sabemos explicitamente agora (com os depoimentos dos 5 jogadores e principalmente o do Gerson), o Gerson, muito marcado, propôs pro Carlos Alberto e o Clodoaldo que ele (Gerson) invertesse de posição com o Clodoaldo, pra que esse ficasse mais livre e tivesse mais chances de chegar tabelando no ataque com os (por sua função primeira) atacantes Pelé, Jairzinho e Tostão. Essa inversão inteligente (e que hoje sabemos ter acontecido a partir de uma "sacada" do Gerson, que era quem armava o jogo todo e não estava conseguindo jogar direito, sem que pra isso fosse preciso esperar o Zagalo dar o seu aval), já indicada de algum modo na primeira chance perigosa de gol que o Brasil teve depois do gol do Uruguai, acabou sendo decisiva no dramático gol de empate do Brasil, no último minuto do 1° tempo, quando Everaldo, na esquerda do campo, toca pra Clodoaldo que, por sua vez, toca pra Tostão bem no canto esquerdo do campo (e não pro Rivelino, o "ponta esquerda" ou meio de campo, que não sabemos bem onde está), e este, pressentindo e já vendo a avançada meio inesperada de Clodoaldo pelo ataque em direção à grande área adversária, toca muito precisamente pra ele (Clodoaldo), no ante-pé do zagueiro uruguaio que chegava também correndo pra tentar marcar o Clodoaldo, de modo que a bola quica uma vez maciamente na grama e, quando ela sobe de leve, Clodoaldo pega de bate-pronto, preciso e forte, e manda do outro lado (o direito) do gol, impedindo qualquer reação do goleiro, num golaço inesquecível, "em cima da mosquita", empatando o jogo e "salvando", no finalzinho do 1° tempo, o Brasil.[7]

7 Caberia aqui uma observação sobre o modo como não só antes das partidas, mas também nos intervalos, estavam consoladoramente ausentes as tradicionais propagandas de cervejas ou de carros (voltadas pra um público majoritário presumivelmente masculino), o que não impedia o mimetismo ao menos de um compacto rápido dos "melhores lances" do 1° tempo, mas com os comentários diferenciados (porque já cientes do que se passou no 2° tempo e do resultado final da partida) de atuais comentaristas de futebol na TV (aqueles mais ou menos conhecidos da Globosat e do Sportv, incluindo os de arbitragem: Júnior,

Pelo que representava essa semifinal eliminatória e irreversível, em que o Brasil estava perdendo (apesar de jogando melhor) e arriscando de uma vez por todas naquela Copa a própria vida, esse gol decisivo (de que ninguém que acompanhou essa Copa vai jamais se esquecer) parece, a seu modo, demonstrar ainda uma vez a evidência de que o futebol é fundamentalmente um jogo de equipe (são 11 contra 11 e, além da importância do entrosamento dos 11 de cada lado, qualquer falha maior e inesperada de qualquer jogador podendo afetar todos do seu time e, inversa e complementarmente, todos do time adversário), em que o empenho técnico (ou de habilidade ou talento), tático (de boa percepção da posição ou função no grupo) e também de alma ou vontade de ganhar (a chamada "raça") são todos conjuntamente (já que, na performance mesma, eles são inseparáveis e igualmente importantes) decisivos, sendo aqui um bizarro centroavante deslocado pela esquerda (Tostão) quem, como uma espécie de meio de campo esperto (função habitualmente exercida pelo Rivelino), dá um passe macio e preciso (como saber qual intuição permite que isso aconteça, obviamente sem nenhuma garantia de que vá dar certo, como aliás tudo o mais de realmente importante

Casagrande, Ricardinho, Roger Flores, Petkovic, Paulo Vinícius Coelho, Lédio Carmona, Maurício Noriega, e pra arbitragem Arnaldo Cezar Coelho e Sandro Meira Ricci, além de locutores como Cléber Machado, Luís Carlos Júnior, Jota Júnior e Milton Leite). Dos locutores e comentadores de 1970 que a frequentação do YouTube me permitiu ressuscitar eu lembraria como locutor o Valter Abrahão e como comentaristas o Ruy Porto (de que eu tinha me esquecido totalmente) e o João Saldanha (que eu também lia no *Jornal do Brasil* que meus pais assinavam na época); já as crônicas de Nelson Rodrigues n'*O Globo* eu só lia quando estava de férias na casa dos meus avós maternos em Itajubá.

nessa vida humana e mortal?) pra um médio volante chegar correndo como um atacante e, depois de um quique da bola, pegar bem chapado e mandar direto e à meia altura pro canto inverso do gol, vencendo inapelavelmente o goleiro, golaço "milagroso" que só retrospectivamente pode parecer ao espectador um evento que deveria de qualquer modo ter acontecido.[8]

Uma outra observação cabível agora (pra quem está "simplesmente" assistindo um jogo de futebol e, apesar de já sabendo o resultado, não tem nenhum compromisso prévio com uma pretensa "verdade" consagrada), antes da narração de um resumo do 2° tempo dessa semifinal da Copa de 70, e segundo um comentário (obviamente não desprezível, mas também não necessariamente de todo verdadeiro) do Gerson, é que o Pelé, o "rei" e grande craque dessa Copa (como aliás também outros grandes craques desse time em vários outros momentos das seis partidas e vitórias da campanha vitoriosa inquestionável dessa Seleção Brasileira), errou vários passes e chutes, em muitas jogadas bisonhas que, recortadas e justapostas em sequência (como o fazem hoje certos vídeos compactos no YouTube), parecem desmentir a imagem ou aura mitológica ("me engana que eu gosto...") do

8 E o que é mais curioso é exatamente o fato de que justamente a incerteza ou a possibilidade, aberta no então presente, de que esse gol não tivesse acontecido (ou acontecido de uma outra maneira) é o que traz uma emoção viva mesmo retrospectivamente ao evento, que, porém, como outras "obras de arte" performáticas da cultura de massa, pode também se desgastar e acabar se banalizando triste e fatalmente por uma repetição insistente e estúpida. Sobre <u>a indeterminação fundamental do futuro</u> (ou contingência) como dimensão temporal característica não só de um jogo de futebol, mas de todo "agora" numa vida humana até o último e derradeiro evento (o apito final ou a morte), ver o meu ensaio "Breve nota sobre o tempo trágico no futebol" (RENNÓ ASSUNÇÃO. Breve nota sobre o tempo trágico no futebol, p. 259-262).

obviamente idealizado jogador de futebol perfeito (ou quase) e maior esportista do século xx.[9]

No entanto, seria preciso fazer também aí um derradeiro ajuste, segundo o mero bom senso, pois ainda nessa mesma partida, como sabemos bem, apesar de que ainda fosse errar um pouco, Pelé iria dar passes muito precisos e decisivos nos dois gols seguintes do Brasil, e também (no finalzinho do jogo) um drible de corpo antológico em Mazurkiewicz, e um chute final rasteiro muito bem dado que por pouco não entra, como se provando assim a relativa obviedade de que o mais importante não é não errar (algo em alguma medida inevitável num jogo coletivo complexo e de confronto como o futebol), mas estar ao máximo presente e participando bem ativamente das jogadas de modo a poder também acertar, encaminhando a jogada para o gol e servindo bem a um companheiro que vai concluí-la ou eventualmente a concluindo e fazendo ele mesmo o próprio gol.

Um bom exemplo disso é a primeira jogada de maior perigo do Brasil no 2° tempo desse jogo, quando Pelé, na intermediária ou começo do campo do adversário, dribla um uruguaio e leva rápido a bola pro ataque, se livrando de outros que chegam por trás, e, sozinho e cercado por uns cinco jogadores, dribla mais um adversário, pouco antes de chegar à grande área adversária, e ainda mais um, já na entrada ou quase divisória da grande área, e leva uma falta que se parece muito com

9 "Como é que você vai admitir que o Pelé jogue 45 minutos mal? De não ter uma tabela, um lançamento, uma entrada do Jair, uma chegada do Carlos Alberto, um chute a gol de fora de área... Como é que você vai admitir isso nessa seleção, que fez isso o tempo todo?" (GERSON. Como é que você vai admitir que o Pelé jogue 45 minutos mal?).

um pênalti, pois ele cai flagrantemente já dentro da área do Uruguai, levando o Tostão a sinalizar pro juiz apontando a marca do pênalti, que, no entanto e corretamente, não foi dado pelo juiz, que marcou apenas uma falta fora da grande área, apesar de bem coladinha à linha divisória. Ora, Pelé, que como autor da jogada e já de um gol de falta nessa Copa no jogo contra a Romênia, fez questão de bater a falta e isolou bisonhamente a bola pra longe do gol bem à direita e acima do gol (como, aliás, ele voltaria a fazer bem grosseira e bizarramente duas vezes na final contra a Itália). Mas pouco depois, tendo Mazurkiewicz batido mal um tiro de meta, bem em cima de onde estava o Pelé na intermediária do campo do Uruguai, este pegou a bola de bate-pronto e chutou direto pro gol, acertando-o, mas um pouco no meio de mais, e quase pegando desprevenido o goleiro uruguaio, que acabou se recuperando e fazendo uma boa defesa.[10]

Caberia aqui também um breve parêntese pra lembrar uma cotovelada bem dada por Pelé num zagueiro uruguaio que entrou meio faltosamente nele, tendo Pelé (e o Brasil) tido a sorte de o juiz não tê-la visto e ter marcado, portanto, a falta do zagueiro uruguaio, o que hoje pode parecer até meio irônico, sendo que, como o jogo estava então empatado, caso o

10 A reação de Pelé, passando a mão sobre a cabeça mais de uma vez e como se inconsolável, pôde ser interpretada também como se ele estivesse de novo quase fazendo um gol de longe, num chute de primeira e pegando o goleiro desprevenido, como contra a Tchecoslováquia, quando o jogo estava também 1 a 1, mas o fato é que o primeiro lance, um chute por cima de antes do meio de campo (ainda no campo brasileiro), mesmo tendo ido pra fora, ainda que passando bem rente à trave direita e já encobrindo o goleiro, foi bem mais ousado e impressionante.

juiz a tivesse visto bem, ele poderia até mesmo ter expulsado o Pelé, levando a uma sequência da partida totalmente diferente da que aconteceu, o que obviamente faz parte apenas de um mundo imaginário e conjectural, mas que, por contraste, esclarece bem o quanto a realidade agora de uma vez por todas definida era também, no momento mesmo em que acontecia, apenas uma possibilidade.[11]

Um pouco depois ainda, era Tostão quem, chegando perto da área adversária pela meia esquerda, dava um belo corte num defensor uruguaio, mas acabava chutando rasteiro e muito fraco no canto esquerdo do gol, permitindo uma defesa fácil do goleiro uruguaio. O próximo lance de perigo (e, dessa vez, fatal) do time brasileiro, que (como nos outros quatro jogos) já começava a mostrar um preparo físico bem

11 O inteligente comentarista Tostão não só descreve de um outro modo essa cotovelada, mas faz também uma observação curiosa e bem-humorada (no seu livro mais recente) e que vale a pena citar aqui na sua íntegra: "Quando o jogo estava 1 a 1, Pelé deu uma cotovelada no zagueiro do Uruguai, vista por todo mundo. Hoje, certamente seria expulso. Com um a menos, aumentariam muito as chances de o Uruguai vencer, e assim o Brasil seria eliminado, eu não estaria aqui contando essa história e o mundo não falaria tanto da seleção brasileira de 1970." (TOSTÃO. *Tempos vividos, sonhados e perdidos*: Um olhar sobre o futebol, p. 66). Se imaginássemos todos os lances principais dessa partida (e apenas os principais) com suas alternativas hipotéticas de realidade futura e todas as diferentes partidas possíveis que isso implicaria, seríamos levados a uma pletora inumerável e vertiginosa de hipotéticas realidades futuras, um curioso exemplo futebolístico possível para o fantástico mundo paralelo ou "labirinto no tempo" do borgiano "jardim dos caminhos que se bifurcam": "Em todas as ficções, cada vez que um homem se defronta com diversas alternativas, ele opta por uma e elimina as outras; na do quase inextricável Ts'ui Pen, ele opta – simultaneamente – por todas. Ele *cria*, assim, diversos futuros, diversos tempos, que também proliferam e se bifurcam." (BORGES. O jardim de veredas que se bifurcam, p. 531).

superior ao do time adversário,[12] foi, com 30 minutos já passados, uma jogada perfeita dos três atacantes mais avançados, que começa ainda no campo brasileiro com uma roubada de bola bem esperta de Jairzinho, que avança rápido com a bola e passa pro Pelé já bem no meio do campo, e este, marcado em cima por um uruguaio, dá de costas a bola pro Tostão, que por sua vez caminha rápido com ela já no campo do adversário e, antes que chegue um marcador uruguaio, dá um passe mais longo bem macio e preciso pro Jairzinho, que então avançava correndo pela direita, mas olhando também pro Tostão que tinha ficado com a bola, de modo que ele pode esperar pra receber a bola (se voltando ligeiramente pra trás), enquanto o zagueiro vacila um pouco e não consegue cortá-la, pois ele está meio de costas se esforçando pra acompanhar o atacante brasileiro, e esse (o grande e matador Jairzinho) então a recebe e a coloca na frente bem rápido e, já dentro da área e um pouco antes da chegada do goleiro, dá um chute rasteiro preciso e forte no canto esquerdo do goleiro, que é vencido inapelavelmente, a bola indo morrer na rede à esquerda pelo lado de dentro, no que também foi um golaço.

12 Sabemos hoje também que o time levou um grande "esporro" ou bronca do Zagalo no vestiário na hora do intervalo, o que, sem dúvida, pode também ter mexido um pouco e bem oportunamente com o brio dos jogadores, já que um jogo de futebol se ganha com "raça" também. É o que podemos deduzir a partir do seguinte testemunho de Tostão: "Eu lembro também que, no vestiário, foi o dia em que eu vi o Zagalo mais bravo na minha vida. O Zagalo ficou possesso. Gritava, xingava, falava alto que o time tava apático, que o time não conseguia jogar. E gritando e tal. Eu acho que ele não deu nenhuma instrução tática, não. Foi aquela coisa do grito mesmo. E isso também ajuda. Todo mundo ficou assustado, né?" (TOSTÃO. Foi o dia em que eu vi o Zagalo mais bravo na minha vida, ele ficou possesso).

Caberia aqui uma observação sobre o modo como Jairzinho (diferentemente dos atuais jogadores evangélicos que comemoram agradecendo a Deus apontando o dedo indicador da mão direita pra cima), após o seu gol (e alguns outros seus nessa Copa) faz o sinal da cruz no peito e abaixa a cabeça, no que poderia ser interpretado como signo de humildade diante do imponderável instantâneo no futebol (segundo uma versão religiosa católica) que pode decidir se uma conclusão vai ser ou não bem-sucedida, resultando em gol.[13] Numa cena marcante (porque a primeira e meio aziaga) da campanha vitoriosa do Brasil nessa Copa de 70, o atacante Petras da Tchecoslováquia, após fazer o 1° gol do jogo contra o Brasil (que venceu por 4 a 1), fez também o sinal da cruz no peito, o que pode ter parecido um pouco estranho vindo de um jogador de um país comunista.

Talvez coubesse aqui agora uma observação meio óbvia, em homenagem ao Tostão, que era então o meu ídolo total cruzeirense e que nesse jogo foi decisivo nos dois primeiros gols do Brasil (como tinha sido antes no único gol da difícil vitória

13 No meu já citado ensaio "Breve nota sobre o tempo trágico no futebol", eu tentei justamente pensar o que teria sido uma versão teológica grega pra esse modo de intervenção da divindade em um evento decisivo e imprevisível numa disputa: "É figurado assim [na *týkhe*, o "acontecimento" ou "acaso"] aquilo que – sobretudo em uma situação de relativo equilíbrio das duas forças adversárias (...) – irrompe e consagra de um modo misterioso (e não apenas por seus méritos) o vencedor. Para o pensamento mais arcaico da *Ilíada*, o 'evento' decisivo que surpreende é sempre figurado como a manifestação de um deus (ainda que o mortal não saiba bem qual deles), e a 'glória', enquanto estrela momentânea da vitória ou *kûdos* (...), é pensada como uma graça inconstante e caprichosa concedida pela divindade." (RENNÓ ASSUNÇÃO. Breve nota sobre o tempo trágico no futebol, p. 261).

contra a Inglaterra),[14] de que no futebol, um jogo coletivo, tão importante quanto uma conclusão bem feita e que resulta em gol, é o passe derradeiro preciso pra quem recebe a bola pra finalizar (ou pra quem vai dar o último toque pro finalizador, como aconteceu no gol contra a Inglaterra), algo que eventualmente pode parecer mais ou menos fácil, como se fosse apenas o primeiro fundamento desse jogo com os pés, mas que por sua precisão às vezes milimétrica, envolvendo não só a direção e a altura da bola em movimento, mas também a força com que ela é tocada e a velocidade que ela adquire, e tudo isso num conjunto de relações espaciais dinâmicas entre onze jogadores se movimentando contra onze jogadores, pode vir a ser uma espécie de "obra de arte" viva da *performance* ludopédica, encantando tanto ou ainda mais do que o próprio gol.[15]

14 Que o próprio Tostão, que depois se tornou um grande comentarista (oral e pela escrita) de futebol, saiba bem disso é algo que não deveria de modo algum nos surpreender, tal como está bem indicado em seu já citado livro mais recente: "Dei, nesse jogo, os dois melhores passes da minha carreira, pela precisão, pela dificuldade e pela importância. E ainda dei um terceiro, para Pelé, por trás do zagueiro, que fez o mais belo 'quase gol' da história." (TOSTÃO. *Tempos vividos, sonhados e perdidos*: Um olhar sobre o futebol, p. 66).

15 Sobre a importância do passe preciso e rápido (ou seja: no tempo certo), o mais das vezes um toque de primeira (ou, no máximo, dois toques), Tostão, que na Seleção de 1970 se tornou antes um passador ou "facilitador" (o que, no Cruzeiro da segunda metade dos anos 1960, era geralmente feito pelo Evaldo) para dois atacantes mais agressivos e finalizadores que eram Jairzinho e Pelé, disse o seguinte em entrevista ao jornal espanhol *El País* na véspera da comemoração dos 50 anos da conquista da Copa do Mundo de 1970 (algo que lembra também a maneira de jogar do Barcelona dos anos 2000 e a da Seleção Holandesa de 1974): "**P.** ¿Qué debe hacer un buen *facilitador*? **R.** Jugar a un toque. Dos como máximo. Cuando la pelota le llega ya la tiene que tener dominada y tiene que saber dónde están los compañeros. Rápidamente. El juego no se

Seria útil, porém, abrir aqui um parêntese reparador para dizer, reconhecendo e valorizando também a grande arte brasileira do drible (reconhecível num Pelé ou num Jairzinho, mas mais ainda num Garrincha) com seu elemento de improvisação, que o passe (em sua dimensão mais coletiva) e o drible (em sua dimensão mais individualista) na realidade não se opõem no modo da exclusão, mas se complementam perfeitamente (como bem o provam tanto esta seleção brasileira campeã de 1970 quanto a de 1958), demandando ainda um terceiro fundamento conclusivo que é o chute ou a cabeçada (visando o gol) precisos e fortes, e sem o qual os dois fundamentos anteriores seriam ainda insuficientes.[16]

E, a partir da observação anterior à do último parágrafo, eu gostaria também de sugerir uma hipótese de subversão ou

puede parar. Si controlas la pelota y la frenas, la jugada se detiene y la defensa te cierra los espacios. Esa era una de mis características. En el Cruzeiro yo jugaba mucho a un toque. Cuando llegué a la selección, un día durante un partido vino Gerson y me dijo: 'Oye, juega con dos toques en vez de uno, ¡que así me dará tiempo de llegar!'. Yo le dije: 'Vale, con Pelé y Jairzinho jugaré a un toque, y contigo a dos'." (TOSTÃO. Tostão: "Fuimos revolucionários").

16 Ainda que eu possa reconhecer (também como um praticante de futebol na minha adolescência e juventude) que a verdadeira arte do drible (com o seu quê de imponderável ou inclassificável) é mais rara e difícil, tendo sido desde 1958 uma característica distintiva do futebol brasileiro, continuo a achar ingênua uma folclorização excessiva do drible "brasileiro", aproximando-o do samba ou da capoeira, pois ela desconhece precisamente a igual importância da arte do passe (e da do chute), igualmente característicos do bom futebol brasileiro, no que me parece ser uma típica deformação de um olhar estrangeiro que só consegue ver aqui o que lá está ausente (um Brasil turístico-cultural "do samba, das mulatas, do carnaval, da capoeira, da malandragem e do futebol"), tal como apresentado, por exemplo, no elogio ao drible feito por Olivier Guez no livrinho *Éloge de l'esquive* (GUEZ. *Éloge de l'esquive*).

transmutação da hierarquia tradicional dos valores futebolísticos (mas que todos reconhecerão já ter sido de algum modo incorporada há algum tempo por grandes e habilidosos times como a Seleção Holandesa de 1974, o Barcelona do técnico Cruyff, e depois o do Guardiola), propondo o passe e não o drible ou o chute como o elemento mais importante e decisivo do futebol e, juntamente com isso, elegendo não mais Pelé como o rei maior do futebol mundial, mas Didi, o meio de campo armador bicampeão mundial em 1958 e 1962.[17]

E também como o melhor jogador brasileiro (e também de todas as 16 seleções) da Copa de 1970 não o Gerson, que deu, sim, passes longos ou lançamentos sensacionais (como os dois do segundo e do terceiro gols do Brasil contra a Tchecoslováquia e o do terceiro gol do Brasil contra a Itália), mas não jogou em dois jogos importantes (sobretudo o contra a Inglaterra, mas também o contra a Romênia, que Rivelino, um outro muito bom passador, também não jogou), e sim o Tostão, por seu passe pro Pelé

17 Aliás, é uma lógica semelhante a que está na base da maior crítica que faz hoje o analista de futebol Tostão à maneira de jogar da Seleção Brasileira atual e dos últimos 30 anos, tal como ele o disse nesta já citada e recente entrevista ao jornal espanhol *El País*: "El fútbol es el pase. Uno de los principales problemas que tiene el fútbol brasileño es que desde hace 20 o 30 años valorizó poco el pase y sobrevaloró al jugador que dribla, remata y hace goles. Entonces, los grandes maestros de la pelota, los grandes jugadores, los grandes pensadores del mediocampo, como Gerson, Falcao, Cerezo, Rivelino, desaparecieron. El mediocampo fue dividido entre volantes que defienden y volantes que juegan cerca del área rival, que driblan y llegan, como Pelé y Zico. Pero desaparecieron los grandes pensadores. Como Xavi, como Iniesta, como Kroos... Hasta hoy. La selección brasileña actual tiene a Casemiro, que es un gran jugador del medio hacia atrás, y a Neymar, que es un gran jugador del medio hacia el gol. Falta un gran pensador. Desde hace 30 años Brasil no tiene un jugador parecido a Xavi." (TOSTÃO. Tostão: "Fuimos revolucionários").

(depois de driblar três zagueiros ingleses, dando de baixo das pernas do Bobby Moore) contra a Inglaterra, e por seus passes decisivos pro Clodoaldo e pro Jairzinho nos dois primeiros gols do Brasil contra o Uruguai, naqueles que foram, sem dúvida, os dois jogos mais difíceis do Brasil nessa Copa (ou também, o que ainda é mais difícil de compreender, por ter sabido criar espaços importantes no ataque, como na final contra a Itália, jogando sem bola e apenas por um posicionamento certo e oportuno no campo). Apenas como o segundo melhor jogador brasileiro eu colocaria, portanto, o craque e goleador do time, Jairzinho (com seus dribles e chutes rápidos e precisos), e, enfim, apenas como o terceiro melhor jogador brasileiro (que obviamente deu também muitos passes e dribles importantes e fez verdadeiros golaços) o "rei" Pelé.

Mas obviamente, sendo admitidos o caráter coletivo desse jogo e a importância, pra jogar bem e vencer, não só de um passe final decisivo (pra um finalizador que faz o gol), mas de toda a série de passes que pode resultar em gols (sendo, sim, importante que ao menos uma dessas séries de passes resulte em gol, assim como, nesse caso, que nenhuma das séries de passes do adversário possa resultar em gol, pra que se consiga a vitória), talvez fosse preciso dizer a evidência meio tola de que, em última instância, não faz sentido algum, num jogo como esse, querer escolher ou eleger o "melhor", pois ele não poderia ser o "melhor" sem os seus outros dez companheiros de time, sendo, por definição, o "melhor" apenas entre eles (ou eventualmente entre um grupo ainda maior de jogadores) e não sozinho, caso em que poderia ser apenas muitíssimo bom, no que linguística ou gramaticalmente é categorizado como a diferença entre o superlativo relativo e o superlativo absoluto.[18]

De algum modo, o próximo e maior lance de perigo do Uruguai no 2° tempo, quando o jogo ainda estava 2 a 1 e poderia, portanto, ter sido empatado com já bem mais do que a metade do 2° tempo jogada (ainda uma vez alterando toda a possível sequência e resultado final da partida), poderia ser considerado também um claro exemplo desse caráter coletivo do jogo, pois o jogador brasileiro que se destaca aí, salvando o time, é precisamente o goleiro que (um pouco lento e inerte) parecia ter ou tinha mesmo falhado flagrantemente no gol do Uruguai, o nosso meio medíocre e vacilão Félix, que (semelhantemente ao que fizera num lance de perigo deste tipo no jogo contra a Inglaterra) dá uma ponte ágil e pega uma cabeçada firme e quase certeira, no ângulo alto esquerdo do gol, do atacante uruguaio (e quem poderia ser, pra completar, com toda verossimilhança, o seu distinto perfil heroico no time adversário?) Cubilla, que, com seu oportunismo (estava no lugar certo na hora certa), recebe sozinho e quase dentro da pequena área um cruzo muito bom do meio campo Rodriguez,

18 Na já citada entrevista ao jornal *El País*, Tostão relaciona também a perda deste sentido coletivo elementar no atual futebol, sentido presente sobretudo no passe, com uma sociedade gananciosa em que o individualismo é o valor supremo: "El pase es un símbolo del juego colectivo y de la vida en común, de la solidaridad, del respeto mutuo. Las personas tienen todo el derecho a querer mejorar su vida, a disfrutar de placeres y ganar dinero. Pero sin olvidar que los demás también quieren lo mismo. En Brasil creció una sociedad egoísta: una sociedad para la explotación de otra sociedad. El sentido de la comunidad disminuyó en la sociedad y en el campo disminuyó el juego colectivo. Brasil juega un fútbol brillante en lances individuales. Juega a meter goles. Nadie juega para el compañero, nadie busca una respuesta, nadie piensa en la organización. No es la lógica del juego, es la lógica de la ganancia." (TOSTÃO. Tostão: "Fuimos revolucionários").

encobrindo toda a defesa brasileira, e conclui quase fulminantemente (o locutor Valter Abrahão disse, então, interpretando o conjunto da atuação de Félix no jogo, que ele tinha se redimido da sua falha no gol do Uruguai...).

Na jogada do terceiro gol do Brasil, que, já no último minuto do tempo regulamentar do jogo (44m do 2° tempo), define irreversivelmente a vitória da seleção brasileira, chama a atenção primeiramente o modo como, depois que Carlos Alberto corta uma bola no lado direito da defesa dando um chute alto em direção ao meio do campo (ou seja: uma isolada consciente e não pra ir pra lateral, mas pra poder ainda ser aproveitada), Pelé chega junto e disputa a bola pelo alto com o zagueiro uruguaio Ubiña, forçando que ele corte com mais força e dando um rebote pro Tostão, que então toca rápido e preciso pro Pelé que, por sua vez, avança rápido com a bola pela esquerda, enquanto Tostão vai pra dentro da grande área adversária, puxando a atenção de dois beques uruguaios (como já sabemos, jogando sem bola e apenas pelo posicionamento, algo que Tostão faria muito bem também na final contra a Itália), e Pelé, ficando sozinho ao dar uma parada rápida (que quase parece um corte), mas bem marcado de frente pelo mesmo zagueiro uruguaio (Ubiña) que cortou o "balão" de Carlos Alberto, em vez de partir pra tentar o drible dentro da área (algo mais característico de um Jairzinho nessa Copa), pra definir logo tudo sozinho, percebe bem a chegada do Rivelino logo atrás e um pouco do lado (que ele sabe bem que tem um chute potente e estaria melhor colocado do que ele) e simplesmente rola bem macio ao seu lado direito pra que Rivelino, tomando impulso, possa chegar batendo forte e antes que qualquer beque possa cortar a bola, e que é justamente o que ele faz, com um chute fortíssimo rasteiro (uma "porrada") bem preciso e rápido no lado direito do gol (numa ligeira diagonal que lembra a do primeiro gol contra o Peru, mas sem a curva e um pouco mais no meio do gol), não permitindo que Mazurkiewicz reagisse em tempo de tocar na bola e impedir que ela entrasse, ainda uma vez um golaço.

O curioso é que, revendo agora os jogos, eu voltei a reparar, como quando criança, na maneira meio "irritada" e "doida" (como se um "bicho estranho" tivesse tomado conta dele, ou o contrário, como se ele estivesse enfim ficando livre de um "demônio qualquer") como o Rivelino comemorava os gols, socando o ar pra baixo com as duas mãos e balançando a cabeça (e andando num passo meio duro e militar): um pouco menos no gol de falta contra a Tchecoslováquia (empatando o jogo numa hora difícil pro Brasil), já bem pronunciadamente no 1° gol do jogo contra o Peru, e enfim meio tresloucadamente nesse terceiro gol contra o Uruguai, que assegurava de vez a presença do Brasil na final dessa Copa. Agora, no entanto, como passei também a ficar às vezes muito nervoso e chato antes de aulas mais importantes ou participações em eventos, e depois, tudo dando certo (nem sempre, mas no mais das vezes), a me sentir aliviado e feliz e até mesmo justificado, como se aquilo tudo fosse um mero ciclo meio dramático e sem grande importância diante de uma boa performance, que era afinal o que realmente interessava, eu (como um bom e ridículo Zelig) me identifiquei um pouco com o Rivelino e pareci, pela primeira vez, ter entendido aquele tipo de reação (que confirmava, aliás, a impressão de "irritado" que ele dava às vezes ao longo do jogo, mas sempre jogando muito bem...).[19]

Mas, apesar de decidido, o jogo não estava acabado e reservava aquela que seria talvez a sua maior surpresa, pelo insólito do drible e a beleza de conjunto de uma jogada bem perigosa ainda que não resultando em gol, e também um lance pra demonstrar de vez a craqueza soberana do (agora justificadamente) “rei” Pelé. O que farei aqui é apenas descrever de um modo simples e mais ou menos direto a jogada (a partir do que revi durante o VT, mas também em repetidas consultas aos diferentes compactos do jogo no YouTube), pra acabar de compor o meu relato-ensaio do conjunto dessa partida e sem querer focá-la excessivamente, já que sabendo que ela foi, em seus breves nove segundos, detalhada e exaustivamente descrita e comentada nas seis páginas iniciais (ou ao menos as quatro voltadas exclusivamente para o futebol) do excelente romance *O drible* (em homenagem precisamente a esse drible de Pelé em Mazurkiewicz) de Sérgio Rodrigues, no que será uma operação minha de maliciosa e intertextual simplificação narrativa, que poderia definir ironicamente como a de dar um drible no drible d'*O drible* de Sérgio Rodrigues.[20]

19 Para esse clique interpretativo iluminador foi importante também a leitura do seguinte testemunho de Tostão (que fiz com o prazer de um sorriso leve e silencioso): “O Rivelino era ranzinza. (...) Ele não parava de reclamar. Era o maior chorão do mundo. (...) Chorão. O dia inteiro reclamando, sempre tem uma coisa ruim. Sabe que tem pessoa assim, né? Cri-cri. (...) Não é que ele levava aquilo a sério, não. Não que aquilo trazia prejuízo pra ele. Era o hábito de reclamar, de achar que tudo tá ruim. No jogo, por exemplo, quando ele jogava, qualquer bola que não desse certo ele ficava resmungando.” (TOSTÃO. Na folga podia ir a festinhas, tomar uma cervejinha ou ir pra igreja rezar).

20 Cf. RODRIGUES. *O drible*, p. 1-6.

A jogada começa com Jairzinho, que recebe a bola pela esquerda (apenas mais um exemplo da mobilidade e possível troca de posição dos três atacantes brasileiros) e que toca macio pra Tostão, então encostando do seu lado direito, mais ou menos no meio de campo, o qual de imediato avança com a bola, obviamente sem precisar olhar pra ela (enquanto Jairzinho segue pela esquerda puxando com isso o lateral direito uruguaio), e percebe então Pelé já passando rápido em passadas largas, "sorrateira e fulminantemente" (se a conjunção um pouco contraditória desses dois advérbios for possível), um pouco acima à sua direita,[21] e Tostão então dá um passe preciso (e sem força em demasia) na diagonal um pouco à frente de Pelé que já chega correndo na meia lua sem nenhum beque o acompanhando,[22] enquanto o goleiro Mazurkiewicz sai rápido e meio desesperado pra tentar interceptar a bola (ultrapassando a linha da grande área), com os dois braços meio abertos, como se querendo pegar ao menos o atacante,[23] que poderia ter chegado dando um corte

21 Murilo, o antigo jornalista esportivo, então já com uns 80 anos de idade, e narrador dessa jogada (mas sempre pra seu filho Neto) no romance de Sérgio Rodrigues, diz assim: "Tostão conduz a bola, e (...) Pelé aponta no canto superior direito do quadro e (...) então (...) nós vemos aquilo que o Tostão também acaba de ver, Pelé se projetando da meia-direita feito um bicho, uma pantera com sangue de guepardo." (RODRIGUES. *O drible*, p. 9).

22 Ainda segundo Murilo, o narrador dessa jogada no romance de Sérgio Rodrigues: "O passe do cara é perfeito (...). Um miligrama de força a mais ou a menos, seria quase perfeito, praticamente perfeito, mas não, é perfeito, metido da meia-esquerda com o pé esquerdo numa linha diagonal de desenhista de Brasília, a mais leve curvatura, em direção ao centro da grande área." (RODRIGUES. *O drible*, p. 10).

23 Ainda segundo o narrador Murilo (no romance *O drible*): "O quíper uruguaio faz o que pode, entra no semicírculo um milésimo de segundo antes do Pelé,

pra esquerda (pra depois ficar livre pra marcar, se ele o goleiro não conseguisse fechá-lo na bola ou sem ela pra fazer uma falta),[24] mas que passa correndo pela esquerda, sem tocar na bola e a deixando enganadoramente passar, enquanto ele, o goleiro, fica sem ver a bola que continua pela direita e nem o atacante que passa pela esquerda, numa bela e inusitada coreografia dinâmica em cruz, com Pelé, logo depois de ter passado pelo goleiro, voltando num laço pra pegar a bola do outro lado,[25] mas meio de costas pra ela e se virando de novo pra tentar um chute rasteiro não diretamente pro canto direito ou pro meio do gol, pois um zagueiro (também correndo desesperado) já fechava ali o ângulo, mas no canto oposto, sem que ele, o zagueiro (Ancheta), pego no

mas não a tempo de interceptar a bola. Ela fica entre os dois e nós voltamos a sentir, como o Mazurka também sente, que está mais para o negão que vem no embalo. O que o bom goleiro da Celeste faz é se ajoelhar e, mesmo já estando fora da área, que remédio, abrir os braços." (RODRIGUES. *O drible*, p. 10).

24 Na versão da quase íntegra desta sequência da jogada pelo narrador Murilo (em *O drible):* "O Mazurkiewicz (...) só pode rezar para que o brasileiro não faça o que um jogador da envergadura dele provavelmente vai preferir fazer, isto é, cortar o goleiro para a esquerda, coisa fácil na passada em que vem, movimento que levaria a das duas, uma: ou o goleiro agarrar faltosamente as pernas do Pelé ou o Pelé concluir de canhota para o gol aberto ou quase, defendido só pelo zagueiro que, não demora, vai entrar no quadro esbaforido feito quem está prestes a perder o último trem e acabar às cambalhotas pelo chão." (RODRIGUES. *O drible*, p. 11).

25 Segundo o narrador Murilo (no romance *O drible*): "O que o Pelé tem que fazer agora é (...) frear para corrigir radicalmente seu ângulo de deslocamento, frear e no mesmo instante recomeçar a correr na outra direção, atrás da bola agora, ele que vinha no tropel mais desembestado fingindo ignorá-la. O cara tem que dar uma quebrada de noventa graus e não perder velocidade porque (...) há que chegar na bola antes dos adversários e ainda com um bom ângulo de chute." (RODRIGUES. *O drible*, p. 12).

contrapé e já meio caindo desengonçado, consiga tocar na bola que passa, no entanto, bem rente à trave esquerda e sai pra fora,[26] enquanto Pelé, desta vez mais indiferente (pois a partida já estava ganha), sai mordendo tranquilo uma pedrinha de gelo, como se não estivesse nem aí pro lance feérico que (como um bom jogador de peladas, pouco preocupado com o "rendimento efetivo" das suas brincadeiras) ele tinha acabado de protagonizar.

Quando, no romance *O drible*, o narrador Murilo, falando com o filho Neto, se pergunta por que Pelé não tentou cortar Mazurkiewicz pela esquerda (a jogada então mais óbvia e com maiores chances de gol ou, ao menos, de uma falta perigosa com a provável expulsão do goleiro), ele mesmo responde pra si: "[Pelé] está farto de saber que é um mito, um semideus, o que tem a perder tentando ser um deus completo? Aí ele não faz o certo, faz o sublime."[27] Pra um pouco depois concluir de um modo talvez demasiado teológico-judaico e eloquente (o personagem narrador e não necessariamente o autor Sérgio Rodrigues): "Pelé desafiou Deus e perdeu. Imagine se não perdesse. Se não perdesse, nunca mais que a humanidade dormia tranquila. Pelé desafiou Deus e perdeu, mas que desafio soberbo. Esse gol que ele não fez não é só o maior momento da história do Pelé, é

26 Ainda segundo o narrador Murilo (no romance *O drible*): "Pelé consegue fazer as duas coisas (...): vai chutar e fazer o gol. Acontece que não é tão simples, porque Pelé agora está do lado errado da bola, meio de ombro para o gol, tem que bater nela num movimento de meio giro. E aí (...) ele erra. Pelé erra: (...) enquanto o tal Ancheta que ia perder o trem se estabaca na grama, a bola chutada por Pelé tira fino da trave direita do Uruguai." (RODRIGUES. *O drible*, p. 13).

27 RODRIGUES. *O drible*, p. 11.

também o maior momento da história do futebol."[28]

Seguindo uma trilha mais lúdica (ou ludopédica), indicada levemente no finzinho do penúltimo parágrafo, quero sugerir uma alternativa não judaico-cristã pra interpretar a soberana e, a seu modo, brincalhona escolha de Pelé pela jogada mais bela e difícil (essa insólita "gaúcha" apenas de corpo), ao se defrontar na meia lua do campo adversário com o goleiro uruguaio Mazurkiewicz (considerado depois o melhor goleiro dessa Copa), desperdiçando uma grande chance de gol. Se considerarmos o contexto desta jogada, depois de um passe de costas (e de "pura classe") pro Tostão lançar precisamente pro Jairzinho no 2° gol, e pouco depois também de Pelé ter rolado bem macio pro Rivelino fuzilar rasteiro e fazer o 3° gol, assegurando a vitória do Brasil, a impressão que se tem é a de uma liberdade ou a de um excesso paradoxal de habilidade que não precisa mais se submeter servilmente à necessidade de fazer gols pra ganhar o jogo, podendo, enfim, brincar apenas por brincar, como uma criança ou um deus grego antigo gargalhando (como os de Homero, se banqueteando ou fazendo alguma pilhéria obscena[29]).

28 RODRIGUES. *O drible*, p. 13. Um outro uso (ou interpretação) experimental do futebol pra pensar uma questão essencialmente filosófica está no breve ensaio *La Mélancolie de Zidane* do romancista belga (radicado em Paris) Jean-Philippe Toussaint (TOUSSAINT. *La Mélancolie de Zidane*), comentando a cabeçada de Zidane na barriga do zagueiro italiano Materazzi, na prorrogação da final da França contra a Itália na Copa de 2006 na Alemanha, que provocou a sua expulsão, desfalcando o time francês numa hora decisiva, e acabou dando fatidicamente a vitória e o título de campeão ao time italiano.

29 As cenas mais emblemáticas do famoso "riso inextinguível" (*ásbestos gélo̱s*), dos deuses homéricos são o banquete no fim do canto 1 da *Ilíada* (584-604), em que os deuses riem do deus Hefesto, uma espécie de garçom manco, depois de uma briga conjugal entre Zeus e Hera, e a conversa entre Posêidon, Hermes

Se, juntamente com Roman Dilcher, no capítulo VII, "The Divine Game", de *Studies in Heraclitus* (DILCHER. *Studies in Heraclitus*, p. 145-157), interpretarmos o termo grego *ai<u>ó</u>n* não como "tempo de vida" ou "eternidade", mas (a partir da sugestão de Émile Benveniste de um sentido original não temporal) como "força de vida" ou "vitalidade" ["(...) não 'tempo de vida', mas 'força de vida, fonte de vitalidade'"][30], seria possível encontrar no enigmático fragmento 52 DK ou 93 M de Heráclito de Éfeso (que traduzirei experimentalmente aqui logo abaixo)[31] algo que talvez figurasse bem o excesso de vitalidade brincalhona do "rei" Pelé ao fazer aquela jogada (ou dar aquele insólito e desconcertante drible):

> *"ai<u>ò</u>n paîs esti, paísd<u>o</u>n pesseú<u>o</u>n: paidòs h<u>e</u> basileía."*
>
> "vitalidade é uma criança, que brinca jogando dados: da criança a realeza."

e Apolo na história da segunda canção de Demódoco no canto 8 da *Odisseia* (322-343), quando eles presenciam Ares e Afrodite em adultério, presos na cama por uma rede fina tecida por Hefesto, o marido enganado. Um estudo mais antigo (e que se tornou referência) sobre esses deuses homéricos ridentes é o de Paul Friedländer, "Lachende Götter" (FRIEDLÄNDER. Lachende Götter).

30 "(...) non 'temps de vie', mais 'force de vie, source de vitalité'" (BENVENISTE. Expression indo-européenne de l'éternité, p. 107).

31 Apesar de estar adotando aqui a pontuação da edição de Diels-Kranz, a edição textual que está me servindo de referência, com seu aparato crítico mais preciso e seu posterior comentário, é a de Miroslav Marcovich: *Heraclitus*: Greek text with a short commentary, onde o texto grego do fragmento 93 é apresentado com suas variantes e fontes antigas nas páginas 490-492, e depois traduzido e comentado nas páginas 493-495 (MARCOVITCH. *Heraclitus*: Greek text with a short commentary, p. 490-495).

Mas se consideramos também a dificuldade de uma apreensão mais precisa do termo *pesseúon*, um particípio presente que traduzi por "jogando dados" (sendo do mesmo radical do aoristo 2 *épeson*, do verbo *pípto* "cair"), mas que poderia remeter a um jogo de tabuleiro com suas peças, jogado com golpes de dados ou sorteios (como uma espécie de "gamão" ou *petteía*), e que exigiria não apenas sorte, mas também alguma habilidade, talvez chegássemos a uma imagem ainda mais próxima do que Pelé, como um maximamente exímio jogador, fez naquela jogada, pois segundo Roman Dilcher (comentando Heráclito 52 DK): "O jogo da criança parece implicar uma coincidência de sorte e habilidade numa atividade planejada e regulamentada, apesar de sem finalidade, isso é: essencialmente lúdica (brincalhona)."[32]

Não sem razão, Dilcher irá também lembrar – a partir de um modelo de polaridade que atravessa o pensamento grego arcaico, mas que em Heráclito ganha uma dimensão de inteligibilidade acrescida pela proposição conjunta da complementaridade dos opostos, ou seja: a partir de um modelo em que, para retomar o exemplo deste fragmento 52 DK, a liberdade ou despreocupação da criança (ou do deus) que brinca só é inteligível por sua oposição ao necessário sofrimento de um adulto (mortal) sujeito a um tempo irreversível e que em cada

32 (DILCHER. *Studies in Heraclitus*, p. 154, tradução minha). Como lembra também pertinentemente R. Dilcher, a imagem do "jogo de dados" (*petteía* ou *kybeía*) era, no mundo grego contemporâneo de Heráclito (o do século V a. C.), usada com frequência como uma metáfora para as vicissitudes da vida. No caso do resultado imprevisível de uma batalha, por exemplo, Ésquilo (*Sete contra Tebas*, 414) dirá que "Ares decide a obra com os dados (*en kýbois*)." (DILCHER. *Studies in Heraclitus*, p. 154, tradução minha).

ação decide muito seriamente e de uma vez por todas a sua vida[33] (ao menos naquele momento e no que dele resulta) – o quanto a figura do deus Apolo destruindo com facilidade a muralha dos aqueus na *Ilíada* é, em sua indiferença à dimensão da utilidade ou do ganho, comparada com pertinência à de uma criança erigindo e destruindo "muralhas" de areia na praia, apenas para brincar:[34]

> "(...)[Apolo] com a égide valiosa: derrubou a muralha dos aqueus
> bem fácil, como menino faz com areia na praia,
> aquele que, após construir um brinquedo em sua meninice,
> aniquila tudo de novo, brincando, com os pés e as mãos."
>
> — *Ilíada* XV, 361-364, tradução de Christian Werner[35]

Enfim, depois dessa última e sensacional jogada de Pelé, o jogo estava praticamente acabado, mas curiosamente o VT e os compactos registram uns 15 ou 20 últimos segundos antes do apito final do juiz, em que o Brasil simplesmente toca a bola na defesa, como se já não querendo nada ou (o que é um pouco diferente) querendo perigosamente começar

33 Segundo R. Dilcher: "A metáfora do jogo divino expressa assim sucintamente o básico duplo aspecto da religião grega. De um lado estão os deuses imortais gozando uma olímpica bem-aventurança, e do outro estão os homens expostos ao sofrimento, ao destino e à morte. Um deus, mesmo quando está engajado nos negócios humanos, não pode ser seriamente afetado em sua vida fácil pelas consequências de seus atos. O que é letal para o homem não é mais do que uma aventura lúdica e uma distração para um imortal." (DILCHER. *Studies in Heraclitus*, p. 156, tradução minha).

34 Cf. DILCHER. *Studies in Heraclitus*, p. 155-156.

35 HOMERO. *Ilíada*, p. 435.

a colocar os uruguaios na roda, numa sequência que começa a se assemelhar à de um tradicional e humilhante "olé", que quase nenhum adversário suporta por muito tempo sem, com alguma razão, querer interrompê-lo até mesmo com violência, se for preciso. E o que parece premonitório, apesar de aparentemente insignificante, é que os dois últimos lances, um passe e depois uma tentativa de drible meio brincalhona também (o jogo terminando justamente com um corte mais brusco de um uruguaio já impaciente) são de Clodoaldo, que na final contra a Itália iria querer "enfeitar" com um drible temerário um corte de um ataque italiano (segundo ele mesmo, querendo se justificar depois, porque por sua posição ele não teria tido uma outra alternativa) e acabaria perdendo perigosa e fatalmente a bola pro atacante italiano Boninsegna que marcaria o gol de empate contra o Brasil mais pro fim do 1° tempo,[36] alterando radicalmente a configuração da partida (assim como depois, nesta mesma final, no começo do 4° gol do Brasil, num mesmo

36 As denegações de Clodoaldo parecem sinalizar bem o quanto um erro pode ser traumático e inapagável em uma torturante memória (ainda que, diferentemente do que ocorreu com o goleiro Barbosa na final da Copa de 50, aqui o contexto maior é consagrador e de vitória): "Eu tive um erro contra a Itália. (...) Então, na hora em que eu recebi a bola, ela quicou no meu pé. Eu tava saindo da defesa para o ataque, eu não esperava e ela veio. Aí, ele [Boninsegna] percebeu e correu de lado. Como eu percebi que ela ia passar e ele ia dominar e sair pra fazer o gol, tentei o único recurso que eu tinha. Não é que eu quis enfeitar a jogada, eu tive só aquela oportunidade, de tentar jogar a bola lá na esquerda. Mas quando eu fiz assim [o movimento] pra dar pro Everaldo, e ela quicou porque estava molhada, ele [Boninsegna] já estava do lado. Se ele estivesse na minha frente, talvez até desse pra tentar dominar. (...) Eu assumo a responsabilidade. Quando a gente erra, tem que assumir. De qualquer forma, não me abalou. Mas tá bom, já passou, graças a Deus." (CLODOALDO. Eu deixei a Itália quase que nocauteada para que nós pudéssemos fazer o gol).

tipo de jogada, mas que dá certo, Clodoaldo irá driblar uns três ou quatro jogadores italianos,[37] antes de passar a bola pro Rivelino no lado esquerdo ainda no campo do Brasil, e o Rivelino, por sua vez, dá um passe mais longo pro Jairzinho na esquerda, que avança então em direção à área adversária e toca pro Pelé, que, bem cercado por mais de um italiano, toca bem maciamente pro lado direito onde Carlos Alberto está chegando correndo mais velozmente e pega bem firme na bola mandando no cantinho esquerdo do gol, sem dar nenhuma chance ao goleiro).

Mas este comentário sobre esses anódinos segundos finais desse jogo, em que o Brasil simplesmente tocou a bola na defesa e nada de importante aconteceu, e que tentei valorizar aqui com uma observação sobre uma tendência pro drible meio sintomática (e talvez premonitória) por parte do Clodoaldo, permitiria também um comentário final concomitante sobre a edição dos compactos de jogos, em que geralmente os instantes de menor perigo de gol (ou menos sensacionais em termos de habilidade, erro ou algum elemento insólito) são omitidos, e sobre o próprio funcionamento da memória ordinária que analogamente tenderia a apagar a grande maioria dos instantes insossos ou meio amorfos (quanto a eventos significativos) e que, no entanto, compõem um volume ou faixa considerável do que costuma se passar numa partida e apenas em contraste com os quais os chamados

37 "E, depois, a jogada: eu driblei uns quatro italianos no meio de campo. (...) Eu até brinquei em alguns momentos, e brinco até hoje, que ali eu deixei a Itália quase que nocauteada para que nós pudéssemos fazer o gol que saiu." (CLODOALDO. Eu deixei a Itália quase que nocauteada para que nós pudéssemos fazer o gol).

"eventos significativos" podem se destacar.[38]

E digo isso também porque – talvez já parcialmente atingido por um déficit de memória recente, que pode não ser necessariamente (assim o espero) uma espécie de pré-Alzheimer (podendo também estar sendo causado meramente pelo acúmulo excessivo de informações novas que atualmente circulam na internet e nas redes sociais) –, nesta experiência recente de ter revisto o jogo inteiro dessa semifinal da Copa de 70, assim como ocorre com frequência também com jogos ao vivo de futebol ou vôlei (mesmo os dos torneios mais importantes), ou filmes ou séries (mesmo os/as melhores), me parecia que eu estava esquecendo, já no dia seguinte ou na semana posterior, quase tudo se não os gols, as bolas na trave ou os lances de muito perigo, o que fazia, portanto, da minha memória de grandes jogos da seleção brasileira, mesmo em Copas bem mais recentes, alguma coisa bem próxima, quando ela ainda conseguia salvar alguma coisa, dos compactos mais enxutos e curtos desses jogos (aos quais, por sinal, três ou quatro dias depois de ter visto o jogo, eu tive vergonhosamente de recorrer, via YouTube, pra poder descrever com mais precisão, neste presente e enfim inesperado ensaio, até

38 Mas, assim como com o sofrimento físico ou psíquico mais agudo, não seria também o esquecimento dessa massa majoritária de "instantes insossos e amorfos" que compõem as partidas de futebol exatamente o mais desejável e salutar? Ou deveríamos supor a consciência e o registro (ou memória), não importando do que exatamente, como um valor em si? Por outro lado, porém, como é que eu iria me lembrar, uma vez só que fosse, dos nomes de certos jogadores do time uruguaio (ou tcheco, ou inglês, ou italiano) ou de antigos locutores e comentaristas dos anos 70, se não fosse a minha frequentação dos VTs desses jogos na TV, ou dos compactos deles no YouTube?

mesmo os gols e as jogadas mais perigosas e importantes).[39]

Por um lado, seria mesmo muito difícil imaginar compactos de jogos editados segundo critérios não convencionais, excluindo, por exemplo, precisamente os gols e os lances de maior perigo ou beleza,[40] e – não fazendo jus ao nome e à ideia de "compacto" – se estendendo muito com a inclusão de muitas jogadas insignificantes ou mesmo de paralisações do jogo. Assim como seria também pouco imaginável que, na perturbadora e bizarra ausência de jogos de futebol ao vivo nesta quarentena pandêmica estendida, os jogos ruins de campeonatos regionais da segunda ou terceira divisão começassem a ser

39 No entanto, imaginar inversamente uma memória maximamente precisa (como a do personagem "Funes, o memorioso", do conto homônimo de Jorge Luis Borges [cf. BORGES, *Ficções*, p. 539-546], capaz de se lembrar de um dia inteiro vivido há anos) e que permitisse durante anos guardar todos os eventos e micro-eventos que compõem a uma hora e meia e mais alguns acréscimos de uma partida de futebol seria também ligeiramente monstruoso e implicaria uma disponibilidade de atenção que ordinariamente não pode ser subtraída com facilidade da vigília presente com seu séquito de demandas pra tarefas práticas mais ou menos urgentes apenas pra mera manutenção da vida.

40 A hipótese inversa também era bastante estranha (ainda que pudesse ocorrer na memória ordinária, sobretudo a de jogos terminados em 1 a 0): a de uma compactação máxima com a necessária escolha de apenas um grande lance (gol ou não) de cada partida, caso em que curiosamente, numa partida como esses 3 a 1 pro Brasil contra o Uruguai (e em que pese a atenção dada ao lance pelo romance *O drible* de Sérgio Rodrigues), não seria o drible de corpo de Pelé em Mazurkiewicz a jogada escolhida, mas, pelo sufoco que então passava o Brasil e pelo inusitado da chegada à frente e o chute certeiro de bate-pronto do médio-volante Clodoaldo, o primeiro gol do Brasil empatando a partida no último minuto do 1° tempo, que poderia (assim como o 2° de Jairzinho, semelhantemente com um passe de Tostão) ser interpretado como resultando também – em sua conjunção misteriosa de habilidade, raça e sorte – da intervenção benfazeja decisiva de uma divindade (tal como sugerido no meu breve ensaio já citado).

transmitidos na íntegra. Mas, por outro lado, o efeito, como com os 50 anos da conquista da Copa de 70, de uma repetição incansável, em mais de um canal de esporte, de alguns gols ou lances memoráveis da seleção brasileira era (sobretudo levando-se em conta um já prévio saber de todos os seus resultados e mesmo dos seus gols mais importantes) um bocejante tédio e um complementar desejo de alguma surpresa ou de uma ignorância fundamental e constitutiva quanto ao que ainda está por acontecer. O que um VT de um jogo inteiro permitia era, ao menos, reconstituir o contexto em que cada jogada perigosa ou gol tinha acontecido, de modo a tornar possível perceber melhor o como (ou quanto) outras possibilidades estavam também presentes ali e o relativo mistério de apenas uma delas (e da exata maneira como aconteceu) ter sido a que teve lugar de fato.

Nota final sobre o caráter biográfico e autobiográfico deste relato-ensaio

Nesta nota final mais estendida (por isso transferida para o corpo mesmo do texto) e escrita uns três meses após a conclusão deste meu relato-ensaio, eu gostaria apenas de fazer uma breve reflexão teórica sobre o caráter biográfico inevitável (para os jogadores da Seleção Brasileira e, mais particularmente, para o Tostão) dos vídeo-tapes dos jogos do Brasil na Copa do Mundo de futebol de 1970, assim como sobre o seu caráter também autobiográfico para mim, que havia assistido quando criança a todos esses jogos na televisão, tratando-se nos dois casos de um material básico documental que constitui uma prova fotográfico-fílmica irrefutavelmente objetiva da existência deste passado, hoje já um pouco distante, exatamente como ali registrado.

O meu ponto de partida para essa de algum modo óbvia reflexão teórica será o do caráter fílmico ou cinematográfico desses vídeo-tapes, por sua vez baseado em seu caráter inevitavelmente fotográfico, ou seja: o de fotogramas (minimissimamente diferenciados) numa contínua e muito longa justaposição, transmitindo, quando passados em uma rápida sucessão, o efeito do "movimento" (em grego antigo, para retomar a etimologia, *kínēma* ou "cinema"), tal como o da porção da vida mesma que foi filmada. Mas também – e isso é o mais importante – o de fotogramas que registram, sem nenhuma deformação ou transmutação deliberada (ainda que pressuponham as escolhas de ponto de vista, enquadramento, luz, cor e foco do fotógrafo ou operador de câmera), o evento mesmo que foi em cada caso aquela partida de futebol de uma hora e meia regulamentar de duração.[41]

Será, portanto, a partir da natureza basicamente fotográfica dos vídeo-tapes destas seis partidas da campanha vitoriosa da Seleção Brasileira de futebol na Copa do Mundo de 1970, e neles da forte e hegemônica referência à realidade mesma de cada longo evento (ou partida de futebol) representado visualmente em duas dimensões (e com a também possível captação do som ambiente no estádio e campo de futebol em que cada partida ocorreu), que eu proporei aqui, aplicado ao registro cinematográfico (isto é: dos fotogramas em sucessão), a definição do que constituiria, segundo Roland Barthes em *A câmara clara*, a essência ou o "noema" fático da fotografia: ***"Isso-foi"***,[42] pois, diferentemente da pintura ou do discurso em seus modos de

41 O meu ponto de partida para a consideração desta base fotográfica, eminentemente referenciada à realidade, do filme ou cinema é a obra teórica (e uma suma de todo o seu trabalho investigativo sobre o cinema) de Siegfried Kracauer, *Theory of Film*, cujo primeiro e longo capítulo preparatório é justamente sobre a fotografia, "1. Photography" (cf. KRACAUER. *Theory of Film*: The Redemption of Physical Reality, p. 3-22), que lhe dá então os elementos para estabelecer as propriedades básicas (idênticas às da fotografia) e técnicas (diferentes das da fotografia, porque tendo como núcleo a edição ou montagem) do meio fílmico no subcapítulo "Properties of the medium" do capítulo 2 "Basic concepts" desse mesmo livro (cf. KRACAUER. *Theory of Film*: The Redemption of Physical Reality, p. 28-30).

42 BARTHES. *A câmara clara*: nota sobre a fotografia, p. 115.

representação abertos à simulação ou imaginação,[43] "na Fotografia jamais posso negar que *a coisa esteve lá*. Há dupla posição conjunta: de realidade e de passado."[44]

Mas, além da inegável e comprovada realidade (então viva) do passado registrado em imagem, a fotografia também carrega em si (como potencialidade certeira e inevitável) o futuro necessário de todo indivíduo humano: a sua morte e desaparição enquanto indivíduo. Mais do que um detalhe quase inapreensível que dá sabor e graça singulares à imagem fotográfica de um indivíduo, segundo Barthes o seu *punctum*, em oposição a todas as informações objetivas sobre sua época e seu meio social (o que Barthes chama de *studium*), o *punctum* ontológico da fotografia estaria justamente na morte. Falando da foto (por Alexander Gardner) de um jovem (Lewis Payne) preso, porque tentou assassinar um secretário de Estado norte-americano, aguardando o seu enforcamento numa cela, Barthes diz: "A foto é bela,

43 "Chamo de 'referente fotográfico' não a coisa *facultativamente* real a que remete uma imagem ou um signo, mas a coisa *necessariamente* real que foi colocada diante da objetiva, sem a qual não haveria Fotografia. A pintura pode simular a realidade sem tê-la visto. O discurso combina signos que certamente têm referentes, mas esses referentes podem ser e na maior parte das vezes são 'quimeras'." (BARTHES. *A câmara clara*: nota sobre a fotografia, p. 114-115).

44 BARTHES. *A câmara clara*: nota sobre a fotografia, p. 115. Essa prioridade da existência real do referente humano (então vivo) na fotografia é também proposta por Walter Benjamin no seu célebre ensaio "Pequena história da fotografia": "(...) na fotografia surge algo estranho e novo: na vendedora de peixes de New Haven, olhando o chão com um recato tão displicente e sedutor, preserva-se algo que não se reduz ao gênio artístico do fotógrafo Hill, algo que não pode ser silenciado, que reclama com insistência o nome daquela que viveu ali, que também na foto é real, e que não quer extinguir-se na 'arte'." (BENJAMIN. Pequena história da fotografia, p. 93, sublinhados meus).

o jovem também: trata-se do *studium*. Mas o *punctum* é: *ele vai morrer*. Leio ao mesmo tempo: *isso será* e *isso foi*; observo com horror um futuro anterior cuja aposta é a morte."[45] Mas se este exemplo extremo facilita a compreensão desta dimensão ou elemento da fotografia, qualquer foto ordinária de uma pessoa (não necessariamente condenada à morte pela justiça) com um possível futuro mais largo também conteria esta dimensão: "Diante da foto de minha mãe criança, eu me digo: *ela vai morrer*; estremeço, tal como o psicótico de Winnicott, *por uma catástrofe que já ocorreu*. Que o sujeito já esteja morto ou não, qualquer fotografia é essa catástrofe."[46]

Mas talvez pudéssemos acrescentar que a essa dimensão moritura potencial contida em qualquer imagem fotográfica de um indivíduo humano mortal se superporia também a do seu inevitável envelhecimento, não apenas genericamente como temporalidade que admitiria também uma dimensão positiva de florescimento na passagem da infância à juventude e desta à maturidade, mas sim como passagem da maturidade à velhice com todas as esperáveis consequências físicas negativas

45 BARTHES. *A câmara clara*: nota sobre a fotografia, p. 142.

46 (BARTHES. *A câmara clara*: nota sobre a fotografia, p. 142). Seria preciso lembrar, no entanto, que para Barthes (diferentemente do que para Kracauer), apesar de sua base fotográfica, o cinema tenderia a elidir esta presença da morte, porque dissolvida de algum modo no fluxo de imagens que capta a atenção, sem um intervalo ou espaço, sempre em direção à seguinte: "(...) no cinema, sem dúvida, sempre há referente fotográfico, mas esse referente desliza, não reivindica em favor da sua realidade, não declara sua antiga existência; não se agarra a mim: não é um *espectro*. Como o mundo real, o mundo fílmico é sustentado pela presunção de 'que a experiência continuará a fluir no mesmo estilo constitutivo' (...)." (BARTHES. *A câmara clara*: nota sobre a fotografia, p. 133-134).

(aumento da probabilidade de doenças mais ou menos graves, e perda progressiva de vitalidade, agilidade e beleza) que esta última pressupõe, sendo o envelhecimento (neste sentido mais estrito) mais decisivo e dramático para os atletas como os jogadores de futebol, cuja maturidade máxima dificilmente ultrapassa ou ultrapassava os trinta ou trinta e cinco anos de idade (por exemplo, no time titular da Seleção Brasileira da Copa do Mundo de 1970, os mais velhos eram Félix, com 32 anos, Brito, com 30, e Gérson e Pelé, com 29, todos eles sabidamente jogando já sua última Copa do Mundo).

Assim, portanto, ainda que não sejam tantos os jogadores titulares (ou que, ao menos, jogaram alguma partida) dessa Seleção Brasileira hoje já mortos mesmo que diferenciadamente – Everaldo morreu em 1974 num acidente de automóvel, com 30 anos de idade; Fontana morreu em 1980 de infarto, com 39 anos de idade; Félix morreu em 2012 de enfisema pulmonar, com 74 anos de idade; e Carlos Alberto morreu em 2016 de infarto, com 72 anos de idade –, são muitos os casos de problemas mais ou menos graves de saúde (como mais recentemente os de Pelé), sendo também visível e em alguns casos mais dramática a deterioração da forma física, com o inchaço de todo o corpo (e perda da agilidade), o enrugamento da pele e o embranquecimento ou perda dos cabelos, além de todas as possíveis e diferenciadas dificuldades para encontrar uma atividade profissional satisfatória depois de esgotado o prazo da rápida carreira de jogador (com também todos os graves problemas econômicos e/ou psíquicos que disso podem resultar).

De qualquer modo, este conjunto de seis jogos da campanha vitoriosa da Seleção Brasileira na Copa de 1970 não poderia – é óbvio – ser pensado literal ou propriamente como uma biografia de qualquer um dos jogadores titulares que jogaram os seis jogos (como Tostão, Jairzinho ou Pelé, por exemplo), nem mesmo uma biografia esportiva ou futebolística, pois todos eles tiveram carreiras bem mais cheias e complexas envolvendo todos os campeonatos disputados por seus times profissionais (ou mesmo em categorias inferiores), e ainda muito menos uma biografia integral, que envolveria muitos outros aspectos da vida a partir de uma idade muito tenra e/ou posterior ao término da carreira de jogador, tal como já foi diversamente narrado em alguns documentários famosos (por exemplo, *Garrincha alegria do povo* de Joaquim Pedro de Andrade, *Isto é Pelé* de Luiz Carlos Barreto e Eduardo Escorel, ou *Tostão fera de ouro* de Paulo Laender e Maurício Gomes Leite) ou em biografias como a de Garrincha por Ruy Castro (*Estrela solitária*), ou a de Rivelino por Maurício Noriega (*Rivellino*), ou as inúmeras de Pelé, ou ainda – possibilidade bem mais rara – a(s) autobiografia(s) de um jogador que se tornou um bem reconhecido cronista esportivo da imprensa escrita, como Tostão (*Lembranças, opiniões, reflexões sobre futebol*, de 1997, e *Tempos vividos, sonhados e perdidos*, de 2016, que inclusive usei com proveito neste artigo).

O que o material documental cinematográfico dos vídeo-tapes dessas seis partidas vitoriosas condensa (naquilo que poderia ser pensado também como uma espécie de compacto esportivo-existencial de exceção) é apenas um dos momentos mais privilegiados (ou, na grande maioria dos casos, o mais privilegiado) das carreiras de vários grandes jogadores de futebol brasileiros, mas um momento largo em que eles, jovens e no auge de sua potência, como seres humanos mortais jogando uma de suas maiores chances (numa carreira bem breve e coincidentemente numa vida muito breve, ou seja: numa superposição intensiva de uma certa urgência: "*ars brevis atque vita brevis*", parodiando aqui o ditado), estavam imersos e inteiros, carregando, cada qual consigo, toda a sua história de vida (ainda que não diretamente manifesta), e podendo assim ser considerado também, e por excelência, biográfico.[47]

E, enfim, para concluir, seria preciso também considerar que, embora na posição modesta e passiva de um mero (mas apaixonado) espectador, este material fílmico documental desses seis vídeo-tapes (e, especialmente, da semifinal contra o Uruguai), permitia a mim – que havia visto as partidas transmitidas ao vivo pela televisão, ainda criança, com nove anos de idade – uma rememoração (com várias correções, precisões e acréscimos), 50 anos ou um inteiro meio século depois, não só da campanha vitoriosa da Seleção Brasileira nesta Copa do Mundo de 1970, mas também de todo um contexto social e histórico que havia se transformado muito e complexamente, tornando possível também, por toda uma vida dedicada à

47 Curiosamente, em uma nota na introdução ao capítulo 2, "Basic Concepts", do livro *Theory of Film*, de que eu falava há pouco, Kracauer lembra, na esteira de Georges Sadoul (em *L'invention du cinéma*), que os nomes dados primeiramente ao filme indicavam uma afinidade ou com o "movimento" (como "*kinetoscope*", "*kinetograph*" ou "cinematógrafo") ou com a "vida" (como "*vitascope*", "*vitagraph*", "*bioscope*" ou "***biograph***", negritos meus), tornando possível neste último exemplo a asserção etimológica literal do filme ou do cinema como "uma descrição" (por desenho ou pintura, *gráphein*, mas no seu caso pela fotografia, que é ainda mais precisa e exata) da "vida" (*bíos*), ou seja: do filme como literal e etimologicamente uma "**biografia**" de quem é documentado ou registrado em movimento pela câmera (cf. KRACAUER. *Theory of Film*: The Redemption of Physical Reality, p. 28, nota de pé de página).

literatura (à filosofia e às ciências sociais) e amadoristicamente ao futebol (como um lazer muito especial, incluindo a prática até os 52 anos de idade), este meu relato-ensaio retrospectivo, que tem assim um óbvio caráter autobiográfico, inclusive em sua indisfarçada identificação com a habilidade única e excepcional (e a maneira inteligente de jogar) do então maior jogador (o Tostão) do Cruzeiro, time de Belo Horizonte, minha cidade,[48] de que eu fui um torcedor afortunado nos agora longínquos anos de 1960 e 1970, o que não só explica bem, como também explicita, sem retirar-me enquanto sujeito de todo o processo investigativo deste ensaio, a razão da escolha do objeto mesmo desta pesquisa, corroborando de um modo bem chão e nada irônico a proposição hoje já bem conhecida de Ricardo Piglia de que "a crítica é a forma moderna da autobiografia."[49]

48 E desde muito tempo também a do Tostão (ou Eduardo Gonçalves de Andrade), com quem, por sinal, às vezes me encontro por acaso passeando na rua ou em algum bar ou restaurante no fim de semana, fazendo questão de saudá-lo com alguma reverência, mas sem forçar muito uma aproximação (pois sei que ele é tímido e reservado), apenas para indicar que o estou reconhecendo, tal como uma única vez lhe disse, como um grande craque do futebol e um dos mais inteligentes cronistas da mídia impressa e digital brasileira.

49 PIGLIA. *Formas breves*, p. 139, tradução minha. Curiosamente, eu poderia também subscrever, pelas várias leituras e vídeos que a escrita deste relato-ensaio me demandaram, o conjunto do parágrafo que esta frase de Piglia apenas introduz: "La crítica es la forma moderna de la autobiografía. Uno escribe su vida cuando cree escribir sus lecturas. ¿No es a la inversa del *Quijote*? El crítico es aquel que encuentra su vida en el interior de los textos que lee." (PIGLIA. *Formas breves*, p. 139).

Referências

BARTHES, Roland. **A câmara clara:** nota sobre a fotografia. Tradução de Júlio Castañon Guimarães. Rio de Janeiro: Nova Fronteira, 1984.

BENJAMIN, Walter. Pequena história da fotografia. In: BENJAMIN, Walter. **Obras escolhidas vol. 1, Magia e técnica, arte e política.** Tradução de Sérgio Paulo Rouanet. São Paulo: Brasiliense, 1985, p. 91-107.

BENVENISTE, Émile. Expression indo-européenne de l'éternité. **Boulletin de la Société de Linguistique de Paris**, Paris, v. 38, n. 1, p. 103-112, 1937.

BORGES, Jorge Luis. Funes, o memorioso. In: **Ficções.** Tradução de Carlos Nejar. In: BORGES, Jorge Luis. **Obras completas, volume I (1923-1949).** São Paulo: Editora Globo, 2000, 1ª edição: 1998, p. 539-546.

BORGES, Jorge Luis. O jardim de veredas que se bifurcam. In: **Ficções.** Tradução de Carlos Nejar. In: BORGES, Jorge Luis. **Obras completas, volume I (1923-1949).** São Paulo: Editora Globo, 2000, 1ª edição: 1998, p. 524-533.

CLODOALDO. Eu deixei a Itália quase que nocauteada para que nós pudéssemos fazer o gol. In: Favorita e no auge, seleção brasileira goleia e fatura a Jules Rimet. **Folha de São Paulo.** São Paulo, 21/06/2020, Série "O Tri de 70", Esporte. Disponível em: https://www1.folha.uol.com.br/esporte/2020/06/serie-o-tri-de-70.shtml. Acesso em: 18 de julho de 2020.

DILCHER, Roman. Chapter VII: The Divine Game. In: DILCHER, Roman. **Studies in Heraclitus.** Hildesheim: Olms, 1995, p. 145-157.

FRIEDLÄNDER, Paul. Lachende Götter. **Die Antike**, Berlin, v. 10, p. 209-226, 1934.

GERSON. Como é que você vai admitir que o Pelé jogue 45 minutos mal? In: Fantasma do Maracanazo aparece, mas Brasil reage e vai à final. **Folha de São Paulo**. São Paulo, 17/06/2020, Série "O Tri de 70", Esporte. Disponível em: https://www1.folha.uol.com.br/esporte/2020/06/serie-o-tri-de-70.shtml. Acesso em: 18 de julho de 2020.

GUEZ, Olivier. **Éloge de l'esquive**. Paris: Bernard Grasset, 2014.

HOMERO. **Ilíada.** Tradução, introdução e notas de Christian Werner. São Paulo: Ubu Editora/SESI-SP Editora, 2018.

KRACAUER, Siegfried. **Theory of Film**: The Redemption of Physical Reality. London/New York: Oxford University Press, 1960.

MARCOVICH, Miroslav. **Heraclitus:** Greek text with a short commentary. Sankt Augustin: Academia Verlag, 2001.

PIGLIA, Ricardo. Epílogo. In: PIGLIA, Ricardo. **Formas breves**. Buenos Aires: Mondadori, 2014, 1ª edição: 2000, p. 139-140.

RENNÓ ASSUNÇÃO, Teodoro. Breve nota sobre o tempo trágico no futebol. **Letras Clássicas**, Faculdade de Letras da Universidade de São Paulo, São Paulo, nº 12, p. 259-262, dez. 2008.

RODRIGUES, Sérgio. **O drible**. São Paulo: Companhia das Letras, 2013.

TORRES, Carlos Alberto. Fui com tudo, cheguei na

passada certa, com a certeza de que iria fazer o gol. In: Favorita e no auge, seleção brasileira goleia e fatura a Jules Rimet. **Folha de São Paulo.** São Paulo, 21/06/2020, Série "O Tri de 70", Esporte. Disponível em: https://www1.folha.uol.com.br/esporte/2020/06/serie-o-tri-de-70.shtml. Acesso em: 18 de julho de 2020.

TOSTÃO. Foi o dia em que eu vi o Zagalo mais bravo na minha vida, ele ficou possesso. In: Fantasma do Maracanazo aparece, mas Brasil reage e vai à final. **Folha de São Paulo.** São Paulo, 17/06/2020, Série "O Tri de 70", Esporte. Disponível em: https://www1.folha.uol.com.br/esporte/2020/06/serie-o-tri-de-70.shtml. Acesso em: 18 de julho de 2020.

TOSTÃO. Na folga podia ir a festinhas, tomar uma cervejinha ou ir pra igreja rezar. In: Bastidores da Copa: relatos divertidos e curiosos de quem esteve lá. **Folha de São Paulo.** São Paulo, 21/06/2020, Série "O Tri de 70", Esporte. Disponível em: https://www1.folha.uol.com.br/esporte/2020/06/serie-o-tri-de-70.shtml. Acesso em: 18 de julho de 2020.

TOSTÃO. **Tempos vividos, sonhados e perdidos**: Um olhar sobre o futebol. São Paulo: Companhia das Letras, 2016.

TOSTÃO. Tostão: "Fuimos revolucionarios". **El País.** Madrid, 21/06/2020, 50 Aniversario de la final del Mundial de México, Deportes. Disponível em: https://elpais.com/deportes/2020-06-20/tostao-fuimos-revolucionarios.html. Acesso em: 22 de novembro de 2020.

TOUSSAINT, Jean-Philippe. **La Mélancolie de Zidane.** Paris: Les Éditions de Minuit, 2006.

Dissimulada desistência

(uma história adolescente de traição no futebol)

"Narrei-lhe a história desta forma para que você a ouvisse até o fim. (...) Despreze-me agora."

—Jorge Luis Borges, "A forma da espada"

Talvez o melhor seja de uma vez começar lembrando que o uso de um material autobiográfico vivido, mesmo que hoje já bem pouco vívido, ou seja: existente ou então tendo de fato existido como realidade básica da vigília comum a muitos (ou a quase todos que acompanham essa atividade) a que se chama existência pública de (neste caso ou história) um campeonato regional mineiro de futebol masculino infantil ou dente de leite (até 14 anos) no ano de 1975 – indiretamente atestável em alguns poucos registros audiovisuais em movimento como filmagens de Vídeo-Tapes (ou VTs) de jogos inteiros ou de compactos (melhores momentos) de jogos ou apenas de seus gols, como os da vitória do Cruzeiro por 2 a 0 contra o Goiás no Campeonato Brasileiro de 1975 (gols do então em breve a morrer Roberto Batata de cabeça, num passe certeiro de bola parada de Nelinho, e de Joãozinho numa jogada individual desconcertante, ambos no 1° tempo) num domingo (12 de outubro) à tarde no Mineirão,[1] cuja preliminar foi a

1 Até hoje eu me lembro bem da boa campanha do Cruzeiro no Campeonato Brasileiro de 1975 (depois de ter sido vice-campeão em 1974, perdendo pro Vasco de 2 a 1 numa final roubada no Maracanã), tendo vencido com brio e brilho na semifinal o Santa Cruz de virada por 3 a 2 em Recife (jogo que pudemos, eu e outros dois colegas da turma A do Loyola que também jogavam bola, apenas ouvir pelo rádio num sítio familiar perto de Itajubá em que estávamos no fim do ano, assim como ler a sua resenha e os comentários no jornal *O Globo* que meu avô materno então assinava) e jogado muito bem, mas novamente perdido (agora por 1 a 0, com um gol de orelha do beque chileno Figueroa) uma final histórica emocionante contra o Internacional (já de Falcão e Paulo Sérgio

última partida do 2° turno do já citado campeonato mineiro de dentes de leite entre Atlético MG (em cujo time eu estava por pura sorte jogando como ponta de lança) e Cruzeiro (time pelo qual eu torço desde 1966, quando conquistou a Taça Brasil, ganhando de 3 a 2 do Santos em pleno Pacaembu, e que em 1976, com quase este mesmo timaço da vitória de 2 a 0 contra o Goiás, iria ganhar a sua primeira Libertadores da América) –, não impede de modo algum que eu vá *deliberadamente deturpar* (em geral *pela ampliação ou ênfase excessiva*, tropo ao qual se dá o nome de hipérbole) algum ou *alguns detalhes essenciais da história pra obter um efeito melodramático de incômodo desconcerto ou ambiguidade moral*, em que uma sempre suposta virtuosa virilidade varonil se deixa fascinar perigosa e sutilmente por *uma muito bem disfarçada covardia* de quem ainda executa correta e automaticamente todos os passes mais próximos (e tentando bem pouco e com insucesso um ou outro lançamento mais longo difícil ou um ou outro drible mais ousado e surpreendente, ou seja: como um meia ou atacante simplesmente medíocre, o *que pode também vir a ser fatal*) e faz uma marcação básica algo frouxa sendo atacante (em geral apenas contra zagueiros, laterais e médio volante), mas não dá todo o seu sangue, nem vibra superligado, híper--atento e esperto no jogo, como uma questão decisiva ou uma nobre "brincadeira" de vida ou morte, ou daquilo que depois não poderá ser modificado, pois será de uma vez por todas

Carpegiani) no Beira Rio em Porto Alegre, em que o goleiro Manga se destacou com defesas incríveis, vista ao vivo em preto e branco com intensa curiosidade e prazer numa velha e resistente televisão Philips em que provavelmente eu tinha visto também a descida do homem na lua há então mais de cinco anos atrás.

apenas aquela única e acontecida versão particular da história daquele jogo, entre as muitas possíveis e variadas bifurcações que (por necessária contraposição) são abortadas ao não terem acontecido naquele exato momento ou conjunto de momentos (dois tempos de meia hora cada, com muito poucos minutos de acréscimo, e mais um intervalo de quinze minutos, ou seja: uma pequena parte ou "extensão" de uma hora e quinze ou vinte minutos) de uma hoje esquecida e banalíssima tarde de um domingo passada no grande estádio de futebol Mineirão (ou oficialmente Governador Magalhães Pinto) na Pampulha em Belo Horizonte MG, no Brasil, agora já há 47 anos.

Se eu fosse estender ainda um pouco este enquadramento ou contextualização inicial (onde o simultâneo narrador e protagonista na primeira pessoa do singular começa a representar cruelmente e com prazer sadomasoquista o papel de uma sóbria e objetiva modéstia de perdedor medíocre e apenas vice-campeão), seria preciso dizer também que aquela chance foi de fato única, porque, para aquela idade de até 14 anos, eu tinha na época um corpo mais desenvolvido, pernas fortes e já uma certa altura que me davam alguma vantagem na corrida, no chute, no cabeceio e na disputa de bola, mesmo que eu não fosse propriamente um craque no drible improvisado, nos passes mais longos ou sutis, ou no chute forte e preciso, e tendo sido por sorte "descoberto" no campeonato das turmas de cada série ginasial em 1975 (quarta série então) e nas aulas e "peladas" de educação física no Colégio Loyola em BH (na Avenida do Contorno 7919)[2]

2 Antes de entrar pro Colégio Loyola com 11 anos de idade pra fazer o ginásio e o científico (e poder enfim jogar bola à vontade num campão e/ou em duas quadras de salão), eu tinha feito o primário (com exceção do 1° ano) no meio bocó

pelo saudoso professor Wilson Maestro, que se tornou técnico do Atlético MG no fim do 1° turno do campeonato mineiro de futebol dente de leite de 75 e então – juntamente com o Sérgio Túlio da turma A (enquanto eu era da B, habitual e ironicamente 2° lugar nos campeonatos internos de futebol no Loyola), que era muito mais craque do que eu, mas estava meio machucado na época – me levou pra treinar e jogar no Atlético ou Galo,[3] com alguma chance de ser titular (segundo ele me disse confidencialmente), se eu treinasse sério e disputasse a posição de ponta de lança (e não de meia armador, que era onde eu gostava mais

e carola Colégio Santa Helena na rua Gonçalves Dias (quase com Avenida Brasil), onde jogávamos futebol no recreio ou depois da aula com minúsculas bolas de meia e com bola de couro apenas na única aula semanal de educação física, o que dificultava muito o nosso treino e nos levava (com uma seleção de futebol de salão do ano muito mal treinada) a perder sempre pra uma seleção do Colégio Isabela Hendrix, que era praticamente o único time externo contra o qual jogávamos, sendo que em 1971 no 4° ano primário eu me lembro bem da pequena e insignificante glória de ter feito o único gol do Santa Helena numa derrota inapelável e estonteante por 4 a 1 pro Isabela Hendrix (em que jogaram dois irmãos gêmeos muito bons de bola e que depois eu voltaria a ver jogando no Arsenal do Colégio Santo Antônio).

3 Ainda me lembro bem de (durante uns três meses) sairmos todas terças e quintas à uma e quinze da tarde, num ônibus grande (ou às vezes numas duas kombis) que ficava parado na rua Bernardo Guimarães quase com a avenida Olegário Maciel (onde ficava a sede administrativa do Atlético), em frente ao que ainda era então um campo grande de terra de futebol e umas duas quadras de cimento liso de futebol de salão/basquete/vôlei pertencentes ao Atlético Mineiro (e que depois se tornariam o grande shopping center Diamond Mall), e nos levava pra um bom passeio urbano (e depois nos trazia de volta lá pras quatro e meia ou quinze pras cinco horas da tarde) até a Vila Olímpica (na avenida Pedro I, 2676, bem depois da Pampulha, com seu campo grande de grama e uns dois menores de *society*, além de uma enorme piscina e saunas), que era onde o time principal também treinava então.

de jogar, mas aonde já tinha alguém bem mais craque e forte do que eu, o Marco Aurélio) com o Walfrido, super habilidoso (e depois craque do futebol de salão mineiro infanto-juvenil), mas que, pra idade de 14, era então muito pequeno e fraco nas disputas com os zagueiros, e que guardou contra mim (enquanto eu estive lá) uma intensa, insidiosa e autodestrutiva raiva. De algum modo, eu tinha quase absoluta certeza de que, se eu tivesse querido continuar, eu teria tido quase nenhuma chance de ser titular de um time infanto-juvenil (até 17 anos), categoria em que a concorrência entre os bons aumenta muito, de um Cruzeiro ou Atlético ou América (como um só colega já repetente, o Catatau ou Tau, tinha conseguido no ano seguinte, jogando a Copinha São Paulo), e, por outro lado, eu – começando então minhas leituras marxistas com *A história da riqueza dos homens*, do Leo Huberman, e também a frequentação dos cineclubes com filmes políticos de esquerda e de contestação dos costumes – já me sentia bem diferente da maioria daqueles que treinavam e jogavam nas categorias de base desses grandes times mineiros, sendo que precisava também estudar matemática, ciências, geografia, história e português pra me formar bem e ter boas chances, quando acabasse o científico, de bem prestar o temível Vestibular, mesmo que eu não soubesse ainda com precisão o que queria mais estudar e muito menos ainda aquilo com que eu queria mais trabalhar, dada a difícil combinação entre a natureza do trabalho (no caso das ciências humanas, o mais das vezes envolvendo o magistério) e uma boa remuneração possível por ele.

Mas evidentemente, assim como o destaque no estudo pela inteligência e as boas notas, o prazer corporal mais direto de jogar bem futebol e ser aí bem sucedido, que se repetia todo dia – sem nenhum campeonato formal e em puro e luxuoso desperdício de energia na brincadeira – no recreio e depois das aulas nas gostosas e inúteis peladas, também gerava ou podia gerar algum efeito admirativo nas meninas adolescentes (que só agora eu, hetero já bastante velho, poderia dizer lindas "ninfetas") que em geral eram sexualmente bem mais desenvolvidas do que nós machos então, como se uma gloríola qualquer já pudesse ser também um trunfo erótico numa esfera ainda muito inexplorada, mas já intuitivamente bem percebida como assaz importante pra energia e alegria primária de estar vivo neste mundo, ainda que (como um mero adolescente novinho de 14 anos) muito ingênuo e ignorante em vários domínios, e econômica e afetivamente totalmente dependente dos pais e de outros adultos (como os professores, os médicos e os tios), e por isso também querendo experimentar mais direta, transgressiva e aventureiramente a vida em loucuras de drogas, sexo, boa música e cinema (também em ambientes urbanos não domésticos), geralmente com amigos, e às vezes também com amigas, em possibilidades de encontros e conversas bem mais variados e livres do que depois tenderia a ser uma codificação primeira e majoritária de uma inteira existência cotidiana pela esfera e os valores do trabalho (incluído aí obviamente o dinheiro). O fato de jogar futebol praticamente todos os dias (com exceção às vezes dos domingos) e de agora treinar durante duas horas em duas tardes úteis da semana (a de terça e a de quinta) e ainda jogar no fim de semana, inclusive às vezes no domingo, me fazia dormir bem, assim como estar bem desperto e vivo quando acordado, e não como agora quase sempre insone, ou seja: uma espécie de zumbi ou morto-vivo longínquo e quase sem ar na minha atual vigília pandêmica virtual ou eletronicamente estendida. E sabidamente, numa memória total bem menor e menos angustiada, com uma sensação irrefutável de apetite e prazer em comer e digerir bem, assim como bem mijar e cagar, e tomar bons banhos, tendo ainda belos cabelos e dentes.

Apesar de ter engordado um pouco devido às muitas cervejas e frituras bebidas e comidas em bares da Savassi e do Centrão de BH a partir das 10 da manhã, quando no 2° científico e já no Colégio Santo Antônio (depois de ter sido traumática e gloriosamente expulso do Loyola por rebeldia religiosa) comecei a matar aulas e a vadiar pela cidade, eu ainda tinha algum bom fôlego e agilidade e gostava muito, após as aulas ou no recreio (mas bem mais esporadicamente do que no campão do Loyola), das "peladas" de futebol de salão no ginásio (da rua Santa Rita Durão) do Arsenal (time do colégio Santo Antônio que disputava o campeonato da cidade e era treinado então pelo futuro técnico da seleção brasileira de futebol de salão, o lendário professor de inglês Tacão), assim como do campeonato interno entre todas as turmas do 2° grau (em que em 1977 ficamos com um honroso vice-campeonato, decidido apenas na prorrogação da partida final), mas, já sem nenhuma obrigação ou disciplina semanal e bem desleixado (numa certa vida boêmia de movimento estudantil secundarista com a turma do grêmio, de oposição e esquerdista, no colégio, e/ou com a turma mais radical da UMES), eu apenas perdi uma única vez uma boa chance de tentar recuperar pra valer a minha forma física e jogar mais sério (o que talvez eu nunca tenha querido mesmo), quando – após jogar um pouco e bem num treino noturno do Arsenal (pois, por um feliz acaso, naquele dia um jogador do time reserva machucou e não havia mais ninguém pra entrar) – declinei um convite do Tacão pra começar a treinar no Arsenal,[4] no que (caso eu fosse muito bem-sucedido) poderia ter sido também uma chance de me encontrar de novo com o Walfrido, que havia se tornado um atacante famoso de futebol de salão infanto-juvenil em BH jogando pelo Olímpico.

E caberia bem aqui lembrar de uma lenta decadência em que, já com bem mais de 40 anos, eu jogava, com uma dificuldade sempre crescente (também de fumante ocasional de uns 4 ou 5 cigarrinhos *ultra-light* por dia), uns 50 minutos de futebol de salão às sete e meia da noite de uma segunda-feira de um mês útil do calendário estudantil (entre fim de fevereiro e meio de dezembro, com uma parada de duas ou três semanas em julho) apenas uma vez por semana ou duas por mês no ginásio do Colégio Arnaldino no bairro Anchieta em BH (e muitas vezes sem nada mais, além de uma eventual caminhada de ida e volta do Sion até a Savassi no sábado de manhã ou num dia útil à tarde), antecedida por uma fase áurea de um

4 Mas curiosamente eu também mantive nesta época algum relacionamento esporádico com uma turma de um primo chegado que jogava futebol de salão numa casa da rua Pium-í e às vezes um *society* em fim de semana em algum sítio ou clube nos arredores de BH, assim como com antigos colegas da turma B e da turma A no Colégio Loyola (em que comumente um livro de bolso meu destoava do material esportivo que ia numa bolsa, junto com a água), ou um pouco depois e analogamente com uma turma mais ou menos boa de bola (que jogava às vezes até futebol de campo no fim de semana) de um cunhado da minha mulher. Donde pra mim agora vem uma dolorosa saudade destas saborosas experiências corporais, mesmo esporádicas, que só o futebol (ou a dança) podia proporcionar, e de uma outra vida, um pouco mais livre e despreocupada e menos reclusa e ocupada pelo trabalho assíduo em tela de computador.

time de várzea meio mambembe de futebol de campo que – com uma camisa 'doidona' com um tamanduá na frente desenhado pela argentina Gabriela de Marco (criadora de roupas e inventora da *Elvira Matilde* e também mulher de um atacante que jogava nesse time) – só jogava amistosos em fins de semana nos arredores de BH (como, por exemplo, em Betim ou em Honório Bicalho), formado por uns amigos trintões (um dos quais do Loyola) que jogavam esta pelada de futebol de salão na segunda à noite no Anchieta (além de serem também fiéis amigos de cerveja, boa maconha e bom jazz),[5] mas em que sempre um corpo relativamente esguio e ágil, o meu, ainda respondia mais ou menos bem a ideias rápidas de bons e precisos passes ou de algum drible ou chute eficaz. Até que (numa erosão lenta e imperceptivelmente dramática) eu perdesse, já cinquentão bem entrado, inteiramente o fôlego pras corridas mais rápidas e a força pras disputas mais violentas em peladas de campo, *society* ou salão, e me resignasse apenas a uma ou duas caminhadas no bairro por semana (e olhe lá...), infelizmente já tendo perdido há algum tempo (senão em sonhos de que eu despertava sempre chorando) uma memória corporal mais direta dos deliciosos movimentos entrecortados e meio

5 Seria exatamente com um núcleo de uns cinco ou seis desses amigos futebolistas, cervejeiros/maconheiros e amantes de jazz, blues e boa MPB, que anos mais tarde manteríamos o hábito de ver juntos, devidamente alcoolizados e chapados, pra podermos comentar e discutir as interpretações das jogadas mais decisivas, os torneios mais importantes como a Copa do Mundo ou as semifinais e finais da Libertadores da América (ou as partidas decisivas do Brasileirão), ocasião também pra podermos lembrar e ajustar os detalhes das nossas memórias individuais da experiência comum (e não desprezível) de termos jogado num mesmo time de futebol de campo, ainda que espaçadamente, durante mais de vinte anos.

aleatórios de um jogo de futebol. Mas, ao longo de toda essa minha lenta decadência (de alguém que eu poderia derrisoriamente chamar um mero "decadente de leite"), eu experimentei também umas tristes e inertes interrupções acadêmicas (por ausência de turmas ou grupos com quem jogar) quando entrei pra FAFICH em 1979, quando fui pra São Paulo (pro mestrado) no meio dos anos 1980 e quando (já professor da UFMG) fui pra Paris (pro doutorado) no meio dos anos 1990, como se pra mim, portanto, o futebol jogado (e não apenas assistido) sempre tivesse estado ameaçado (oh! maravilhosa experiência física e anímica) em minha vida meio frágil e sedentária de estudante/professor universitário e intelectual.

Mas, antes que eu comece a difícil tentativa de reconstituição mais precisa do que foi esse 2° turno desse campeonato mineiro de dente de leite de 1975, talvez valha a pena mencionar a milagrosa coincidência de ter encontrado, entre aqueles que jogavam uma "pelada" de futebol de salão toda segunda-feira à noite no ginásio do Colégio Arnaldino no Anchieta, um baixinho forte e encorpado (à maneira de um Maradona) muito bom de bola (craque mesmo) que, como depois conferi perguntando diretamente a ele mesmo, tinha jogado no time de dente de leite do Cruzeiro que foi campeão em 1975, derrotando, na última partida do 2° turno, o Atlético Mineiro (em que eu jogava) por 2 a 0 no Mineirão, e se sagrando campeão por ter ganhado também o 1° turno. Enquanto eu relia esse (em construção e) ainda inacabado texto e infrutiferamente pesquisava um pouco na internet sobre o tema, me lembrei do nome do baixinho bom de bola e raçudo, o Hudson, que sempre me pareceu um maravilhoso exemplo da importância decisiva nas disputas, não só da habilidade e do preparo físico, mas também da vontade de vencer (ou coragem) que se expressa em ato pela aplicação e o esforço máximo (ou seriedade) na maioria das jogadas mais decisivas e perigosas de uma partida, o que estranhamente algumas vezes (devo agora, com alguma vergonha, admiti-lo) me faltava ou faltou, levando-me fatal e tristemente (chore!...) à derrota e ao fracasso. Mas ainda bem que pequenas surpresas também podem acontecer com a memória pessoal ativada pela escrita e a curiosidade.

Antes, porém, de chegar ao núcleo duro da breve descrição deste 2° turno do campeonato mineiro de dentes de leite de 1975 (as duas últimas partidas contra retrospectivamente os dois maiores adversários do Atlético Mineiro: o América Mineiro e o Cruzeiro), seria preciso dizer que a ausência de qualquer registro na internet (e a impossibilidade hoje de reunir testemunhos pessoais diretos daqueles que participaram dele) do que foram as partidas (nem mesmo contra quais adversários e quais os resultados) desse agora longínquo, esquecido e insignificante campeonato – senão o dado mínimo e elementar de que o seu campeão foi o Cruzeiro – abre inevitavelmente uma margem não desprezível para a invenção das outras três partidas com os então outros três times menores que o disputaram: o Santa Tereza, o Sete de Setembro e o Villa Nova de Nova Lima (único time de fora de BH, ainda que de uma cidade bem próxima), sendo que no 2° turno nós do Atlético jogamos no nosso campo, a Vila Olímpica, as partidas contra os adversários enfrentados no 1° turno no campo deles (o Santa Tereza, em seu campo no bairro belo-horizontino homônimo, e o Sete de Setembro, no Vale Verde emprestado pelo América, já que o estádio Independência estava então desativado), a exceção sendo apenas o Cruzeiro, contra quem por sorte jogaríamos as duas partidas no neutro Mineirão.

Confesso não ter sido muito o que restou (de memória) de uma partida decisiva pra que eu me tornasse titular do time de dentes de leite do Atlético Mineiro no 2° turno do campeonato mineiro de 1975, a contra o Santa Tereza, na Vila Olímpica, num sábado à tarde, às 16:00, quando chovia leve e contínuo, deixando o campo mais pesado. O Atlético no 1° tempo, jogando com o Walfrido de ponta de lança, não conseguiu (apesar do domínio de bola e de umas duas ou três chances) marcar um gol, e no intervalo o Maestro (meio puto com a falta de pegada e as bobeiras do ataque do seu time) me chamou no canto e disse que eu já ia entrar no 2° tempo no lugar do Walfrido, e que era a hora de eu mostrar que era mais forte e melhor do que ele, o que me animou e fez pensar que eu era mesmo e que podia mostrá-lo tão logo a bola rolasse.

No primeiro gol, eu recebi do Valtinho, o ponta esquerda, uma bola rasteira no ângulo esquerdo externo da grande área, matei ela com cuidado pra não escorregar muito, e – como pressenti que vinha um zagueiro logo atrás pra dar um bote com um carrinho – levantei (de costas pra grande área) a bola com uma embaixadinha, e, tendo ouvido um rápido grito "tô entrando!" do esperto Marinho que era o centroavante novato também, eu cruzei de costas, mas meio forte, pro centro da grande área, e ele subiu mais que o beque e cabeceou com força e pra baixo no canto direito, sem chances pro goleiro, fazendo um golaço.

No segundo gol, já no finzinho do 2° tempo, eu recebi

redondo do médio volante no começo do campo do adversário, avancei rápido mas com controle total da bola, e quando, já perto da grande área deles, o zagueiro chegou (rápido também) de frente, eu toquei à frente e mais à esquerda pro Marinho, que sacou um pouquinho antes o passe e o interceptou bem, não deixando a bola ir pra linha de fundo, e ainda teve tempo de virar rápido e me devolver (rasteiro e preciso) mais ou menos na altura do pênalti, pra eu fuzilar alto e não-pegável no ângulo esquerdo do gol e estufar com gosto a rede, no que foi (como um conjunto) uma breve (e modesta) mas inesquecível felicidade no bom aproveitamento de duas boas e decisivas ocasiões no 2° tempo de uma partida mais breve (dois tempos de meia hora) de futebol de campo de dentes de leite, que me deu a cobiçável condição de titular no time do Clube Atlético Mineiro (ou do Galo) neste 2° turno de um campeonato regional que era praticamente apenas belo-horizontino.

Também da partida seguinte, contra o Sete de Setembro (que então disputava também o seu penúltimo campeonato regional da 1ª divisão), de novo na Vila Olímpica num sábado à tarde mas desta vez com tempo bom, eu não consigo me lembrar bem, senão que ganhamos por 3 a 1, depois de termos feito 1 a 0 num golaço de falta do Sérgio Túlio (que depois sentiu um estiramento na coxa e pediu pra sair) e eles terem empatado com um gol de cabeça a partir de um corner não interceptado pelo nosso beque vacilão, o Hílton, e de ainda no primeiro tempo (mas bem no finzinho) eu ter visto o Marinho mais avançado, mas um pouco mais recuado do que o último beque adversário, levantando rápido e duas vezes a mão direita, e ter lançado de imediato pra ele um pouco à frente desse último beque, de quem ele se desvencilhou fácil na corrida e fuzilou rápido e rasteiro bem no cantinho direito, a bola ainda pegando de leve na trave. Mas no 2° tempo, depois de uns 15 minutos com o mesmo placar, apesar do nosso continuado domínio, eu caí de mau jeito, virando o tornozelo esquerdo, e tive de ser substituído pelo Walfrido, que, apesar de muito poucos passes e dribles precisos, prestou bem atenção numa bola cruzada com força na área do Sete que bateu no lateral esquerdo e sobrou pra ele (de frente pro gol escancarado), que teve então o mérito de perceber rápido a chance única e fuzilar rasteiro e fora do alcance do goleiro (mesmo que meio sem ângulo), dando assim a ele, Walfrido, alguma esperança de voltar a ser titular, e a mim algum medo de perder a agora um pouco frágil titularidade (mesmo que esse gol pra nós, como time, tivesse sido muito bom, por garantir a vitória) no difícil jogo seguinte contra o Villa Nova no estádio Castor Cifuentes (ou Alçapão do Bonfim) em Nova Lima.

A chegada a Nova Lima, no começo de uma tarde de domingo, mais ou menos às 13:30, pra estar no vestiário do time adversário no pequeno (e famoso) estádio "Alçapão do Bonfim" às 13:45 e nos arrumarmos pra entrar em campo e começar a partida de dentes de leite entre Villa Nova e Atlético Mineiro às 14:30, numa honrosa preliminar de uma partida amistosa da primeira divisão entre Villa Nova e Atlético Mineiro às 16:00, foi relativamente tranquila, assim como a entrada no estádio e a chegada ao vestiário, pois era um plácido domingo na hora em que, nos bares circunvizinhos ao pequeno estádio, podia se ouvir calmamente o som de garrafas 600 ml de cervejas (não era ainda a época da hegemonia das *long-necks*) sendo abertas, e algum samba ou um improvável percursor do funk brasileiro tocando ao fundo em meio às conversas espaçadas.

Mas quando enfim entramos no estádio, cuja pequena capacidade oficial de lotação era e ainda é de apenas 5.000 torcedores (e que ficavam bem próximos do campo), tivemos a impressão de ele estar quase a metade já ocupado, a maioria com as cores vermelha e branca do Villa Nova, ainda que alguns com a camisa alvinegra do Atlético, e podíamos ouvir a torcida do Villa bem perto gritando ofensivamente (ou em falso tom de conselho): "esse 'Atletiquinho' é uma merda!", "aqui não vai ser moleza, feito em BH...", numa proximidade que (espantado) eu só iria ouvir e ver uns quatro ou cinco anos depois, num jogo do profissional do América no Independência, algo que felizmente foi então pra nós apenas um frio na barriga (ou arrepio) habitual a mais antes de o jogo começar.

Pois começamos trocando passes melhor e dominando o jogo no meio de campo, mas tínhamos dificuldade de chegar com mais perigo ao gol adversário, pois os últimos passes e as finalizações nossos estavam (com a vigilância estrita "filha da puta" da defesa adversária) bem falhos e ruins; enquanto eles nem mesmo conseguiam chegar direito ao nosso campo (ou à nossa defesa) e construir jogadas mais sequenciadas, trocando passes certos no meio de campo, o que resultou, no 1° tempo, num insosso 0 a 0, signo apenas aparentemente (pois no futebol nem tudo é gol ou simples resultado final) eloquente da dupla nulidade dos dois times, apesar de (ou precisamente por) termos estado um pouco melhor e estarmos jogando no campo do adversário.

Já bem no finalzinho do 2° tempo, porém, depois de uma boa jogada e grande chance nossa (quando o ponta direita Joãozinho driblou na linha de fundo o lateral esquerdo deles e cruzou um pouco forte demais pro Marinho, que acabou cabeceando por cima da trave, mas num lugar longitudinal em que o goleiro nem ia conseguir chegar), aconteceu o nosso milagroso e salvador gol da vitória, um gol "contra" do Villa Nova, meio bobo e com alguma participação do acaso, num cruzo meu (então deslocado), a partir da linha de fundo na esquerda, pra uma mistura compacta (um "bololô") de jogadores de ambos os times na pequena área e no meio da grande (área) do Villa Nova, quando sobrou a bola pro Marinho com o gol bem escancarado e um zagueiro chegou querendo chutar tudo pra fora, enquanto ele (Marinho) chutava simultaneamente pra dentro, e a bola espirrou rasteira pra dentro do gol bem no cantinho direito, deslocando totalmente o goleiro e nos dando um gol pretensamente "merecido" (pelo nosso domínio em todo o jogo), mas (uma vez que a justiça estrita dos gols ou do resultado no futebol nem sempre coincide com o mérito da "melhor" equipe) através de um lance bizarro em que a sorte também teve um importante papel. Na volta pra BH de ônibus, lembro-me muito vagamente de alguma euforia da rapaziada com esta vitória (mesmo sem nenhuma cerveja, talvez apenas com algumas laranjas ou refrigerantes), acho que cantando alegre e meio parodicamente (ou pra "zoar") um samba (ou uma canção pop) que fazia algum sucesso na época.

Mas foi em um sábado à tarde (acho que às 16:00), com a pequena arquibancada mais ou menos cheia de torcedores americanos querendo nos deixar com medo, o jogo contra o América no Vale Verde (pois no 1° turno do "campeonato mineiro" dos dentes de leite de 1975, vencido pelo Cruzeiro, o jogo tinha sido na Vila Olímpica e, como uns poucos do infantil do Clube Atlético Mineiro que o jogaram depois me contaram, foi muito difícil e terminou pra nós, do Galo, num desastroso empate de 0 a 0), o mais difícil dos quatro que jogáramos até então nesse 2° turno, mesmo que, também neste caso, eu só consiga me lembrar bem do resultado final da partida (1 a 0 pra nós do dente de leite do Atlético) e de alguns poucos lances decisivos (como, por elementar exemplo, o único gol, o da nossa vitória), o que de algum modo pode parecer agora, à distância, uma espécie enganosa de repetição do padrão da partida anterior contra o Villa Nova (será que – quando simplesmente não existem ou existiram jamais registros objetivos escritos ou filmados – ainda há um núcleo qualquer de memória viva pessoal confiável?), mesmo que as partidas tenham sido de fato bem diferentes.

O mais estranho desse jogo talvez tenha sido o fato de que nele o América jogou muito melhor os primeiros quinze minutos do 1° tempo, mas não conseguiu converter isso em gol devido a pelo menos duas grandes defesas do nosso goleiro, o Jonathan, também trazido pelo Maestro, que (até então sem nenhuma participação mais expressiva nos jogos do 2° turno) voou em um chute e uma cabeçada do ataque adversário, não de todo certeiros e fatais, e nos salvou assim milagrosamente de uma derrota que parecia quase certa. Mas, depois destes bem dramáticos quinze primeiros minutos do 1° tempo, nós nos aprumamos, começamos a dominar o jogo no toque de bola sem erro na defesa e no meio de campo, e no finzinho do

1° tempo chegamos a criar no ataque uma chance nítida de gol, quando Valtinho, na linha de fundo pela esquerda, em vez do passe esperado pro Marinho, já postado dentro da grande área e próximo da pequena, chutou direto e surpreendeu o goleiro do América, que nem foi na bola e só assistiu ela passando rápido e rasteira por fora e bem rente à sua trave esquerda, o que nos permitiu ir pro vestiário no intervalo bem mais confiantes e (reanimados com laranjas descascadas pra chupar e pés de moleque) também com um estranho e delicioso pressentimento – confirmado ou forjado pela exortação positiva e desafiadora do Maestro ("vocês estão com medo do quê, seus cagões? Pois afinal nós somos bem melhores do que eles no futebol!") – de que poderíamos (jogando melhor nos passes, dribles e chutes, mas também com bastante "raça" ou vontade de vencer, pois nada é de todo certo no futebol) vencê-los, mesmo se com alguma dificuldade, no seu próprio campo.

Mais tranquilos e animados (pois tudo pode mudar muito rápido nesse "ludopédico *concentrado de vida*" que é o futebol, mesmo em circunstâncias a princípio bem adversas...), nós continuamos com mais domínio de bola e melhores no 2° tempo,[6] mas (como no jogo contra o Villa Nova) estávamos com dificuldade ou de dar um último passe ou drible certo, ou de finalizar

6 Esta nota de rodapé vem precisar melhor (ou suplementar com uma informação) o que foi este segundo tempo contra o América, lembrando que o Maestro também colocou no time, pela primeira vez (no lugar do baixinho Joãozinho), um ponta-direita, o "Paema", que ele tinha trazido do Colégio Militar e que, como eu, era já bem forte e desenvolvido pra idade limite de 14 anos, e que (agora num grande e não muito confiável esforço de memória) me lembro de ter feito uma ou duas jogadas perigosas (ganhando na corrida do lateral esquerdo deles) pelo lado direito do campo.

fazendo um gol, estando eu (se estou me lembrando bem) aparentemente meio apagado, pois estava atraindo a marcação (com constantes deslocamentos) pra deixar o Marinho e/ou alguém vindo do meio de campo mais livres pra tentar o chute direto pro gol. Acho que mais ou menos no meio do 2° tempo (ou um pouco depois), o meia armador e camisa oito Marco Aurélio veio de trás conduzindo rápido a bola, fingiu que ia tocar pra mim (que estava marcado) na linha divisória da grande área adversária e, depois de um corte desconcertante no médio volante deles, chutou forte no ângulo esquerdo do goleiro (já totalmente batido), mas a bola bateu na trave e saiu.

Mas, quando (também com uns três minutos de acréscimo) faltavam só uns cinco minutos pra acabar o jogo, nosso ponta esquerda Valtinho (depois do corte de um cruzo seu pelo lateral direito deles) cobrou um corner (tendo me visto ali matreiramente meio deslocado) no chamado "1° pau", eu, então, de costas pro gol, enviei de cabeça a bola um pouco pra trás e à meia altura, mais ou menos na marca do pênalti, e o Marinho, de novo muito esperto, conseguiu se antecipar ao goleiro numa brevíssima metade de segundo e dar um toque forte e rasteiro no canto direito, impedindo a tentativa do beque central (que voltava correndo) de ainda tentar, com um carrinho desesperado, tirar a bola do gol, empurrando-a de vez pro fundo das redes, enquanto o Marinho dava um soco no ar (de raiva e felicidade, mesmo se com um reconhecido gesto clichê de Pelé), gritando "porra! esse jogo agora é nosso!", vindo me abraçar mais à esquerda do gol, e levando (pelo palavrão e desafio explícito ao adversário) um cartão amarelo e uma advertência do juiz.

Mas, apesar (ou talvez por causa) da correria e desespero deles, que assim ainda erravam passes longos e bolas cruzadas pra nossa área, na típica e muito limitada (e ainda medíocre) estratégia do "chuveirinho", nós conseguimos segurar bem o resultado, mas evitamos comemorar muito ou cair na provocação deles, que estavam putos de raiva e (com a condescendência do juiz) nos xingavam, e voltamos rápido pro nosso vestiário (não só o Maestro, mas também o massagista/roupeiro nos chamavam na beira do campo, indicando com a mão o caminho do vestiário), onde enfim pudemos gritar com alegria e alívio: "puta merda!", "ganhamos essa porra!", "agora só falta o Cruzeiro!".

Lembro de termos tomado um banho frio meio correndo (depois de novamente termos chupado algumas laranjas descascadas e comido umas paçoquinhas), alguns companheiros já cantando e rindo de felicidade, e de no ônibus (que levou uma pedrada ao sair) eu ter recebido um cumprimento do Maestro ("é só quem não entende bem de futebol que não percebe o quanto 'cê foi importante hoje..."), enquanto a galera de novo cantava meio zoadamente um sambão muito tocado no rádio em 1975 (seria "Moro onde não mora ninguém"?) e – agora voltando pela Av. Pedro I e depois pela Pampulha e a Av. Antônio Carlos (e não pela BR-3, a Av. Nossa Senhora do Carmo e a Savassi, como no jogo contra o Villa Nova) – esperava chegar em casa (ou no seu bairro) à noite pra poder enfim beber escondido uma cerveja (mas de novo me pergunto se eu não estaria apenas repetindo, com mínimas variações, o modelo da narrativa do jogo anterior...).

O fato é que, nesta noite, querendo comemorar esta

vitória, meu pai (um atleticano que ligava muito pouco pra futebol e que sabia bem que eu era um torcedor apaixonado do Cruzeiro há muito tempo), fingindo sair pra jantar fora com um amigo, me chamou pra tomar (escondido de uma eventual polícia e de minha mãe) um chopp da Brahma gelado e bem tirado com dois dedos de colarinho (acompanhado com algum delicioso petisco espanhol) no 2° andar da famosa "Petisqueira do Primo" (que, por sinal, ficava bem perto da sede do Atlético Mineiro, na Av. Olegário Maciel, pra onde o ônibus tinha retornado), com a proteção discreta de um garçom chamado Rafael, que (sorrindo, como sempre fazia) também ouviu entrecortadamente um pouco da narrativa "gloriosa" que eu então (meio eufórico por uns dois chopps) fiz dessa nossa memorável (e agora já quase completamente esquecida) vitória.

Mas ainda restava a última e decisiva partida deste 2° turno contra o Cruzeiro, que tinha também ganhado três partidas, mas (diferentemente de nós) tinha apenas empatado contra o América, e por isso então estava com um ponto a menos do que nós do Atlético Mineiro, que podíamos até mesmo empatar com eles nessa última partida e sermos os campeões do 2° turno, pra só então jogar uma partida final contra eles do Cruzeiro (os ganhadores do 1° turno) pra decidir o conjunto do campeonato "mineiro" de futebol dente de leite de 1975. E foi justamente por ela que, tendo sido a única deste 2° turno a ser jogada no prestigioso Mineirão (numa preliminar do jogo da série A do Campeonato Brasileiro entre Cruzeiro e Goiás num domingo às 16:00), eu, de modo bem sumário e alusivo (mas deliberado), antecipadamente comecei (de maneira reflexiva) este relato de uma suposta ou possível traição.

Como seria de se esperar, eu passei toda a semana que antecedeu o domingo de 12 de outubro de 1975, dia desta partida decisiva do dente de leite do Galo contra o Cruzeiro às 14:30 no Mineirão, bastante excitado e ansioso, pois desta vez eu ia entrar como titular do Atlético. Enquanto na outra partida final contra o Cruzeiro no 1° turno (também vencida pelo Cruzeiro, mas apenas por 1 a 0, mesmo tendo jogado muito melhor), também numa preliminar no Mineirão (de uma partida principal da 1ª divisão, cujos times – um deles sendo o Atlético ou o Cruzeiro – e resultado final eu simplesmente esqueci agora quais foram), como eu tinha acabado de chegar no Atlético (convidado pelo Maestro), eu apenas fiquei no banco. Mas eu pude ao menos conhecer um "vestiário" improvisado (um grande quarto de dormir com várias camas, algumas ainda com lençóis e travesseiros com fronhas) e o túnel principal que (subterraneamente, depois da "geral") conduzia até o campo, cujo gramado também pudemos (nós, os reservas) experimentar durante o intervalo, trocando passes e brincando de "bobo", e podendo então ter uma primeira ideia do que era – em termos da perspectiva térrea de um grande campo e da visualização das arquibancadas e cadeiras – jogar num estádio grande como aquele.

Naquele comecinho de tarde do domingo 12 de outubro de 1975, cheguei (depois de ter almoçado mais leve) às 12:45 na sede administrativa do Atlético na Av. Olegário Maciel, pra pegarmos o ônibus (parado na rua Bernardo Guimarães, quase esquina com a Av. Olegário Maciel) que nos levaria às 13:00 pro Mineirão, aonde chegamos, passando pela Av. Antônio Carlos, às 13:40, indo todo o grupo do dente de leite do Atlético (17 jogadores, técnico, roupeiro/massagista e médico) pra um "vestiário" menor, contíguo ao vestiário maior (que seria utilizado pelos profissionais a partir do finalzinho da nossa partida), lá pras 13:50, onde chegamos com todo o material (cada jogador com a sua chuteira particular e a sua roupa pra trocar depois do banho final) rapidamente organizado pelo roupeiro/massagista sobre um banco longo, e onde o Maestro (que se dava o luxo de não garantir nada e só acabar de definir o time um pouco antes do começo de cada partida) começou a pegar as camisas dos titulares e a distribuí-las com uma ou outra palavrinha pra cada titular (que já tinha pegado o seu calção preto e o seu meião branco), tendo eu (pra minha alegria) recebido a camisa 10 com uma pequena frase dele dizendo "é sua, mas pra jogar com a cabeça e o coração, feito contra o América!", enquanto o Walfrido, bem puto da vida e não podendo fazer nada, recebeu silenciosamente a camisa 15 de um reserva, e, todos jogadores tendo colocado o uniforme, nós nos dirigimos em fila, primeiro os titulares e depois os reservas (e sem nenhuma grande surpresa em relação ao time que terminou jogando contra o América, a não ser a presença do Sérgio Túlio como médio-volante), pro túnel principal lá pras 14:10 (onde encontramos, sem nenhuma hostilização mas também sem cumprimentos ou saudações, o time do Cruzeiro também já preparado pra entrar) e às 14:15 estávamos entrando, ambos os times, no enorme campo gramado pra nos aquecer, com pequenas corridas e alongamentos, e também pra tocar um pouco o tipo de bola de couro grande (apenas um pouco mais leve pros dentes de leite) que ia ser utilizada na partida.

Enquanto o capitão do Atlético e o do Cruzeiro disputavam na sorte em qual lado do campo jogaria o seu time no 1° tempo, o juiz usando uma moeda lançada pra ver de qual lado escolhido (por cada capitão) ela cairia pra cima, e dando ao que tinha escolhido este lado o poder de escolher de que lado do campo (se possível, evitando um solão na cara) o seu time jogaria tanto o 1° quanto o 2° tempo, eu olhei um pouco pra cima, em direção às arquibancadas e às cadeiras, e vi que nas arquibancadas praticamente vazias só havia uma tripinha de torcedores do Cruzeiro à esquerda das cadeiras cativas, que era o lugar tradicional da torcida do Cruzeiro, enquanto as arquibancadas às nossas costas, onde ficava geralmente a torcida mais numerosa do Atlético e que naquele começo de tarde eram iluminadas bem direta e cruamente pelo sol, estavam completamente vazias, uns pouquíssimos torcedores do Atlético tendo se deslocado pra sombra do lado direito das cadeiras cativas, que era onde ficava tradicionalmente a torcida do América. "Tanto melhor", eu pensei (ou me disse divinatória e internamente) então, "que ninguém mesmo veja este jogo ignorado e insignificante, porque se perdermos (e dependendo do modo como perdermos) quase ninguém terá visto esta vergonha", mas no fundo eu esperava que, ao menos no 2° tempo do nosso jogo preliminar de dentes de leite, a torcida, mesmo que em sua grande maioria fosse cruzeirense (pois era do Cruzeiro contra o Goiás o jogo principal daquela tarde), aumentasse significativamente, o que afinal e felizmente (ao menos pra nós do dente de leite do Atlético) acabou não acontecendo.

Lembro-me ainda de que, mesmo então (já que agora certamente muito mais), tudo o que aconteceu (pra mim com um intermitente-constante e incômodo frio na barriga) me pareceu muito rápido, desconcertante e incompreensível, pulverizando nossas expectativas e demonstrando a nulidade oca das nossas fantasias de vitória ou, ao menos, de empate salvador, com a realidade dura e irremediável da derrota na partida e da perda definitiva do campeonato mineiro infantil de 1975 para o Cruzeiro. E o pretensamente honroso vice-campeonato não foi mais do que um triste e inominável fracasso, como tentarei mostrar por um breve relato do que foi a partida e das consequências imediatas do seu resultado negativo desastroso no grupo de jogadores do Atlético.

Estranha e diferentemente de todas as nossas partidas anteriores no 2° turno, em que geralmente acabávamos conseguindo dominar o meio de campo no toque de bola, o Cruzeiro começou jogando rápido e bem no toque de bola no meio de campo e no ataque, mesmo que nos esforçássemos muito e fizéssemos faltas pra contê-los, e nós, então meio desnorteados e sem quase nenhum poder de contraofensiva (mesmo que não errássemos muitos passes), fomos totalmente dominados (como se em um feitiço racionalmente explicável) tanto pela técnica e velocidade deles, quanto por sua "raça" ou vontade de ganhar, já que no nosso time nem o Sérgio Túlio como médio-volante mais técnico nem o Marco Aurélio como meia-armador mais inventivo conseguiam construir jogadas com o ataque, que quase não recebia bolas e, quando voltava pra ajudar na retomada de bola (eu um pouco mais do que o Marinho e às vezes também um dos dois pontas, o Valtinho mais do que o "Paema" pela direita), não conseguia também retomar a bola com alguma tranquilidade no meio de campo e nem iniciar ataque nenhum, ou seja: um desastre surpreendente e efetivo pra nós todos (pois nem a defesa e nem os laterais, igualmente envolvidos por eles do Cruzeiro, conseguiam, por sua vez, apoiar o meio de campo com a retomada de bola e passes rápidos e bem dados), o que no 1° tempo resultou não só em umas duas jogadas de ataque do Cruzeiro muito perigosas em que o nosso goleiro já vencido viu a bola sair ao fundo rente a uma de suas duas traves, mas também no gol inapelável do Cruzeiro em que o meio do ataque deles, tabelando rápido e de primeira, entrou na nossa grande área sem ser interceptado, e acabou achando o centroavante deles livre, um pouco antes da nossa pequena área, pra fuzilar rápido, forte e rasteiro no canto esquerdo do nosso goleiro que ainda pulou desesperado, mas nem viu direito a bola entrando e balançando a rede, enquanto eles já comemoravam tranquilos e bem focados, como se nós nem mesmo estivéssemos ali.

Mas no começo do 2° tempo, como o Sérgio Túlio sentiu de novo no fim do 1° um estiramento na coxa esquerda e foi substituído por um médio volante mais defensivo e tradicional que começou a interceptar o toque de bola do ataque deles e sair jogando no meio com um toque de bola certo, nós enfim tivemos umas duas boas oportunidades de gol: na primeira, a bola chegou ao Marinho que, tendo retornado pra ajudar o nosso meio de campo, a recebeu livre um pouco antes da grande área deles e chutou forte, à meia altura, no canto direito do goleiro, que nem viu direito por onde a bola passou, batendo do lado de fora da trave direita e indo se perder bem pra lá da linha de fundo; na segunda, ao receber de Marco Aurélio um passe preciso, estando eu livre bem antes da grande área deles, vi o "Paema" entrando rápido à direita na grande área deles e lancei a bola pelo alto pra ele que, correndo rápido e ultrapassando o lateral esquerdo que o estava marcando, a recebeu livre, um pouco antes do ângulo interno direito da pequena área, e fuzilou cruzado e rasteiro pra esquerda, sem que o goleiro adversário tivesse qualquer chance de defesa, mas pra fora e indo se perder pra lá da linha de fundo à esquerda, num lance de muita sorte pra eles (já vencidos nessa singular ocasião) e de muito azar pra nós, que, então, teríamos podido empatar a partida e alterar toda a sequência fatídica de eventos que resultou na nossa derrota humilhante por 2 a 0 para o Cruzeiro.

Não tendo conseguido converter em gol nenhuma dessas duas grandes chances nossas (do Atlético Mineiro) na primeira metade do segundo tempo, nós nos assustamos um pouco e eles (do Cruzeiro) voltaram a nos dominar no toque de bola, mesmo sem conseguir converter as suas melhores chances em gol, até que, já bem perto do fim do jogo, numa bola cruzada forte e alto pelo ponta direita deles e rebatida de cabeça perigosa e atabalhoadamente pelo lateral esquerdo nosso, o centroavante deles a recebeu livre e, já dentro da grande área nossa, pôde escolher qual canto do nosso gol estava mais livre e fuzilar alto e certeiro no ângulo esquerdo interno, sem nenhuma chance pro nosso goleiro, selando assim a vitória irrefutável deles sobre nós nessa partida decisiva do 2° turno e com isso também o 1° lugar no 1° e no 2° turnos do campeonato e, portanto, também o título (pra nós, do Galo, meio humilhante) de campeões mineiros de dente de leite de 1975, que foi muito comemorado por eles (do Cruzeiro), inclusive com alguns foguetes da torcida, enquanto vários de nós (do Galo) estávamos atônitos e com muita dificuldade de acreditar que tínhamos ficado de uma vez por todas apenas com o título falsamente honroso de vice-campeões deste pequeno campeonato mineiro de futebol dentes de leite em 1975, com apenas seis times, enquanto eles do Cruzeiro se refestelavam, inteiramente impiedosos e indiferentes a nós (os merecidamente "humilhados e ofendidos"), com sua vitória nesse jogo decisivo e a consequente conquista definitiva do campeonato.

Nós fomos pro vestiário meio cabisbaixos e silenciosos, o Maestro na beira do campo dando um tapinha no ombro de cada jogador suado, e falando intermitentemente um óbvio e ululante "é isso aí, foi o que deu..." (e depois finalmente apenas um humilde e realista: "Obrigado a vocês todos pela confiança, eu não serei mais o técnico do dente de leite do Atlético"), até que na hora do banho, quebrando um pouco um incômodo silêncio, começassem aqui e ali uns primeiros breves e genéricos comentários dos que jogaram (já que desta vez ninguém estava cantando, como em certa vez vitoriosa, o Joãozinho imitando hilário, com um inglês macarrônico e todo errado, os agudos de Michael Jackson no hit de baile "One day in your life") sobre o que tinha acontecido naquela derrota, tentando de algum modo compreendê-la e (o que é bem mais difícil, senão impossível) justificá-la: "nós demoramo' muito pra acordar e aí eles já 'tavam em cima", "a gente não podia ter perdido as chances de empatar", "não sei o que deu, a gente não costuma dar tanta bobeira assim, (...) mas a maior parte do tempo nós fomo' meio mole"...

De um desses comentários, eu me lembro de uma espécie de extensão quando, se enxugando com a toalha, o Sérgio Túlio (que esperou pra tomar banho depois, querendo ver o resto do jogo todo do banco de reservas) disse, amenizando nosso péssimo jogo (e indiretamente também a sua e a minha participação igualmente péssimas nele): "o 'Paema' não podia ter perdido aquela chance..., se a gente faz o gol naquela hora, o jogo ia ser outro e eu acho que ia dar pra ir pruma final contra o Cruzeiro", o que – bem pensado – era não mais do que uma presunção e uma esperança que podiam também na sequência ser totalmente desmentidas por um outro gol ou outros gols do Cruzeiro que trouxessem ao time a vitória (ainda que de outra forma), mas ainda assim eu fiquei um pouco aliviado com o gentil (mas inverídico, como já então eu suspeitava) comentário dele e, por isso, aquiesci covarde e convenientemente com um bem vago "é mesmo, 'cê tem razão...", enquanto eu também me enxugava rápido e punha uma roupa nova limpa, no mais permanecendo bem quieto e disfórico, enquanto internamente eu revia várias vezes as melhores chances e os dois gols do Cruzeiro.

Mas, depois de eu pegar uma laranja descascada pra sair chupando, vi o Hílton, o nosso becão que era certamente um "gato" (isso é: tendo provado com um documento falso que não tinha mais de 14 anos), passar na minha frente e depois sair dizendo, como se numa espécie de extensão do comentário mais pesado "mas a maior parte do tempo nós fomo' meio mole" (que agora eu reconheço ter sido dito maldosamente por ele, ainda que se incluindo no "nós"), "nunca vi tanto corpo mole, você só morcegou, parecia que nem queria ganhar o jogo, como se fosse um cruzeirense", o que obviamente me deixou puto e me fez responder "mas foi o time todo que jogou e perdeu, qual é?, você também jogou mal, mesmo achando que correu muito e deu muito sangue", evitando eu entrar no mérito da questão (que me parecia então irrelevante) sobre pra qual time eu torcia, já que (independentemente da camisa e do nome do time) eu me identificava de todo com exatamente aquele grupo que constituía aquele time de dentes de leite do Atlético.

Mas, mesmo ele não me respondendo mais e (com um leve sorriso na boca) só levantando o dedo médio da mão direita, eu fui mordido por sua acusação e a partir dela comecei a me culpar silenciosamente pela minha parte de uma perigosa covardia e falta de empenho (mas que tinha sido igualmente também da grande maioria do time) de um típico "vacilão" destinado à derrota, algo que paradoxalmente pra mim (como só agora o reconheço melhor) continha, sobretudo em situações decisivas, um grande potencial de um insaciável remorso futuro.

Quando, porém, cheguei às cadeiras numeradas, na parte que ficava embaixo das arquibancadas, pra onde a maioria do time e dos reservas (de dentes de leite) do Atlético que jogara a preliminar (mas já sem o Maestro e apenas com um diretor de futebol do Galo)[7] tinha ido pra assistir à vitória do time principal do Cruzeiro por 2 a 0 contra o Goiás, eu notei que felizmente (com a incômoda exceção do Hílton, que era uma espécie de desafeto marcado, mas com um alto teor de verdade próprio apenas aos inimigos) não havia nenhuma animosidade particular

7 Se não me falha a memória (como diz uma conhecida e justificada fórmula que enuncia uma hipótese provável, mas não muito segura), este dirigente então era o Cecivaldo Bentes (cujo apelido era Tite e que era o pai do meu colega repetente e craque de bola no Loyola, o Catatau ou Tau), que generosamente ofereceu pra cada um de nós um picolé da Kibon e um pacotinho de amendoim torrado (que os vendedores ambulantes levavam), sem ter feito nenhuma crítica ao péssimo jogo que tínhamos feito contra o Cruzeiro.

contra mim e fisicamente me senti feliz (o que, após uma derrota tão decisiva pro Cruzeiro, era bizarro e meio vulgar do ponto de vista moral) apenas por ter corrido os dois tempos e ter jogado um jogo inteiro de dentes de leite no lendário estádio do Mineirão, tendo também na sequência (como bom e antigo torcedor do Cruzeiro, mas de nenhum modo podendo explicitar minha alegria naquele grupo) acompanhado com muito prazer a vitória de 2 a 0 contra o Goiás.[8]

No entanto, eu só vi nas cadeiras numeradas e com o time de dentes de leite do Atlético o 1° tempo deste Cruzeiro e Goiás (evitando vibrar no gol do Roberto Batata), pois eu sabia que meu pai e o seu irmão mais velho, um tio que era também meu padrinho, ambos atleticanos pouco convictos, estavam – juntamente com um primo mais velho, americano, com quem eu então ainda jogava bola – nas cadeiras cativas (cujo acesso me foi liberado)

8 O time do Cruzeiro neste jogo (como disse logo no começo deste texto) foi quase o mesmo que disputou e ganhou a Libertadores em 1976 uns nove meses depois, com a exceção de Roberto Batata, que morreu num trágico acidente de carro na rodovia Fernão Dias em 13/05/1976 (na volta da vitória do Cruzeiro por 4 a 0 contra o Alianza em Lima no Peru), e também a de Jairzinho (o ponta direita e craque artilheiro da Seleção brasileira tricampeã na Copa de 1970) que só foi contratado já em 1976: Raul, Nelinho, Moraes, Darci Menezes e Vanderlei; Piazza, Zé Carlos e Eduardo; Roberto Batata, Palhinha e Joãozinho. Eu me lembro bem de ter ido ver, junto com um primo e um amigo seu que vieram de Itajubá, a grande vitória do Cruzeiro por 4 a 1 contra o River Plate no Mineirão (a 1ª partida final) na noite do dia 21/07/1976. A surpresa da consulta ao Google foi saber que na 3ª partida final desta Libertadores em Santiago no Chile (pois o River Plate tinha ganhado de 2 a 1 do Cruzeiro em Buenos Aires), a memorável vitória por 3 a 2 do Cruzeiro (com um golaço de falta do Joãozinho bem no final da partida), o Jairzinho não tinha jogado, tendo sido substituído por Ronaldo Drumond, um jogador de que eu tinha me esquecido completamente.

me esperando pra ver o 2° tempo desse jogo principal.[9] Novamente o que me impressionou foi a boa acolhida deles que disseram primeiro: "que dó, dessa vez não deu...", mas, como eu insisti em dizer que tinha jogado muito mal, meu tio e meu primo (que entendiam mais de futebol que o meu pai) disseram quase ao mesmo tempo: "mas você não jogou mal..." e o meu primo consolatoriamente ainda acrescentou: "foi você quem deu o passe pro ponta direita na melhor oportunidade do Atlético...", o meu tio emendando então com um já antes ocorrido comentário-clichê: "se ele faz aquele gol, talvez vocês ganhassem o 2° turno...", a que eu dessa vez retruquei : "não sei não, talvez eles fizessem depois um 2° gol e ganhassem a partida...".

Mas felizmente, após o reconhecimento da óbvia qualidade técnica daquele time principal do Cruzeiro (que seria em breve o vice-campeão brasileiro desse ano, perdendo de 1 x 0 pro Internacional no Beira-Rio), nós conversamos então também sobre outros assuntos comuns como família (tradicional e sempre problemática), política (em plena ditadura do Geisel, que era apenas um mal menor) e até literatura (acho que meu tio elogiou o romance *Incidente em Antares* do Érico Veríssimo, que ele então estava lendo com prazer e achando muito engraçado), colocando no seu "devido lugar" o futebol como apenas um possível assunto, certamente importante como lazer de massa em

9 Curiosamente (e mais uma vez provando o quão traiçoeira é a memória), este primo e velho amigo me disse, em um generoso e-mail, que, na sua lembrança, meu pai, este tio e ele assistiram esse jogo das arquibancadas, na torcida do Atlético, do lado oposto das cadeiras cativas. E que também não sabia por que eles não foram de cadeiras cativas, talvez pra eu poder encontrá-los com mais facilidade no segundo tempo, ou porque os dois mais velhos (agora já há muito tempo mortos e não consultáveis) preferiram assim.

1975 num país com a recente tradição vitoriosa do Brasil, mas que, no caso de um insignificante campeonato regional infantil, só poderia interessar mesmo a alguma comissão técnica dos clubes e/ou os familiares e amigos dos jogadores.[10]

Em toda a sequência dos meus anos de juventude, porém, eu, como um bom e razoabilíssimo paranoico, guardei uma estranha dúvida – a partir daquela contundente acusação aparentemente infundada do Hílton – sobre se eu não poderia mesmo (ainda que inconscientemente) ter feito um pouco de "corpo mole" (me arrastando burocraticamente no campo) naquela derrota decisiva pro Cruzeiro, como se querendo assim, de uma maneira bem despistada, ajudar um pouco o Cruzeiro, que era o time pro qual eu torcia então já havia uns nove ou dez anos, ou seja: tendo agido então como um matreiro e eficaz traidor. Mas a efetivação explícita dessa hipótese interpretativa só se daria retrospectivamente (e em um modo autoficcional) uns 44 anos depois, numa conversa com um antigo professor de literatura brasileira meu no 3° científico do Colégio Santo Antônio e na Faculdade de Letras da UFMG, o Antônio Sérgio Bueno, com quem também eu tinha jogado depois umas peladas de futebol de salão no Colégio Estadual e conversado muitas vezes sobre os campeonatos e os times mais importantes tanto do Brasil e da América do Sul (ou Latina) quanto da Europa.

10 Lembro-me também de ter voltado do Mineirão de carro com eles (meu pai, meu tio seu irmão e o primo mais velho), tal como eu tinha avisado ao Tite (o Cecivaldo Bentes), e não no ônibus do clube como em todas as outras partidas deste 2° turno, provavelmente no carro então do meu pai, um confortável Opala verde, onde (também ouvindo rádio) estendemos a conversa, enquanto íamos levar o tio e o primo às suas casas no bairro Sion.

Mas antes deste último relato de uma conversa bem mais recente (de 2019), eu gostaria também de lembrar de uma outra conversa em 1995 no meu ou nosso (meu e de minha mulher) apartamento alugado no nº 4 da rua Auguste Perret no 13º bairro (*arrondissement*) de Paris, cidade onde eu estava fazendo o doutorado, e apartamento no qual recebemos pra jantar, no começo de uma noite, um grande amigo meu, o Marcelo Pimenta Marques (acompanhado pela sua então mulher, a Dadi), professor de filosofia grega na FAFICH da UFMG e que estava fazendo doutorado em Estrasburgo. Eu me lembro bem de nesta conversa termos também falado muito admirativamente do Tostão,[11] que, depois de parar de jogar em 1973, tinha mudado completamente de vida, indo estudar Medicina e tornando-se um médico competente e aplicado ("CDF", como dizia um amigo psiquiatra que o conheceu então na Faculdade de Medicina), passando a se identificar como (e a querer ser chamado apenas de) Dr. Eduardo e evitando falar sobre futebol, mas que então tinha novamente

11 Pois o que, desta conversa, estou citando de memória agora são apenas os momentos sobre futebol, dado o tema maior deste atual (e ainda em curso) ensaio-memória autoficcional, uma vez que certamente também falamos sobre os vários problemas práticos de uma chegada num país estrangeiro pra morar por três ou quatro anos (incluídas aí também as chateações pra conseguir renovar a "carta de estadia" [*carte de séjour*] e as muitas diferenças entre Paris e Estrasburgo), assim como sobre as bibliotecas e os Seminários de Pós-Graduação que frequentávamos, o tipo de comida que fazíamos em casa, quais canais de TV aberta francesa nós assistíamos em casa, e que tipo de cinema íamos ver nas salas de cinema da cidade... Da Dadi, muito animada pelo álcool de bons vinhos, eu me lembro de um comentário trocadilhesco sobre um conceito lacaniano muito repisado numa conferência em espanhol do chefão Jacques-Alain Miller: "lo real", "lo real" (e que coincidentemente tinha tudo a ver com as nossas duras dificuldades de estrangeiros), que ela repetia pronunciando jocosamente como se fosse uma propaganda da empresa de cosméticos francesa *L'Oréal*.

mudado de vida, passando a comentar oralmente e por escrito partidas de futebol (como no caso da Copa do Mundo de 1994) e deixando a Medicina.

E como também eu tinha tido quatorze anos atrás (em 1989) a chance de disputar um campeonato mineiro infantil pelo Atlético, tendo depois me tornado um professor de literatura grega antiga na UFMG, eu contei (resumindo) a minha passagem pelos dentes de leite do Atlético no segundo turno desse campeonato e me detive na particularidade contraditória e bizarra de ter feito isso sendo um torcedor do Cruzeiro. Se eu me lembro bem dessa conversa (terá sido assim mesmo?), o que quis explorar então, aproveitando a presença do Marcelo Pimenta, foi a difícil questão filosófica do que define a identidade de um time de futebol através dos anos: o nome, o uniforme (com as cores da camisa), um estilo de jogar e o tamanho da torcida? Pois os times concretos e as torcidas, ao longo dos anos, podiam se modificar muito, e se eles eram muito diferentes, por que eram chamados pelo mesmo nome? Também aí o que existia de fato a cada vez era um time singular e concreto (como aquele de dentes de leite do Atlético em que eu jogara e pelo qual ainda tinha uma grande afeição, mesmo sendo cruzeirense) e não a "atleticanidade" ou "cruzeiridade", que apenas a convenção arbitrária do nome "Atlético" ou "Cruzeiro" (e/ou a de um uniforme básico mantido) podia sugerir... Do que, porém, eu não me lembro bem de ter contado nessa conversa foi o comentário maldoso do Hílton depois da partida que perdemos de 2 a 0 pro Cruzeiro em pleno Mineirão, pois acho que me assustei um pouco com a possibilidade de ser reconhecido como um traidor, eu que há pouco então (1993) lançara um livro de ensaios e contos diletantes no grande domínio da literatura brasileira contemporânea (o já totalmente esquecido *Ociografias*) e que continuaria eternamente dividido e hesitante entre a Antiguidade e a Contemporaneidade, exercendo com luxuoso e maldito prazer uma saudável e necessária transgressão de trair a minha exigente área de especialização.

Chegando, enfim, à experiência decisiva do relato mais recente dessa derrota de 2 a 0 (dos dentes de leite do Atlético pros do Cruzeiro no Mineirão) há 44 anos já, eu não consigo evitar a impressão de que ela só foi possível por um inesperado e feliz acaso. Pois ela aconteceu após um espetáculo de dança experimental da turma mais avançada do "Mova-se", coordenada pelo exímio dançarino e coreógrafo Arão, em uma antiga casa residencial no bairro do Prado em BH, que foi toda arrumada e decorada para comportar em cada cômodo uma proposta de dança de um pequeno grupo (às vezes apenas uma dupla) dessa turma maior, da qual participavam tanto a minha filha caçula quanto a irmã (dançarina profissional talentosa) da também lá presente atual mulher do Antônio Sérgio, com quem nos encontramos um pouco antes do espetáculo experimental começar.

Como não nos encontrávamos há algum tempo (a última vez tendo sido também num espetáculo experimental desta turma do "Mova-se", mas na parte externa do Museu Abílio Barreto, e sem que pudéssemos conversar à vontade) e, após o espetáculo, nos sentamos numa mesa no quintal desta casa (onde um pequeno bar com bebidas e tira-gostos tinha sido montado) pra beber uma cerveja, tivemos mais tempo pra estender um bom bocado a conversa, falando – depois dos primeiros comentários sobre a inusitada coreografia (concebida e coordenada pelo mago Arão, mas exercida com imprevisível liberdade e autonomia por cada dançarina/o) em que a imobilidade, a respiração e o olhar eram um elemento estrutural – não só das nossas atividades então atuais (o Antônio Sérgio, já aposentado há algum tempo, mas fazendo ainda algumas conferências e dando minicursos avulsos sobre Drummond ou Pedro Nava; e eu, enredado em dois cursos de 60 horas por semestre, pequenos cargos administrativos, orientações e editorias de revistas ou de dossiês de revistas acadêmicas, mas ainda imaginando às vezes ficções ou autoficções), mas também de velhas memórias comuns a nós dois (ambos já bem morituros, ele por um infarto e uma ponte de safena, eu por um câncer na amígdala e uma rádio e quimioterapia), envolvendo (como não podia deixar de ser) o futebol.

E, como infelizmente não estávamos mais jogando (eu então há uns seis anos, e ele há uns dez, mas ambos, mesmo nesse passado já ligeiramente distante, só de modo esporádico) e raramente íamos também presencialmente a um estádio com seu campo gramado (fosse ele o Mineirão ou o Independência), começamos a lembrar do tempo em que, já na Faculdade de Letras, no começo (e depois em meados) dos anos 1980, jogamos juntos, a convite dele, mas nem sempre no mesmo time (pois a escolha se dava a cada vez segundo um "par ou ímpar" diferente e singular), umas peladas de futebol de salão no Colégio Estadual aos domingos de manhã lá pras 10 ou 11 horas,[12] depois das quais íamos beber uma deliciosa cerveja no

12 É estranho que eu me lembre também de nessa mesma época eu ter exercitado – em manhãs de sábado ou de domingo em ruas arborizadas que bordeavam o Colégio Estadual (como a rua Espírito Santo ou a Rio de Janeiro), dentro de um carro estacionado sob uma árvore que dava boa sombra – uma prática solitária de releitura concentrada de um método básico de língua alemã, o *Deutsche als Fremdsprache* (*Alemão como língua estrangeira*), às vezes acompanhado

Bar do Lopes e conversar sobre o Campeonato Brasileiro ou a Libertadores do ano e às vezes também sobre política, cinema e até mesmo um pouco de literatura. Apesar de ele ter dito gentilmente que eu então jogava muito bem, eu já me sabia bastante decadente naquele tempo, mas ele, em franca contraposição, se lembrava daquela década de 80 como uma época de ouro pra ele naquelas peladas de domingo no Colégio Estadual, pois ainda conseguia então aguentar uma partida inteira de quarenta minutos e às vezes dar uns dribles inesperados e fazer uns golaços, despertando o entusiasmo de uma sua ex-aluna (muito inteligente e bonita e uma ótima passista no samba) que iria depois se tornar sua mulher.

Foi ao nostalgicamente me lembrar – como se replicando ao que eu acabara de ouvir do Antônio Sérgio sobre essas peladas de futebol de salão nos anos 80 – da primeira metade dos anos 70 (72 a 75) no Colégio Loyola, tempo milagroso em que nós, alunos adolescentes, jogávamos bola praticamente todo dia, e que parecia agora coroado em 1975 pela chance única e preciosa que tive de disputar um 2° turno de um campeonato mineiro de futebol de campo dente de leite pelo Atlético Mineiro, jogando como titular, que eu, como um narrador que sabia bem estar falando pra um casal atleticano (além de minha mulher, que certamente reconheceria a minha encenação levemente ficcional), decidi, pela primeira vez na vida, contar ou relatar esta derrota decisiva

de um pequeno dicionário *Langenscheidts* e de uns aforismos de Nietzsche ou uns poemas de Rilke (em edições bilíngues), ou de leitura de traduções dos famosos comentários de Nietzsche ou Heidegger sobre os filósofos pré-socráticos gregos, usando assim meio desesperadamente um tempo de pretenso lazer para tentar chegar a fontes de informação (ou, pra ser mais preciso, de formação) mais qualificadas.

de 2 a 0 pro Cruzeiro como se eu tivesse sido um traidor, que fez deliberadamente corpo mole.

O detalhe é que, não só pra aumentar o suspense e a surpresa desse desfecho narrativo imoral, mas também pra dar verossimilhança à mera possibilidade de ter me tornado titular desse time (mesmo que apadrinhado por um técnico medíocre), era preciso que primeiro eu me disfarçasse muito bem, jogando bem e com garra e "amor à camisa" (maneira de dizer uma total identificação com esse clube, a qual, na realidade, eu nunca até então tinha tido e nem teria jamais), convencendo o técnico e – bem mais importante – os próprios companheiros do time. E, pra criar eficazmente essa impressão no auditor ou receptor da história (sobretudo se atleticano), era preciso também sugerir toda a minha luta e dificuldade pra me tornar titular (o que aliás tinha sido algo absolutamente verdadeiro) e simultaneamente inserir alguns sinais antecipando minha hesitação e ambiguidade (o que nos eventos tais como então experimentados por mim jamais foi algo consciente e deliberado).

Por exemplo, pra atenuar com alguma maliciosa ambiguidade o meu necessário apego àquele grupo ou time específico e concreto com quem eu partilhava então uma parte significativa da minha vida, eu não só enunciava isso como uma realidade vivida (o que, aliás, ela de fato tinha sido mesmo), mas acrescentava que, como torcedor, apesar de cruzeirense, eu nunca tinha sido fanático e que, quando o Atlético estava jogando bem, como foi o caso do grande time de Luizinho, Cerezo, Reinaldo e Éder no comecinho dos anos 80 e depois o do time que com Leonardo Silva, Diego Tardelli, Ronaldinho Gaúcho, Jô e o Santo Vítor no gol ganhou a Libertadores em 2013, minha tendência irrefreável era torcer com gosto pelo Atlético e esquecer o Cruzeiro, como se eu fosse mesmo atleticano, e não a de "secar" com ódio o time inimigo pra que ele perdesse ou se desse mal. Pra isso, eu cheguei a adaptar uma expressão jocosa e pejorativa dizendo que eu era uma espécie de "Maria vai com as outras" do futebol e que geralmente eu estava torcendo pro time que estava jogando o melhor e mais emocionante futebol (mesmo se não necessariamente ganhador, como foi o caso do Atlético do comecinho dos anos 80, ou o do Flamengo naquele fim de ano de 2019).

Por outro lado, eu precisava sugerir que – em meio ao desconcerto tático e técnico que a boa atuação do Cruzeiro na partida final do 2° turno tinha nos causado a todos do Atlético, que nunca entregáramos aberta e vergonhosamente o jogo, como a boa chance de Marinho e a de "Paema" de empatar no 2° tempo comprovavam – houve também um pouco de (mas que já era mais do que fatal) falta de empenho e raça pra vencer ou ao menos empatar aquele jogo, como se tivéssemos sido paralisados ou enfeitiçados por uma enigmática atrofia da vontade.[13] Propus então, pra esclarecer, o exemplo hipoté-

13 Uma imagem hiperbólica – e não discreta e ambígua como a minha nesta história – do covarde (que também será o traidor da história) é a traçada pelo narrador irlandês do conto "A forma da espada" de Jorge Luis Borges para o personagem Vincent Moon (que se revelará no fim ser ignominiosamente o próprio narrador, apesar da alteridade da terceira pessoa e da consequente e simétrica inversão da figura do narrador em mera personagem): "Quando alcançamos as últimas casas, um repentino tiroteio nos aturdiu. (...) Internamo-nos numa rua de terra; um soldado, enorme no resplendor, surgiu de uma cabana incendiada. Aos gritos, mandou que nos detivéssemos. Apressei o passo; meu camarada não me seguiu. Virei-me: John Vincent Moon estava imóvel, fascinado e como eternizado pelo terror. Então voltei, derrubei de um golpe o soldado, sacudi Vincent

tico de um VT em *slow motion* (velocidade lenta) que mostraria inequivocamente, na maioria das jogadas daquele jogo, a nossa lerdeza, hesitação e falta de vontade de ganhar, como se tragados por uma invisível areia movediça.

Mas, no relato da "covarde" acusação contra mim do nosso becão Hílton, meu desafeto pessoal (e que era também um ilícito "gato"), além da frase decisiva, que eu achei por bem conservar mais ou menos igualmente: "nunca vi tanto corpo mole, parecia que você nem queria ganhar o jogo, como se fosse um cruzeirense", eu acrescentei, depois da minha razoável e débil tentativa de defesa dizendo que era o time todo quem tinha jogado mal e perdido, uma palavra única que resumia como gíria a minha desprezível atuação e sua inconfessável finalidade: "traíra!", "traíra!" (teria repetido ele, em de vez de silenciar e apenas mostrar chulamente o dedo médio da mão direita levantado), o que me permitiu distrair um pouco a atenção dos auditores atleticanos com um trocadilho infame, retirado de uma propaganda comum (em restaurantes da rodovia Fernão Dias) do aprazível prato com um peixe de homófono nome: "traíra sem espinho", o detalhe sendo a conversão de "espinha" em "espinho" pra sugerir uma derradeira vez (mas agora com uma sacana piscadela elogiosa ao adultério) que a melhor maneira de trair é evitar ao máximo ser ostensivo (ou ofensivo), transmitindo a sensação da normalidade de quem apenas não jogou muito bem.

Moon, insultei-o e ordenei-lhe que me seguisse. Tive de pegá-lo pelo braço; a paixão do medo o invalidava." (os sublinhados são meus e não do autor).

Como uma última astúcia pra fingir uma deliberada ambiguidade, eu comentei brevemente (focando o olhar no Antônio Sérgio, um professor e crítico de literatura): "foi meio vergonhoso mesmo, mas acho que daria uma boa história...",[14] ao que ele apenas sorriu de leve, como se dizendo "é mesmo...", mas com um olhar meio decepcionado de atleticano (que se desviou então pudicamente pra baixo), ao descobrir tardiamente a covardia e a traição adolescente futebolística de um até então pretenso leal amigo. E foi só então, e já com quase sessenta anos, que (segundo creio) eu pude enfim realizar plenamente um inconfessável desejo de tornar-me vil e abjeto.

14 Como diz o narrador Daniel Quinn do romance *Cidade de vidro* de Paul Auster, antecipando também (como um provável bom leitor das seções 6 e 7 do famoso ensaio "O narrador" de Walter Benjamin) a inadequação de a história estar ideologicamente a serviço de uma mensagem moral ou política explícita: "A questão é a história em si, e não cabe à história dizer se ela significa ou não alguma coisa." (sublinhado meu). Mas o mais curioso é que eu, o narrador e o protagonista (e ainda o autor, "acredite se quiser...", caro leitor) desta versão negativa da história, não tenha resistido à tentação de lhe atribuir uma função moral também negativa, numa espécie de orgulho bravio (e desejo de distinção) às avessas.

Prefácio à moda de posfácio: um ensaio futeborgeano

> "Tudo passa, menos o assombro, sobretudo o assombro diante do cotidiano."
>
> —G. K. Chesterton, citado por Borges numa entrevista

Este ex-prefácio e agora posfácio de *Ensaios futeborgeanos*, como de hábito, é não mais do que uma tentativa retrospectiva de dar alguma unidade e inteligibilidade a um conjunto muito diverso de quatro ensaios mais ou menos longos e autônomos (escritos em diferentes momentos), como se procedendo a uma espécie de 'making of' do livro – última e raciocinada narrativa-ensaio sobre o seu conjunto total – que necessariamente, ainda que viesse em primeiro lugar, só poderia ser posterior à execução do conjunto das quatro peças que o compõem, uma vez que o projeto de livro ainda não existia quando os três primeiros ensaios foram escritos e só ganhou maior consistência quando da escrita do último e mais autobiográfico deles.

Curiosamente, esta percepção trivial (mas muitas vezes não percebida) é captada com clareza lapidar no primeiro parágrafo do primeiro livro de ensaios do jovem Borges (*Inquisiciones*, 1925, aqui numa provisória tradução minha): "A escritura do prefácio (*prefación*) é aquele momento do livro em que o autor é menos autor. Ele é já quase um seu leitor e goza dos direitos de um tal (leitor): distanciamento, preguiça e elogio. A escrita do prefácio (*prefación*) está na entrada do livro, mas seu tempo é o de pós-data e é como um descartar-se dos documentos e um dizer-lhes adeus." (Borges, Jorge Luis, *Inquisiciones*. Barcelona: Seix Barral, 1994, p. 7).[1] Ainda neste

1 Uma percepção análoga, mas de algum modo inversa, se encontra no aforismo "Após a conclusão" de Walter Benjamin: "Mas eis que a conclusão da obra não

mesmo prefácio, seria possível destacar uma outra frase que parece antecipar a importante primazia (na literatura) dada pelo Borges maduro à faculdade da *invenção*: "Não sei se existe literatura, mas sei que o embaralhar esta disciplina possível é uma urgência do meu ser." (Borges, *ibidem*).

Retrospectivamente, me é possível então só agora mensurar o arco de tempo de mais ou menos sete anos que vai desde a feitura do primeiro ensaio em janeiro/fevereiro de 2016 ("A final da Copa de 2014 em Buenos Aires"), com o pensado uso do recurso narrativo experimental de contar de trás pra frente o sucedido nesse dia e nesse final de semana em Buenos Aires (recurso prenunciado por Borges no conto "O exame da obra de Herbert Quain", tal como explicitado no "prólogo" ou posfácio deste meu primeiro ensaio), até a feitura agora em fevereiro de 2023 deste prólogo ainda em curso (curiosamente um pouco depois de a Argentina vencer a final da Copa de 2022 no Catar, como se se redimindo da derrota na final da Copa de 2014). Há, portanto, uma espécie de figuração teleológica do acaso (o qual é tão importante no futebol) não só na presença insidiosa da Argentina nas finais dessas duas Copas, mas também na de Borges como um operador narrativo-filosófico experimental no conjunto dos quatro ensaios.

é uma coisa morta – e isto nos leva ao outro aspecto do processo. Ele não é alcançável pelo exterior; o polimento e o aprimoramento não podem extraí-lo à força. Ele se consome no interior da própria obra. Aqui também pode se falar de um nascimento. Ou seja, em sua conclusão, a criação torna a parir o criador." (Benjamin, W., *Imagens do pensamento*, trad. de José Carlos Martins Barbosa, em *Obras escolhidas II*. São Paulo: Brasiliense, 1987, p. 277).

De qualquer modo, uma apreciação do conjunto destes quatro ensaios mais ou menos autônomos revelaria também em todos eles um núcleo de experiência pessoal autobiográfico, mesmo que na qualidade de um simples espectador de jogos de futebol transmitidos pela TV (que ganha intensidade sensorial e ontológica pela ida presencial ao campo, e ainda mais pela participação no jogo como um dos atores ou jogadores), assim como comporta sempre também uma dimensão de compartilhamento desta experiência com outros contemporâneos (às vezes meio perdidos num longínquo outrora), que ao serem evocados são simultaneamente resgatados do esquecimento, constituindo o que (em termos de gênero) chamaríamos de memórias.

Em um estranho limite, mesmo uma personagem de um relato fantástico – como o que tem como protagonista ficcional o jogador Tostão na segunda parte do longo ensaio "Re(vi)vendo grandes jogos de futebol do passado" – tem um elemento concreto de realidade, confirmado não só por sua existência pública como jogador nos anos 1960 e no começo dos 1970, como também por sua carreira mais recente como bom cronista da imprensa escrita, que pouco antes do começo da pandemia no Brasil em 2020 citou um breve ensaio meu sobre o "acaso" no futebol, após um encontro pessoal num restaurante de BH, na sua coluna bissemanal na *Folha de São Paulo.*

Assim, pois, seria possível aplicar também ao narrador destes meus quatro ensaios o que diz Bioy Casares na epígrafe do prefácio de Daniel Martino para o seu monumental registro diário dos encontros com Borges do ano de 1947 até o ano de 1989, que constitui o volume intitulado simplesmente *Borges*, cujo autor é Adolfo Bioy Casares, e que tem não mais do que 1663 páginas: "Ainda aos narradores de relatos fantásticos chega a hora de entender que a primeira obrigação do escritor consiste em comemorar (...) antes de mais nada as poucas pessoas que o destino misturou à sua vida ou ao menos às suas recordações." (Bioy Casares, "O herói das mulheres", epígrafe do prefácio de *Borges*, Buenos Aires: Destino, 2006, p. 11).[2]

E se voltarmos ao segundo e maior ensaio ["Re(vi)vendo grandes jogos de futebol do passado"], que (na sua primeira metade) foi uma espécie de momento inaugural da concepção deste conjunto (ainda que curiosamente posterior à escrita do primeiro ensaio), seria preciso lembrar que aí a evidente presença de Borges é dupla: não só no uso direto da ideia e de passagens da crônica "*Esse est percipi*" de H. Bustos Domecq (heterônimo de sua parceria com Bioy Casares, também presente aqui indiretamente com o argumento de *A invenção de Morel*), como também (na segunda parte) numa apropriação marginal de suas ensaísticas descrições e tentativas de refutação de uma repetição da história ou de um eterno retorno do mesmo (sobretudo em *História da eternidade*).

Como o título latino ("*Esse est percipi*"), citado a partir de G. Berkeley, deixa bem claro, a ideia de uma primazia

2 E, semelhantemente, no maior dos ensaios, o 2°: "Re(vi)vendo grandes jogos de futebol do passado", há uma marca muito forte tanto da pandemia – que é a ocasião que possibilita (na impossibilidade de ver ao vivo novos jogos de futebol) ver na TV, como nunca antes, vários VTs (ou compactos de VTs ou gols) de jogos importantes do passado –, quanto também das memórias anteriores (inclusive algumas presenciais, muito intensas) de jogos do passado, e até mesmo de alguns jogos que (em parte ou na íntegra) nunca tinham sido vistos antes, mas que assim ampliam e diversificam um contexto social maior de memória futebolística, da qual a minha faz parte.

da representação sobre o próprio evento real representado ou transmitido permitiu pensar (nesta era hegemonicamente midiática em que há muito estamos, e na esteira dos jogos de futebol apenas narrativos e discursivos inventados por roteiristas e interpretados por locutores no rádio, como nesta cômica crônica de H. Bustos Domecq) numa fantástica invenção audiovisual cinematográfica dos jogos de futebol do presente, impossibilitados de existir pela pandemia. Com isso, eu tinha também a ocasião de relembrar e comemorar uma das experiências de leitura mais prazerosas e gratificantes da minha vida, a de *Crónicas de Bustos Domecq* (1967), a partir do comecinho dos anos 80, na tradução para o português de Janer Cristaldo para a editora paulistana Alfa Omega (vol. 4 da Biblioteca Alfa Omega de Literatura Latino-americana), de 1976.

Essa experiência de leitura coincide também com a descoberta feliz da íntima conexão possível entre a inteligência crítica e o gênero cômico (e do prazer corpóreo e mental de uma gargalhada, mesmo se silenciosa) no que talvez seja uma das obras-primas ficcionais da literatura hispano-americana no século xx. Bioy Casares diz o seguinte sobre a sua obra em colaboração com Borges: "Talvez a semente de nosso desvio estivesse na decisão de assinar com um pseudônimo. Quando conseguimos achá-lo – Bustos por um antepassado de Borges, Domecq por minha avó materna –, quisemos dar-lhe alguma realidade, e ao descrevê-lo nos deixamos levar, sem dúvida para divertir-nos, por ocorrências cômicas. A musa cômica se torna às vezes uma companheira demasiado fiel. Cada um de nossos relatos se converteu em uma barroca sucessão de bromas. Mas não me arrependo. Não poucos leitores se divertiram com os livros de Bustos Domecq; Borges e eu passamos bons momentos escrevendo-os." (*Bioy Casares a la hora de escribir*, edición de Esther Cross y Félix de la Paolera. Barcelona: Tusquets, 1998, p. 116, tradução minha). Nas suas *Memorias*, Bioy Casares observa que "*Crônicas de Bustos Domecq* foi o melhor livro que escrevemos juntos" e lembra que, quando os dois escreviam juntos, "ainda que às vezes eu tivesse preguiça para começar [pois Borges era sempre mais aplicado e sério no trabalho da escrita], logo o fazia contentíssimo. É que, além disso, nós trabalhávamos rindo às gargalhadas. Quisemos trabalhar a sério e fracassamos." (Bioy Casares, A. *Memorias*. Barcelona: Tusquets, 1994, p. 111 e p. 114, tradução e sublinhados meus).[3]

Quanto à minha apropriação marginal (na segunda parte do ensaio) das descrições e tentativas de refutação por Borges de um eterno retorno do mesmo (no que poderia ser enquadrado também como uma reflexão filosófica maior sobre o problema do tempo), o que chama a atenção é o fato de ela parecer motivada por uma primeira impressão de inaudita repetição televisiva de jogos de futebol do passado, mas que levaria, em última instância, a uma espécie de horror ou pesadelo em que seria eliminado justamente o elemento que dá graça ao futebol (e à vida) ao vivo: a indeterminação e imprevisibilidade do

3 Roberto Bolaño, por outro lado, quando faz um breve relato da raridade do humor na literatura hispano-americana no século XX, diz o seguinte: "Os que riem (e em não poucas ocasiões seu riso é amargo) podem se contar nos dedos. Borges e Bioy, sem nenhum gênero de dúvidas, escrevem os melhores livros humorísticos sob o disfarce de H. Bustos Domecq, um heterônimo (...) cujos relatos (...) deveriam figurar em qualquer antologia que seja um pouco mais do que lixo (...)." (Bolaño, R., "El humor en el rellano" in *Entre paréntesis*. Barcelona: Anagrama, 2004, p. 224-225, p. 225, tradução minha).

resultado final ou da parte ainda futura da partida de futebol que está sendo jogada (que é onde pode se manifestar o intrigante e contingente "acaso"), assim como a correlata e grave irreversibilidade da parte que já foi jogada, e (pouco depois também) do conjunto da partida quando ela estiver terminada.

Mas também num tal tipo de apropriação (superficialmente erudita), eu acabo mimetizando uma certa leviandade ou esquiva borgiana de enfrentar mais diretamente difíceis problemas metafísicos ou filosóficos, e me contentando perigosamente com o seu maravilhoso efeito de perplexidade e sua possível dimensão estética, ao privilegiar de algum modo no "ensaio" ou "experimento" a dimensão narrativa. Aliás, a percepção do que há de problemático na erudição filosófica de Borges é algo tão antigo quanto algumas observações de Nestor Ibarra (que foi seu primeiro tradutor para o francês): "(...) esta brevidade [no ensaio], e sobretudo o temperamento do autor, excluía o exame um pouco mais imparcial e organizado de um problema qualquer; que o tema fosse a teologia ou a metafísica, a linguística, a sintaxe ou a literatura, não era preciso esperar senão as bruscas projeções de uma curiosidade e de uma inteligência excepcionais, as mais livres e saborosas, e às vezes as mais perturbadoras tomadas de posição. A objeção imediata era a de uma estranha falta de solidez. Um flerte muito consciente e às vezes amável com o pedantismo não seria, porém, capaz de criar uma ilusão, não digo sobre a erudição destas páginas, mas sobre sua própria seriedade. (...) Mas Borges não parece jamais colocar de outra forma a sua intenção: tirar o partido mais vivo e pessoal possível de um pequeno punhado de informações quase sempre sumárias e sempre caprichosas.[4] Certamente não é que *honestidade* seja nele uma palavra vã; mas é uma palavra cujo sentido, como os de tantas outras, ele sofisticou." (Ibarra, N., "Jorge Luis Borges", *Lettres Françaises* (SUR), nº 14, 1944, p. 9-12, p. 10, tradução minha do francês).

E esta minha apropriação marginal do Borges ensaístico (repensando a repetição da história e o eterno retorno do mesmo) acaba reincidindo sobre um elemento textual do meu segundo ensaio que também fica numa margem inicial e costuma ser, como o prefácio ou prólogo, um acréscimo posterior: a epígrafe de Angelus Silesius [na minha tradução rimada: "Amigo, isso já é o bastante. Caso tu queiras algo mais ler, / então vá e torna-te tu próprio a escrita e tu próprio o ser." (*O peregrino querubínico* VI, 263)].[5] Pois ela foi colhida na conclusão do ensaio "Nova refutação do tempo" (*Otras inquisiciones*, 1952) de Borges, que retoma

4 No epílogo de *Otras inquisiciones* (1952), o próprio Borges formula, sem nenhum escrúpulo maior, esta sua maneira de proceder: "Descobri duas tendências, ao corrigir as provas, nos misturados trabalhos deste livro. Uma, a de estimar as ideias religiosas ou filosóficas por seu valor estético e ainda pelo que elas contêm de singular e maravilhoso. Isso é talvez indício de um ceticismo essencial." (Borges, J. L., *Inquisiciones / Otras inquisiciones*. Buenos Aires: Debolsillo, 2012, p. 385, tradução minha).

5 Também a bem borgiana epígrafe de Macedonio Fernández para a longa primeira parte deste meu ensaio ["La realidade trabaja en abierto misterio"] é um verso do poema "Al hijo de un amigo", mas colhido numa coletânea reeditada de Borges: *Textos recobrados*, 1919-1929 (Buenos Aires: Emecé, 1997, p. 132-133). Diferentemente deste meu segundo ensaio, o primeiro do conjunto, apesar de conter no final toda uma apropriação do conto "Exame da obra de Herbert Quain" de Borges, tem como epígrafe uma frase de Henry James traduzida e citada (em *El arte de la fuga*) pelo grande escritor mexicano Sergio Pitol (que então também eu lia com alguma devoção): "La novela, en su definición más amplia, no es sino una impresión personal y directa de la vida.".

de algum modo as suas anteriores tentativas de refutação de um tempo cíclico repetitivo e não unidirecional e irreversível (aqui com uma grave implicação ética): "Negar a sucessão temporal, negar o eu, negar o universo astronômico são desesperos aparentes e consolos secretos. Nosso destino (diferentemente do inferno de Swedenborg e do inferno da mitologia tibetana) não é espantoso por ser irreal; é espantoso porque é irreversível e de ferro. (...) O mundo desgraçadamente é real; eu, desgraçadamente, sou Borges." (Borges, J. L., *Inquisiciones / Otras inquisiciones*. Buenos Aires: Debolsillo, 2012, p. 385, tradução minha).[6]

Um outro elemento textual bem conhecido e que parece ficar à margem do texto principal (quase como um dejeto) são as notas de pé de página, usadas de modo bem moderado por Borges (tanto nos ensaios quanto na ficção), mas às vezes se estendendo por quase meia página e constituindo uma parte importante da informação e demonstração do argumento ou história (como na nota 2 de "A aproximação a Almotásim", conto que finge ser uma resenha e é definido modestamente

6 No caso de "Brasil 3 x 1 Uruguai, semifinal da Copa de 1970 (um relato-ensaio retrospectivo)", a epígrafe relativamente conhecida de João Cabral de Melo Neto ["A bola [...] / que, como bicho, é mister / (mais que bicho, como mulher) / usar com malícia e atenção, / dando aos pés astúcias de mão." ("O futebol brasileiro evocado da Europa")] parece antes contemplar a astúcia e habilidade do meio de campo e do ataque da Seleção brasileira, e particularmente, por seus passes precisos, Tostão. Por outro lado, no último e mais autobiográfico destes meus quatro ensaios ["Dissimulada desistência (uma história adolescente de traição no futebol"], a epígrafe de Borges, retirada do conto que melhor formula a atitude anti-heroica do covarde e traidor ("A forma da espada"), pode já indicar uma senha para o que será neste meu relato uma deliberada apropriação do tema do traidor na obra de Borges: "Narrei-lhe a história desta forma para que você a ouvisse até o fim. (...) Despreze-me agora."

como uma "nota"), mas que usei e de que abusei aqui não só como possibilidade cômoda de acréscimos tardios, mas também de multiplicação de perspectivas e de correção parcial ou total de afirmações anteriores, para resguardar o caráter sempre aberto e inacabado da investigação.

E ainda mais marginal será o meu uso direto de citações de Borges, restrito praticamente às notas de rodapé, no "relato-ensaio" (um pouco mais técnico do ponto de vista futebolístico) "Brasil 3 x 1 Uruguai, semifinal da Copa de 1970", um uso que, no entanto, em sua básica orientação filosófica, não estranhará o leitor. Mas o que aí poderia ser talvez chamado de borgeano é o meu uso do fragmento 52 DK de Heráclito ["vitalidade é uma criança, que brinca jogando dados: da criança a realeza." (tradução minha)] para criticar uma descrição e discussão anterior por Sérgio Rodrigues (no romance *O drible*) do famoso drible de Pelé no goleiro Mazurkiewski no finalzinho desta partida.

Diferentemente deste anterior relato-ensaio, o meu último relato neste conjunto ("Dissimulada desistência"), definido pelo subtítulo como "uma história adolescente de traição no futebol", já foi composto de modo pensado e deliberado enquanto um possível e diferenciado uso – inclusive nas implicações narrativas das escolhas do interlocutor e do narrador em primeira ou terceira pessoa – do "tema do traidor e do herói" na obra de Borges, curiosamente melhor apreendido aí no conto "A forma da espada" do que no conto cujo título o explicita literalmente ("Tema do traidor e do herói") ou ainda do que no ensaio (e não "conto" propriamente) "As três versões de Judas", ambos também do livro *Ficções*. Mas, retrospectivamente, poderia também ser lembrado o quanto o tema da coragem (mesmo se não especificamente no futebol) é essencial a todo um setor da obra (tanto ensaio quanto ficção em poesia ou em conto) de Borges que celebra a alegria de combater e o desejo de vencer (se preciso for, matando)[7] – ou, inversa e negativamente, o medo e/ou a fuga – não só entre os militares bravios (como alguns de seus antepassados), mas também entre os *orilleros* ("suburbanos" ou "marginais") e *compadritos* ("bandidinhos" ou "milicianos") viris, briguentos e dispostos a matar (ou morrer), que habitam os subúrbios de Buenos Aires, gostam de jogar truco (e de beber) em bares ou armazéns, e de dançar tango nos lupanares ou bordéis, sendo ao mesmo tempo (enquanto personagens) objeto privilegiado das letras destes tangos, tal como bem retratado por Borges no grande ensaio biográfico *Evaristo Carriego.*

Como um último exemplo de um uso marginal de um conto importante de Borges tendo como tema a precisão hiperbólica da memória numa possível repetição literal de algo uma vez já vivido, "Funes, o memorioso"[8] (personagem cujos exercícios minuciosos de memória só foram possibilitados pela reclusão devida a uma paralisia após um acidente andando a cavalo),

7 Ver alguns exemplos importantes (tanto na poesia quanto em contos e ensaios de Borges) – a maioria dos quais eu não levei em consideração enquanto escrevia o meu relato-ensaio "Dissimulada desistência" – no artigo de Horacio Lona "Reflexiones sobre el tema del coraje en la obra de Borges" (*Variaciones Borges* 8, 1999, p. 153-165).

8 Antes de me lançar na pequena aventura da escrita destes meus *Ensaios futeborgeanos*, lembro-me bem de, no começo da pandemia, ter lido e relido algumas vezes (como se fosse ali colher algum esclarecimento ou sugestão narrativa) tanto o conto "Funes, o memorioso" de Borges quanto a novelinha (engenhosa e intrigante na sua intriga) *A invenção de Morel* de Bioy Casares.

conto que – em plena pandemia, reclusão e repetição de jogos de futebol inteiros do passado – parecia ganhar uma surpreendente atualidade, seria útil lembrar que também ele praticamente só aparecia em duas notas de rodapé: a primeira, no finalzinho de "A final da Copa de 2014 em Buenos Aires" (após a citação de apenas uma frase do personagem no fim de um parágrafo do texto principal), e a segunda, depois já do meio do texto, numa nota que quer esclarecer (por meio de uma inversão) a frequente perda atual da memória, forjada pelo hábito de consulta fácil ao YouTube (e/ou – eu acrescentaria agora – ao onisciente Google).

Curiosa e coincidentemente, estas minhas apropriações marginais de ideias e de citações de ensaios e de contos ou crônicas ficcionais de Borges (e de Bioy Casares) para tentar repensar em plena pandemia os fenômenos ordinários e operantes da memória (e do esquecimento), da criação midiática de eventos "reais" inexistentes enquanto tais, e da inumerável repetição de jogos de futebol do passado (que sugeriam a alucinação horrenda de uma variada repetição da história ou de um múltiplo eterno retorno) pareciam, por sua vez, coincidir com a algo evidente marginalidade do próprio tema do futebol na obra ensaístico-ficcional do Borges (em que era uma quase absoluta exceção a crônica "*Esse est percipi*" de H. Bustos Domecq).

Neste sentido, e confirmando o seu perfil de intelectual bibliófilo que jamais tivera um treinamento militar ou exercitara nenhum esporte[9] (diferentemente de Bioy Casares, que,

9 "Já disse que durante a infância não saí de casa. (...) Sempre fui muito míope e usei óculos. Como a maioria dos meus ancestrais haviam sido soldados – mesmo o irmão de meu pai fora um oficial naval – e eu sabia que nunca o seria, desde muito jovem me sentia envergonhado de ser um homem de livros e não de

quando adolescente, havia diariamente jogado ou exercitado o futebol, o rúgbi, o tênis, o atletismo e o boxe, esportes de que ele então sonhava ser campeão)[10] e também não se interessava pelo futebol enquanto espectador do mais popular esporte de massa argentino, caberia aqui lembrar a memória um pouco triste que Borges guardava de seu primeiro emprego estável (pois, segundo ele, "eu já ultrapassara [com 38 anos em 1937] a idade em que devia começar a contribuir para o sustento da casa") como "primeiro auxiliar na seção Miguel Carné da Biblioteca Municipal, num bairro cinzento e monótono a sudoeste da cidade", pois aí ele foi obrigado pelos colegas a fazer bem mais lentamente o seu cômodo trabalho de classificação do pequeno acervo de livros que a constituía (pois, de outra forma, segundo eles diziam, "como essa classificação foi pensada para dar uma aparência de trabalho, você nos deixará sem emprego"): "Resisti na biblioteca por aproximadamente nove anos. Foram nove anos de contínua infelicidade. Os funcionários só se interessavam por corridas de cavalos, **jogos de futebol** e piadas obscenas." (Borges, J. L., *Ensaio autobiográfico (1899-1970)*, *op. cit.*, sublinhados e negritos meus).[11]

ação." (Borges, J. L., *Ensaio autobiográfico (1899-1970)*, tradução de Maria Carolina Araújo e Jorge Schwartz. São Paulo: Companhia das Letras, 2009 [1ª edição na revista *The New Yorker*: 1970], p. 15-16, sublinhados meus).

10 "(...) sempre acreditei que fui um menino esportista, que passava as tardes jogando o futebol, o rúgbi, o tênis, fazendo atletismo ou boxeando. Eu sonhava ser um campeão." (Bioy Casares, A. *Memorias*, *op. cit.*, p. 52-53, tradução minha).

11 Como compensação, no entanto, Borges relata discretamente o tempo livre que teve para se dedicar à leitura e às vezes também à escrita de uma literatura de boa qualidade: "Durante um par de anos, enquanto eu ia e voltava de bonde,

No entanto, a figura de Borges como apenas um intelectual ou homem de letras refinado e erudito e basicamente informado de toda a grande tradição literária europeia e norte e hispano americana (e também com incursões diletantes na tradição oriental) e que joga ludicamente com ela pelo puro prazer da invenção, tal figura (certamente elitista e que pode lembrar um pouco, em seu indiferente cerebralismo, a do *Monsieur Teste* de Paul Valéry) negligencia indevidamente todo o contato prazeroso de Borges com os gêneros literários populares, como o policial e o de aventuras, assim como com o cinema, e o modo como ele irá se apropriar de procedimentos destas narrativas escritas ou audiovisuais contemporâneas para compor (por outro lado), com a sua erudição e inteligência ensaística vivaz, uma mistura ficcional única e fascinante que depois será reconhecida também internacionalmente a partir da França (ou de Paris).[12]

conseguia ler *A divina comédia* com ajuda, até o 'Purgatório', da tradução em prosa de John Aitken Carlyle. (...) Fazia todo o meu trabalho da biblioteca em uma hora e depois me esgueirava para o porão, onde passava as outras cinco horas lendo ou escrevendo. Foi dessa maneira que voltei a ler os seis volumes de *Declínio e queda do Império Romano*, de Gibbon, e a *Historia de la República Argentina*, de Vicente Fidel López. Li Léon Bloy, Claudel, Groussac e Bernard Shaw. Nas férias traduzia Faulkner e Virginia Woolf." (Borges, J. L., *Ensaio autobiográfico (1899-1970)*, *op. cit.*, p. 60)

12 Numa carta de Buenos Aires, mas em francês, para Roger Caillois, de 29 de janeiro de 1965, Borges diz o seguinte sobre a prioridade dada a R. Caillois em questões envolvendo as traduções dele para o francês e sua publicação: "Acrescentadas aqui, vão algumas linhas, que eu peço a você que dê, por favor, às Edições Gallimard. Por tudo o que você fez e faz até o momento presente, eu estou inteiramente de acordo, pois eu não esqueço, como eu já o repeti muitas vezes, que você é *o autor do meu renome europeu*." (Roger Caillois, "Correspondance" in *Cahiers pour un temps, Centre Georges Pompidou* [Paris], 1981, p. 177-250, p. 230-231, p. 230, tradução e sublinhados meus, itálicos de J. L. Borges).

Algumas observações críticas de Sérgio Miceli (cujo objetivo final, contudo, é um pouco depreciativo) no livro *Sonhos da periferia: Inteligência argentina e mecenato privado* (São Paulo: Todavia, 1ª edição, 2018) reconhecem argutamente, no entanto, a astúcia de Borges exatamente nesta mistura em que está também presente toda uma abertura curiosa para os modos de narrativa da indústria cultural: "O interesse pela novela policial, pelo cinema norte-americano, em particular pelos diretores europeus aí atuantes – Sternberg, Lubitsch, Hitchcock –, mas também pelo estúdio Disney, pelas divas,[13] pela atenção aos preceitos do gênero policial e ao primado da imagem na matéria cinematográfica, atestam a receptividade a produtos lucrativos da indústria cultural da época, até então refugados por críticos que costumavam associá-los ao consumo de mau gosto. Borges, no entanto, não partilhou a reserva perante o que era tachado como contrafação ao alcance dos pobres e dos trabalhadores. Os formatos narrativos do romance policial e dos filmes teriam impacto sobre os lineamentos da literatura que estava prestes a engendrar, decerto o empréstimo mais fecundo na modelagem da mitologia urbano-industrial inspirada em linguagens não

13 "Borges insinua se insurgir contra o artifício de enxertar outra voz e outra linguagem – a beleza de Greta Garbo na voz de Eva Perón, por hipótese –, mas se confessa fisgado pelas combinatórias 'espantosas' no *thesaurus* da criação artística. Rechaça a dublagem como engano, logro eficaz, tão bem captado na disjuntiva de 'paraíso negativo', mas enxerga aí o lance que enovela os feitiços de que se vale na forja literária. O falseamento descortina veios insuspeitados de bricolagem. Essa prática reflexiva esquadrinha achados formais propícios à mimesis desnorteante da sociedade argentina que estava aprontando." (Miceli, S., *op. cit.*, p. 80).

convencionais."[14] (Miceli, S., *op. cit.*, p. 79).

Talvez o caso do gênero policial seja um pouco mais fácil de ser reconhecido imediatamente na produção de Borges e de Bioy Casares tanto em sua organização de antologias de contos policiais (a coleção "Club del Misterio" da Editora Bruguera terá –pela qualidade barata do papel, pela diagramação econômica em colunas e por suas ilustrações e capas sensacionalistas – todo o aspecto de literatura de banca de jornal),[15] assim como de uma coleção de romances ou livros de contos policiais ("O Sétimo Círculo"), ambas com um surpreendente sucesso de vendas, quanto na criação de um personagem detetive, que soluciona por raciocínio os crimes (à moda inglesa do Sherlock Holmes de Conan Doyle, ou do Hercule Poirot de Agatha Christie, ou mesmo do – precursor de todos – Auguste Dupin de Edgar Allan Poe), mesmo estando na prisão, cujo nome é Dom Isidro Parodi e que fornecerá o título para o livro *Seis problemas para Dom Isidro Parodi*, que será assinado pelo heterônimo da

14 "O problema do timing na confecção do roteiro e na montagem do filme – o recurso ao flashback, às inversões cronológicas –, ou então a absorção das regras de ouro da novela policial, ilustram procedimentos que repercutiram, em molde distinto, na fatura de textos que apelavam a chamarizes homólogos àqueles reconhecíveis em artefatos destinados a públicos massivos. Em vez de explorar apenas a mina de recursos providos pela erudição, Borges buscou se assenhorear de truques e golpes de cena a fim de garantir diversão, nonsense e graça no mobiliário do estilo em progresso." (Miceli, S., *op. cit.*, p. 80-81).

15 Como é o caso da reedição de 1982 (da Bruguera de Barcelona) que agora, por sorte, tenho em mãos. Mas ver também as inúmeras resenhas de livros do gênero policial que Borges publicou na revista semanal "doméstica" para grande público *El Hogar* (cf. Borges, J.-L., *Textos cautivos: Ensayos y reseñas en "El Hogar" (1936-1939)*, edición de Enrique Sacerio-Garí y Emir Rodríguez Monegal. Barcelona: Tusquets Editores, 1986).

parceria entre Borges e Bioy Casares: Honorio Bustos Domecq, que não por mero acaso lembrará também (por sua composição com os sobrenomes de dois tataravôs dos dois, Bustos, do de Borges, e Domecq, do de Bioy Casares) o outro heterônimo dos dois, Benito Suárez Linch, também composto assim (Suárez, o de Borges, e Linch, o de Bioy Casares), e autor de uma novelinha policial hilária, *Um modelo para a morte*, e dos roteiros que os dois escreverão para o cinema: *Os suburbanos e O paraíso dos crentes.*

E, em apoio ao contínuo interesse que Borges e Bioy Casares mantiveram por este gênero que privilegia uma boa armação da trama, poderíamos citar um trecho irônico de uma entrevista dos dois sobre "O que é o gênero policial?" que, de algum modo, também concerne o alcance popular do cinema: "Deve-se suspeitar que alguns críticos negam ao gênero policial a hierarquia que merece apenas porque lhe falta o prestígio do tédio. Paradoxalmente, seus detratores mais implacáveis costumam ser aquelas pessoas que mais se deleitam com a sua leitura. Isso se deve, talvez, a um inconfessado juízo puritano: considerar que um ato agradável não pode ser meritório." (Borges, J. L. e Bioy Casares, A. *apud* Pinto, Júlio Pimentel, "Prefácio" de *Um modelo para a morte, Os suburbanos e O paraíso dos crentes* [de B. Suárez Linch]. São Paulo: Globo, 2014 [2ª edição], p. 7-20, p. 17-18).[16]

16 Na nota 16 deste "Prefácio", Júlio Pimentel Pinto esclarece de onde vem a sua citação: "Citado por LAFFORGUE, Jorge; RIVERA, Jorge B. *Asesinos de papel: ensayos sobre narrativa policial*. Buenos Aires: Colihue, 1996, p. 250." (*Ibidem*, p. 18). Para uma história inteligente da relação de Borges e Bioy Casares com o gênero policial, pode-se ler também com proveito o artigo de Rosa Pellicer "Borges, Bioy y el género policial" in *La aurora y el poniente. Borges (1899-1999)*. Ed. Manuel Fuentes y Paco Tovar. Tarragona: Universita Rovira i Virgili, Departament de Filolofies Romàniques, 2000, p. 111-125.

Mas, sobretudo no caso de Borges, é em sua relação íntima com o cinema, nos anos 30 e 40 do século XX, que poderemos apreciar melhor a sua paradoxal assimilação da cultura de massa (presente, no caso do gênero literário policial, em uma boa parte de vários de seus melhores contos dos livros *Ficções* e *O Aleph*, tal como prenunciado na pseudo-resenha de "A aproximação a Almotásim" que os anteriores resenhistas Philipp Guedalla e Mr. Cecil Roberts definem a partir da "dúplice tutela de Wilkie Collins e do ilustre persa do século XII, Farid Eddin Attar" ou da "combinação um tanto incômoda" entre "o mecanismo policial da obra e seu *undercurrent* místico"[17]) que, de modo indireto, certamente também pode ter sido incorporada à sua obra ficcional (algo admitido pelo próprio Borges no prólogo à 1ª edição de seu 1° livro ficcional, *História universal da infâmia* de 1935, quando diz que aqueles "exercícios de prosa narrativa" [...] "derivam de minhas releituras de Stevenson e Chesterton e também dos primeiros filmes de Von Sternberg" e também depois nos vários contos que celebram a coragem dos pequenos bandidos e arruaceiros dos subúrbios de Buenos Aires, prenunciados ali pelo conto "O homem da esquina rosada"), mas que, de modo mais direto, estará presente nas várias resenhas de filmes e micro ensaios que ele fez para a revista *Sur* de 1931 a 1944 (dos quais apenas uma pequena parte inicial será publicada no livro *Discusión* em 1932) e que apenas em 1981 serão inteiramente coligidas e publicadas por Edgardo Cozarinsky no livro *Borges en/y/*

17 Ver o primeiro parágrafo da nota "A aproximação a Almotásim" no fim de *História da eternidade* (Borges, J. L., *op. cit.*, p. 458-463, p. 458), assim como a primeira seção "Usos y riesgos" do ensaio "De policías y ladrones: Abenjacán, Borges y la teoria del cuento" de Pablo Brescia (*Variaciones Borges* 10, 2000).

sobre el cine (Madrid: Editorial Fundamentos, 1981),[18] assim como nos já citados roteiros que, em parceria com Bioy Casares e sob o heterônimo de B. Suárez Linch, ele publicará em 1955: *Os suburbanos* e *O paraíso dos crentes*, e ainda, um pouco depois, no roteiro que ele fará em 1969 (a partir de um argumento dele e de Bioy Casares) para o instigante filme *La invasión* de Hugo Santiago.

Curiosamente, para um amante dos antigos poemas épicos (como a *Ilíada* ou certas sagas nórdicas) e de sua valorização da ação e da coragem, em detrimento da psicologia interior e da ênfase nas personagens, Borges diz algo que poderia hoje chocar um pouco a voga de um certo cinema de autor "existencialista" como o de um Bergman ou um Antonioni, valorizando não só os *westerns*, mas também os filmes policiais de gângster (ao modo, por exemplo, da trilogia de *O poderoso chefão* de Francis F. Coppola ou de *Os bons companheiros* ou *Cassino* de Martin Scorcese, que ele já cego ou morto infelizmente não pôde ver): "Nestes tempos em que os literatos parecem ter

18 Na edição norte-americana que tenho desse livro (*Borges in/and/on film*) é utilíssimo o ensaio inicial do editor Edgardo Cozarinsky, cujo título foca bem aquele que seria o principal interesse de Borges no cinema ("Partial Enchantments of Narrative"), assim como algumas palavras reveladoras de Bioy Casares no "Prólogo": "Tão agradável quanto útil, este admirável livro que nos foi apresentado por Edgardo Cozarinsky traz lembranças dos primeiros anos de minha amizade com Borges. Naquela época, conversávamos muito sobre livros e filmes (com um viés especial para as tramas: tramas de romances, contos, filmes e até poemas, como os de Victor Hugo e Robert Browning). O cinema sempre foi uma arte importante para Borges. Atrevo-me a dizer que se ele tivesse feito uma lista das obras que mais o emocionaram na época, encontraríamos mais do que alguns filmes incluídos." (Bioy Casares, A. "Prologue" in Cozarinsky [ed.] *Borges in/and/on film*. New York: Lumen Books, 1988, translated by Gloria Waldman and Ronald Christ, p. 1, tradução minha).

negligenciado seus deveres épicos, creio que o épico nos foi preservado, curiosamente, pelos '*Westerns*' –, neste século o mundo soube preservar a tradição épica graças a nada menos que Hollywood". "Quando vi os primeiros filmes de gângsteres de von Sternberg, se havia algo épico neles, como os gângsteres de Chicago que morreram bem bravamente, lembro-me de lágrimas brotando em meus olhos."[19]

Ora, teria sido possível ou imaginável também que Borges (e/ou Bioy Casares) fizesse uma aproximação entre (por um lado) o heroísmo e a virtude da coragem ou da vontade de ganhar, essencial também em um esporte e lazer de massa contagiante como o futebol na Argentina, e (por outro lado) o futebol, mas ele, sem nunca ter jogado e sem nenhuma afeição especial por esse esporte viril, nunca o fez (como, aliás, tampouco o fez Bioy Casares, que na sua juventude o tinha jogado). Sem falsa modéstia, sinto-me, então, obrigado a dizer que "eu mesmo" (ou aquele suposto autor que responde pelo nome de Teodoro Rennó Assunção) teria sugerido esse passo

19 Citado por Héctor J. Freire no esclarecedor artigo "Borges y el cine" (*INTI*, *Revista de Literatura Hispánica* n° 57/58, *Momento Histórico y Realidad Argentina*, 2003, p. 153-158, p. 155). E, em um excelente artigo sobre a relação de Borges com o cinema e, mais particularmente, com Von Sternberg, "El cine como precursor: von Sternberg y Borges", Pablo Brescia irá citar o seguinte trecho de uma entrevista de Borges para a revista *Sur* (em 1974): "O que me parece pertinente é render um tributo a Hollywood em um aspecto essencial, porque através do '*western*' ela pôde reivindicar o gênero épico quando a literatura já o tinha abandonado [...], essa épica da ação pura e elementar, protagonizada por homens que não se compadecem da própria morte. Por suposto, Hollywood trouxe várias desgraças, mas seus '*cowboys*' e seus dramas do Oeste serão um legado para sempre." (Brescia, Pablo A. J., "El cine como precursor: von Sternberg y Borges", *Espacios de crítica y producción* n° 17 [Universidad de Buenos Aires], novembro-dezembro de 1995, p. 64-70, p. 68, tradução minha).

ousado, transcendendo Borges (e Bioy Casares), na "Breve nota sobre o tempo trágico no futebol" (*Letras Clássicas* nº 12, 2008, p. 259-262), onde aproximo o futebol (como esporte coletivo) e a guerra, e o craque ou jogador excepcional de futebol (como Pelé, Didi ou Tostão) e o herói de guerra, que arrisca a vida no campo de batalha sem saber ao certo se retornará vivo (assim como o craque, por definição, não sabe antecipadamente se ganhará ou perderá a partida de futebol que ele está jogando e nem mesmo se dela sairá ileso ou machucado [mesmo se os casos de morte são raríssimos],[20] evidenciando assim um elemento de indeterminação ou acaso[21] que explicaria porque este esporte se tornou há muito um tradicional objeto de apostas), tornando possível uma identificação apaixonada com ele por parte de um grande público que, tendo, por contraste complementar, uma vida medíocre e ordinária regulada pelo trabalho rotineiro, sente periodicamente a irreprimível necessidade de esquecê-la ou transcendê-la nos seus momentos de lazer.

20 Esta intuição básica, que (por exemplo) talvez pudesse ser localizada com precisão em vários momentos das crônicas sobre futebol de um Nélson Rodrigues, foi o que teria levado há um bom tempo atrás (em 1989) um aluno excepcional da Faculdade de Letras da UFMG e que depois se tornou professor aí mesmo e um inteligente especialista em futebol brasileiro, o Marcelino Rodrigues (do núcleo de estudos FULIA), a fazer o primeiro e precaríssimo curso que dei sobre a *Ilíada*.

21 "Como foi sempre evidente, o jogo (ou a possibilidade, ao menos, de mudança do placar, quando não uma mudança do resultado como vitória, empate ou derrota) de cada partida de futebol permanece sempre *em aberto* até o apito final, verdade (ou lugar-comum) em que o futebol parece apresentar um corte condensado agonístico e coreográfico da vida humana (o mais verossímil possível, porque é também a vida mesma) enquanto básica *abertura e indeterminação*, definida de uma vez por todas apenas com a morte." (Rennó Assunção, Teodoro, "Breve nota sobre o tempo trágico no futebol", *Letras Clássicas* nº 12, 2008, p. 259-262, p. 260).

Mas um outro elemento importante do cinema (e, em particular, aquele de Von Sternberg) destacado e incorporado depois por Borges como um procedimento narrativo econômico eficaz é – tal como ele bem o apresenta no ensaio "A postulação da realidade" (do livro *Discussão* de 1932) – o da seleção apenas dos momentos mais decisivos e significativos de um evento maior (como uma batalha ou um jogo de futebol de campo), omitindo todos aqueles mais inertes e insignificantes (assim como eventuais explicações), em uma edição ou montagem que condensa e compacta um conjunto maior de ações,[22] tal como se dá nos compactos dos melhores lances de uma partida de futebol ou, no extremo limite, o mero *collage* ou justaposição dos gols, para poupar saudavelmente o leitor ou o espectador do tédio insípido de uma repetição literal desse conjunto (tal como o indiquei rápida e lateralmente na 32ª nota do meu ensaio "Re(vi)vendo grandes jogos do passado").[23]

22 A eficácia desse tipo descontínuo e abrupto de montagem cinematográfica, quando transportado para a ficção breve de um conto de Borges, poderia curiosamente ser comparada com as para sempre fixadas e repetitivas imagens em movimento (em preto e branco) no cinema mudo, como aliás também as das projeções cíclicas da máquina-invenção de Morel de Bioy Casares, mas com o detalhe (aduzido com justiça por Sylvia Molloy) de se abrirem sempre também para diferentes interpretações e apropriações. Eis o que diz Mavis Gallant sobre os relatos de Borges ("como se fossem filmes") em sua resenha de uma nova tradução em língua inglesa da obra de Borges para o prestigioso *The New York Times Book Review* de 13/09/1998: "A partir dos primeiros parágrafos, projetam uma imagem sobretudo silenciosa, imutável. São como filmes velhos e preciosos que um conservador de museu cinematográfico protegeu do pó e dos arranhões. Tudo ali acontece e voltará a acontecer do mesmo modo, repetidamente." (*Apud* Molloy, Sylvia, "Traduzir Borges" in *Figurações: ensaios críticos*. São Paulo: Editora 34, 2022, p. 160-173, p. 167).

23 Como bem recortado por Héctor J. Freire no artigo "Borges y el cine" (Freire, H.

Enfim, caberia dizer algumas poucas palavras sobre as tentativas de roteiro de cinema pelo heterônimo B. Suárez Linch da dupla Borges e Bioy Casares (ou o posterior de Borges para o filme *La invasión*), mesmo que elas não tenham afetado diretamente em nada esses meus ensaios/relatos sobre futebol. Como bem lembra Júlio Pimentel Pinto: "*O paraíso dos crentes* nunca foi filmado e *Os suburbanos* só foi para a tela vinte anos depois", ou seja, como ele mesmo esclarece numa nota de rodapé: "Dirigido por Ricardo Luna, o longa-metragem *Los orilleros* [*Os suburbanos*] foi lançado em 1975" (Pinto, J. P., "Prefácio", *op. cit.*, p. 14), filme que, por sinal, eu nunca cheguei a ver.

Em um trecho de uma entrevista de 1994, citado por Júlio Pimentel Pinto, Bioy Casares diz com sábia humildade e muito senso de humor: "Trabalhamos muito neles [nos roteiros], mas na verdade não sabíamos como escrever um roteiro de cinema. *Os suburbanos* era um filme com vários segmentos, e cada um deles tinha seu próprio final; mas um filme deve caminhar em direção a um final só. Borges queria que os personagens do

J., op. cit., p. 156), no prólogo à 1ª edição do livro *História universal da infâmia*, Borges diz o seguinte dos "exercícios de prosa narrativa" que o compõem: "Abusam de alguns procedimentos: as enumerações díspares, a brusca solução de continuidade, a redução da vida inteira de um homem a duas ou três cenas." (Borges, J. L., *op. cit.*, p. 313, itálicos meus). O uso desse procedimento econômico também é reconhecido por Pablo Brescia na seção 2 "La postulación de la realidad: Borges 'lee' el cine" do artigo "El cine como precursor: von Sternberg y Borges" (Brescia, P., *op. cit.*, p. 65). Quanto às enumerações díspares, recurso muito presente também na poesia (tão amada por Borges) de Walt Whitman, eu poderia dizer que também me vali dele nas listas de tão diferentes jogos de futebol vistos ao vivo por mim presencialmente nos estádios ou na TV desde os anos 1960 e 1970, e no começo da pandemia revistos em parte nos inúmeros VTs citados no grande ensaio "Re(vi)vendo grandes jogos de futebol do passado".

filme falassem de maneira sentenciosa, soltassem frases inesquecíveis. Você imagina atores argentinos falando desse jeito? Seria ridículo." (Pinto, J. P., *ibidem*; para esta entrevista a James Woodall em 18/11/1994 ver a seguinte referência: "Woodall, J., *The man on the mirror of the book. A life of Jorge Luis Borges*. London: Hodder and Stoughton, 1996, p. 164).

Retrospectivamente eu poderia, no entanto, dizer que tive a felicidade de ver o filme *La invasión* de Hugo Santiago, em plena pandemia no fim de 2020, como um presente do cineasta experimental, parceiro e amigo Cao Guimarães (morando então em Montevidéu), que coincidentemente foi a minha primeira experiência com o *streaming* turco MUBI, que depois passou a ser, na pandemia, o meu refúgio preferencial de cinéfilo com o seu acervo muitas vezes inspirador para a imaginação narrativa.

Assim como reconheci depois algo no roteiro de *Os suburbanos* – ou seja, as seguintes frases de Morales: "A verdade é que não restam homens valentes" e "Procurar um homem de coragem e de fibra, se é que ele existe (...)" – que parecia reverberar, em sua problematização da moral convencional e esperada, a minha história adolescente de "traição" no futebol ("Dissimulada desistência"), assim também eu pude reconhecer nesse filme algo como um eco 'fantasmalegórico' de minha frágil tentativa de registrar o estado de exceção inaugurado por uma estendida quarentena pandêmica (com sua inaudita suspensão dos campeonatos de futebol e a repetição de jogos passados), ou seja: uma espécie de luta desesperada e inglória de uma resistência na fantástica cidade de Aquilea, travestida a partir de uma charmosa Buenos Aires em preto e branco do fim dos anos 1950, contra uma invasão de alienígenas, e cujo destino futuro não seria a salvação da cidade, mas a mera continuidade da luta, tal como o conciso argumento de Borges e Bioy Casares sugere lapidarmente: "*Invasión* é a lenda de uma cidade, imaginária ou real, sitiada por inimigos fortes e defendida por uns poucos homens, que talvez não sejam heróis. Eles lutam até o fim, sem suspeitar que sua batalha é infinita." (Borges, J. L. e Bioy Casares, A. *apud* Oubiña, David, "*Monstrorum Artifex*: Borges, Hugo Santiago y la teratología urbana de *Invasión*", *Variaciones Borges* 8, 1999, p. 72, tradução minha).

A leitura do informativo e instigante artigo de David Oubiña citado acima me permitiu reconstituir borgeanamente a essencial trama básica dupla do filme (de que tinha me esquecido quase inteiramente dois anos depois de tê-lo visto),[24] assim como esclarecer o quão fantástico e borgeano era o clima de um filme que habilmente, no entanto, não pretendia ser uma mera transposição fidedigna para o cinema de um roteiro literário. Mas ela trouxe também uma citação de Bioy Casares que me pareceu muito justa na sua adequada relação com a (por ele insuspeitada)

24 "Há um prólogo, no qual se apresentam os bandos confrontados e se enunciam todos seus elementos visuais e sonoros. [...] A resistência se organiza em dois relatos: o relato dos velhos e o dos jovens avançam paralelamente, como ignorando-se mutuamente. O primeiro narra a sucessão de mortes que dizima os resistentes: constitui a linha principal da trama, é o mais visível e ocupa o corpo central do filme. O segundo descreve as operações clandestinas dos jovens que se preparam para a resistência: é mais fragmentário e progride de maneira subterrânea, insinuando-se entre as linhas do relato principal. No primeiro grupo milita Herrera, o protagonista; no segundo, Irene, sua noiva. Tomando a parceira dele como pivô, as duas linhas narrativas se entrecruzam no mesmo espaço para se evitar minuciosamente. Só ao final se revela que ambos os grupos estavam comandados pelo mesmo dom Porfírio. Há um epílogo que trabalha sobre os mesmos núcleos formais que o prólogo: eliminados os velhos, a nova geração de resistentes ocupa a cena." (Oubiña, D., *op. cit.*, p. 73, tradução minha).

dimensão épica enviesada da própria *Ilíada*: "*Invasión* renova o tema da *Ilíada*, mas não canta a astúcia nem a eficácia do vencedor, mas sim a coragem de uns poucos defensores de uma Troia muito parecida com Buenos Aires. Ali não faltam o grupo de amigos nem os tangos ou milongas. Homero que me desculpe: o coração está sempre do lado dos defensores." (Oubiña, D., *op. cit.*, p. 70, tradução e sublinhados meus).

O comentário imediatamente posterior de D. Oubiña coincidia, por outro lado, magicamente com o que eu mesmo pensei ao ler o fim dessa citação, pois ele reverberava toda a minha simpatia pelos perdedores, de que estava impregnado não só o meu autobiográfico relato-ensaio "Dissimulada desistência", mas também (pressupondo a humilhante derrota do Brasil para a Alemanha na semifinal) o da seleção argentina de futebol derrotada na final da Copa de 2014 (tal como descrito por mim em "A final da Copa de 2014 em Buenos Aires"): "Talvez pudesse se dizer: do lado dos derrotados." (Oubiña, D., *ibidem*, tradução e sublinhados meus). Mas o único trunfo (atrofiado triunfo) final que poderia redimir um pouco o demasiado perigoso e autocomplacente fascínio meu por um múltiplo fracasso era a coragem e o prazer de dar forma escrita precisa e bem acabada a essa experiência negativa e vil.

E, contiguamente a esta zona moralmente marginal e problematizadora do heroísmo ou anti-heroísmo na obra de Borges, caberia enfim tentar pensar e caracterizar melhor teoricamente o uso marginal (e livre, pois não como aquele de um especialista acadêmico) que estou fazendo da obra e vida de Borges – justamente enquanto um experimentador que transgride fronteiras e questiona, inverte ou mistura ludicamente as convenções de gênero discursivo e certos cânones modernos – para a construção destes meus experimentais (e talvez ligeiramente transgressivos) *Ensaios futeborgeanos.*

Certamente eu poderia me sentir próximo de Borges (nestas recentes tentativas futebolísticas) ao também me colocar numa zona fronteiriça entre o ensaio e o relato memorialístico ou autobiográfico (que tem às vezes, no entanto, uma dimensão ficcional), conservando obviamente – através de citações e referências a temas e autores conhecidos – um básico diálogo com a (ou uma mediação do "vivido" por meio da) tradição literária e filosófica nomeada genericamente como ocidental (ou seja: greco-romana, cristã, bizantina, medieval, renascentista, barroca, iluminista e moderna europeia com suas extensões na América), mas é em sua aparentemente tranquila e amena problematização dos códigos e convenções reproduzidos pela inércia e o hábito, conjugada com sua capacidade inventiva experimental que, mobilizando leituras e imaginação, justifica mais amplamente o nome de "ensaio", que, seguindo algumas sugestões de Sylvia Molloy, eu tentarei localizar o meu uso marginal (e mais livre ou superficial) de Borges.[25]

Talvez seja possível, por meio de um procedimento borgeano bem estendido (e mal comportado) de um breve *collage* de citações de Sylvia Molloy (que, como uma Beatriz Sarlo, além

25 Só retrospectivamente e agora eu pude ter acesso também ao primeiro e esclarecedor livro de Sylvia Molloy sobre Borges: *Las letras de Borges* na sua 2ª edição (*Las letras de Borges y otros ensayos*) que traz como apêndice seis ensaios posteriores (três dos quais citados aqui), e é de 1999, e cuja instigante "*Introducción*" deixa ver o quanto desde então ela manteve uma posição investigativa heterodoxa e aberta (Molloy, Sylvia, "*Introducción*" in *Las letras de Borges y otros ensayos*. Rosario: Beatriz Viterbo Editorial, 1999, p. 1-6).

de estudiosa argentina da obra, o conheceu bem pessoalmente, o que está longe de ser o meu caso como um mero e distante aprendiz), delimitar este lugar desassossegado e instigante do questionamento e da dúvida (assim como da experimentação em meio a uma tradição literária complexa e vária), como se para improvável e ludicamente "instituir" a instabilidade, as contradições e a nulidade final do desaparecimento. É ao ouvir Borges, gentilmente elogiando uma tradução que ela fizera para o inglês de um título de um ensaio seu ("*Berkeley's Quandary*" [sublinhado meu] para "La encrucijada de Berkeley"), elogiar oralmente (entoando-as) "certas palavras inglesas" (e "não derivadas do latim") "que começavam com *qu*: *quill, queasy, quake, qual, quagmire*" e ter (juntamente com outras bem negativas em espanhol) a impressão de que elas "de algum modo aludiam à sua obra", que Sylvia Molloy (no ensaio "Traduzir Borges") diz que ele então "(...) estava criando uma sequência reconfortante, uma superfície de palavras enganosamente segura, consoladora, para depois quebrar o encanto, bruscamente, e nos fazer tomar consciência da insegurança básica do exercício. Porque a literatura para Borges não era segura: e o único consolo (se é que cabe essa palavra) que podia proporcionar residia precisamente no fato de que era, potencialmente, desoladora." (Molloy, S., "Traduzir Borges" in *Figurações: Ensaios críticos*, *op. cit.*, p. 161, os sublinhados são todos meus).

Falando um pouco depois, nesse mesmo ensaio, de Borges "(...) como mestre, papel que por certo não desagradou a ele cumprir, sempre que se atribuíssem características particulares, talvez subversivas, à função pedagógica", Sylvia Molloy diz com uma perplexidade contundente (em que nós, brasileiros, cuja "pátria é a língua portuguesa", quase não podemos deixar de ouvir o heterônimo pessoano de Bernardo Soares, autor do *Livro do desassossego*): "Foi mestre de desassossego, de marginalidade, de obliquidades, de *deslocamentos*, cuja lucidez permitiu a ele (e aos que souberam entendê-lo) ver não coisas novas, mas coisas velhas com olhar novo. Não contava histórias inovadoras; como aqueles *confabulatores nocturni* – 'homens da noite que narram histórias, homens cuja profissão é contar histórias durante a noite' –, herdava relatos, *voltava a contar*. Seu texto, por excelência lugar de trânsito e de *tradução*, propõe uma constante conversão de relatos passados." (*Idem*, p. 163, os itálicos são todos da própria autora, mas os sublinhados são todos meus).

E é a própria Sylvia Molloy quem (nesse seu mesmo ensaio) sugere um modo de "leitura irreverente" do próprio Borges (que modesta e marginalmente eu também reivindico aqui para o meu uso experimental), seguindo o exemplo do ficcional Pierre Menard ("o autor do *Quixote*") em relação a Cervantes: "Se hoje, para muitos, o texto de Borges é 'inevitável', como Edgar Allan Poe o era para o poeta de Nîmes, é necessário que aprendamos a vê-lo, ao contrário, como Menard via Cervantes, ou seja, como um escritor 'contingente', 'desnecessário'. Cabe-nos o maior desafio: deslocar Borges, nos distrairmos dele, inventar sua desleitura." (*Idem*, p. 168, os sublinhados são todos meus).

Ainda que o sentido que Beatriz Sarlo atribua às "*orillas*" ("margens") em seu *Borges: un escritor en las orillas*,[26] seja

26 Ver na edição inglesa *Borges, a writer on the the edge*, a "*Introduction*", onde Beatriz Sarlo fala sobretudo do risco do esquecimento do quanto Borges sempre manteve em sua obra uma relação específica com a tradição cultural e literária

sobretudo o de um escritor com formação europeia que retorna à América do Sul, mais precisamente à Argentina e neste país à capital Buenos Aires, onde ele elege também suas "margens" ou "subúrbios" como anacrônico local de resgate de um passado familiar e de uma mitologia de homens valentes, os *compadritos*, celebrados também nas letras de tango e por uma tradição literária argentina,[27] mas jamais abrindo mão de uma tradição literária maior, e por isso como se conflitivamente entre dois mundos e dois modos de ser simetricamente opostos e complementares: "um marginal no centro, e um cosmopolita nas margens", o uso feito por Sylvia Molloy deste termo é menos topográfico e mais amplo,[28] como quando diz

argentina, mas simultaneamente reivindicando, porque um marginal livre de compromissos com a autoridade da tradição canônica, toda a tradição literária e filosófica europeia e ocidental (ver o seu "O escritor argentino e a tradição"), que antecipa visionariamente a posterior voga teórica da intertextualidade com suas reflexões sobre a própria construção narrativa de suas ficções, enquanto também não renuncia a uma problematização ética e filosófica de suas personagens e do seu suposto autor. (Sarlo, Beatriz, "*Introduction*" in *Borges, a writer on the the edge*. London/New York: Verso/Centre of Latin-American Studies at the University of Cambridge, 1993, p. 1-6).

27 Seria preciso dizer que, com a exceção do conto meio antropológico que dá título ao volume ("O informe de Brodie"), quase todos os contos deste livro ficcional tardio de Borges (cujo original é de 1970 e cuja primeira edição brasileira, com a tradução de Hermilo Borba Filho, pela Editora Globo de Porto Alegre, de 1979, foi o segundo e então incompreensível livro de Borges que eu li na casa dos meus avós maternos em Itajubá um pouco depois de 1979) tematizam justamente a coragem dos *compadritos* e/ou outras formas de disputa ou de duelo que não apenas aquela com punhal, como se alargando, diversificando e atualizando este repertório argentino de histórias tradicional e popular.

28 Assim como o admite também Pablo Brescia para o conto policial em Borges em "De *policía y ladrones: Abenjacán, Borges y la teoria del cuento*": "O

abrindo um grande parágrafo no começo de um outro ensaio "Jorge Luis Borges, confabulador" (que é também um ensaio de luto pela morte recente de Borges em 1986): "Sua obra se inscreve às avessas, ou melhor dizendo, *no* avesso de convenções já existentes, já imaginadas. Praticou a subversão literária e abalou certezas com uma segurança que prescindia da ênfase e do desperdício (...). Não praticava uma estética de clausura – 'O conceito de *texto definitivo* não corresponde senão à religião ou ao cansaço' –, mas sim de ruptura: seu uso da inquisição, do paradoxo, do anacronismo força, estreita, a enganosa superfície do hábito." E, ainda neste extenso 2° parágrafo do ensaio, ela dirá genericamente: "Desde o início a obra

ecletismo do gosto literário borgeano – heterogêneo, hedônico e itinerante, entre Dante Alighieri e Ellery Queen – se complementa com a marginalidade da narrativa policial dentro do campo de produção e recepção de textos literários 'cultos'. Nessa zona, que tem muito a ver, metaforicamente, com o que Beatriz Sarlo chama o paradigma das *orillas* ('margens' ou 'fronteiras'), vai trabalhar Borges e suas intervenções se desdobrarão multi-facetadamente durante várias décadas." (*Variaciones Borges* 10, 2000-01, p. 145-166, p. 149), assim também Júlio Pimentel Pinto se sente convocado a falar dessa zona "marginal", "fronteiriça" ou "híbrida" (a partir do termo "*orillas*" em Beatriz Sarlo) em que se situam os dois roteiros para cinema de Borges e Bioy Casares, o primeiro deles com o nome de *Los orilleros* (traduzido por "Os suburbanos"): "A metáfora a que Beatriz Sarlo recorreu para interpretar a relação de Borges com a memória e a história (...) parece especialmente adequada para compreendermos o lugar desses textos em sua obra: um escritor de '*las orillas*'. Margens, bordas, fronteiras, limites: a sugestão dos vários termos pelos quais poderíamos traduzir *orillas* é inevitavelmente dupla. Sugere a finitude de um espaço, que termina onde outro se inicia. Mas também indica a porosidade de qualquer lugar de separação: as incontáveis formas como podemos transgredir as delimitações e torná-las territórios de combinação e diálogo, possibilidade de contaminação e de extensão ilimitada." (Pinto, Júlio Pimentel, "Prefácio" de *Um modelo para a morte, Os suburbanos e O paraíso dos crentes* [de B. Suárez Linch]. São Paulo: Globo, 2014 [2ª edição], p. 7-20, p. 15).

de Borges inscreveu-se nesse lugar imprevisível ao que mal se alude com palavras como *revés, orilla, margen.*" (Molloy, Sylvia, "Jorge Luis Borges, confabulador" in *Figurações: ensaios críticos, op. cit.*, p. 174-185, p. 175-176).

Nesse mesmo ensaio, ela revela também um importante recurso ou procedimento cognitivo-literário borgeano pela conexão (insólita): "O *only connect* de Foster (autor nunca mencionado e possivelmente não lido por Borges) poderia ter sido seu lema literário. Com a segurança que o prazer inspira – prazer do texto, gozo quase físico da leitura do qual pouco se falou –, estabelecia suas simpatias e suas diferenças, postulava uma fraternidade pela citação e a alusão." (*Idem*, p. 178-179). E um pouco depois (como se atualizando por via do ultraísmo a definição pré e surrealista de imagem poética de um Pierre Reverdy ou de um André Breton, encontrável também em um Murilo Mendes): "Os encontros que Borges provoca em seus textos, poética e emocionalmente eficazes, têm a virtude que a imagem ultraísta nunca obteve para si, a de aproximar duas realidades distantes cujas secretas afinidades o poeta certeiramente adivinha (...)." (*Idem*, p. 179).

E, ainda em um outro ensaio importante, "Citação e autorrepresentação na obra de Borges", Sylvia Molloy lembra também o quanto um primeiro e autobiográfico Borges resgata e recria uma primeira e antiga Buenos Aires, que extrapola a do seu círculo pessoal familiar e de algum modo o questiona (o que, no meu caso, equivaleria a reconstituir a Belo Horizonte do meio dos anos 70 do século xx, a partir da pespectiva mais ampla – do que a de um colégio privado, ainda que a partir dele – de um time de futebol dente de leite de um grande clube mineiro): "A empresa autobiográfica de Borges traduz-se, desde um primeiro momento, em termos textuais. É a errância e o desejo de um eu disperso em perpétuo ato de (auto)fundação, recriando a Buenos Aires 'Grande Aldeia' que é seu lugar de origem e evocando os antepassados que configuram seu romance familiar.[29] É o não menos errante e não menos desejoso eu que, em *Evaristo Carriego*, escreve seu texto não tanto para evocar o medíocre poeta precursor como para sair ele mesmo do confortável núcleo familiar (...), e descobrir o que está além, a intempérie bárbara dos 'destinos vernáculos e violentos', que também o significam." (Molloy, Sylvia, "Citação e autorrepresentação na obra de Borges" in *Figurações: ensaios críticos*, *op. cit.*, p. 194-205, p. 197).

E, um pouco antes nesse mesmo ensaio, após marcar bem o "como, também nessa primeira escrita borgeana, aparece uma notável preocupação autobiográfica, paradoxal, por assim dizer, em quem se declara partidário da 'ninharia da personalidade' (...)", ela lembra da seguinte anedota pessoal, contada

29 Em "Jorge Luis Borges, confabulador", Sylvia Molloy já sugere algo também pensável para uma Belo Horizonte de 50 ou quase 50 anos atrás (tal como eu propus no meu ensaio "O Cine Candelária" sobre a pornochanchada, o pornô e o quase desaparecimento das salas de cinema em BH): "Borges, *flâneur* literário: à passagem pela cidade, cujo caráter literário é evidente, sucede o passeio pela literatura, a deriva textual. Passa-se sem esforço de um texto a outro, em atitude de disponibilidade. Como nas caminhadas pela cidade, em que se pratica o prazer do olhar – as ruas de Buenos Aires são todas elas 'para o cobiçoso de almas/ uma promessa de ventura' –, o passeante traduz seu *voyeurismo* em fecunda projeção." (Molloy, Sylvia, "Jorge Luis Borges, confabulador", *op. cit.*, p. 180). Ver da mesma autora também um outro artigo, "*Flâneries* textuales: Borges, Benjamin y Baudelaire", que, pela comparação com a poesia de Baudelaire, esclarece o quão diferente e positiva é a *flanêrie* bonairesense na primeira poesia de Borges (em *Variaciones* Borges 8, 1999, p. 16-29).

por ele no ensaio de *Inquisiciones* cujo título negativo é esse ("Ninharia da personalidade"): "Está em Mallorca, a ponto de regressar definitivamente a Buenos Aires, e ao despedir-se de um amigo quer deixar para ele uma recordação, uma imagem plena e coerente de seu eu, somente para dar-se conta da impossibilidade dessa empresa, de que somente pode deixar para ele o circunstancial, o episódico, o fragmentário: 'não há eu de conjunto'. Ao mesmo tempo que é autobiográfica, a anedota reforça a impossibilidade de uma autorrepresentação satisfatória." (*Idem*, p. 196).

Breve relato do meu único encontro físico-presencial com Borges em 08/12/1984

No começo do prólogo à segunda edição de *Las letras de Borges* (de 1999), Sylvia Molloy, após ter dito que não se arrependia de não ter enviado a Borges a primeira edição do livro (porque ele afinal jamais lia o que se escrevia sobre ele), observa de um modo muito razoável e que pode se aplicar ainda bem melhor a um brasileiro ignorante e descompromissado como eu: "Não me arrependo de que tenha sido assim, como não me arrependo (ou me digo que não me arrependo) de não ter conhecido melhor o homem Borges. Sempre preferi trabalhar com Borges, com as letras de Borges, de longe. Só assim, penso, me era possível manter a distância – isto é: a mirada crítica, a irreverência, a estranheza – que seus textos recomendam e que é condição necessária para sua leitura." (Molloy, Sylvia, "Prólogo à la segunda edición" in *Las letras de Borges y otros ensayos*. Rosario: Beatriz Viterbo Editorial, 1999, p. i).

Para mim, não sendo argentino e apenas um leitor ocasional de sua obra (mas ao longo de muitos anos e a cada vez mais variada, prazerosa e abrangentemente), manter esta distância pessoal obviamente nunca foi muito difícil, mas sinto-me, ainda assim, atraído pelo fascínio de um passado vivido e agora já distante uns quase quarenta anos, e pela convocação de um testemunho pessoal (que será também memorialístico) sobre o começo do meu contato com a obra (traduzida pro português) de Borges e – com o foco ou a luz (talvez ilusórios) do destaque para o acontecimento vivo e ao vivo – sobre o meu único encontro físico-presencial com Borges numa entrevista pública no galpão do jornal *Folha de São Paulo*, no centro de São Paulo, no dia 08 de dezembro de 1984.

Meu primeiro contato com a obra de Borges (com a sensação de desafiante estranheza e incompreensão) foi na casa da avó Adelina em Itajubá: provavelmente com 16 anos, em 1977 – época de um *boom* da literatura fantástica na América Latina, de que é exemplo emblemático e anterior a minha 1ª leitura de *Cem anos de solidão* de Garcia Marquez, justamente em julho de 1975 (na Vila Maria com o tio Sílvio), assim como, um pouco depois (no quarto das tias na casa dos avós maternos em Itajubá), o meu 1° contato visual com o *Jogo da amarelinha* de Julio Cortázar (que eu só começaria a ler mesmo em 1978, depois de já ter conhecido, dois anos antes, os contos de *Bestiário* na biblioteca do ICBEU, onde estudava inglês em BH) –, mas mais verossimilmente com uma tradução de *Ficções*, que juntamente com *O Aleph* era o livro mais conhecido então, e não com *O informe de Brodie*, cuja primeira tradução é de 1979. Na minha primeira ida à Argentina e a Buenos Aires no começo de 1979 (depois do vestibular pra Letras) houve a provável compra de apenas alguns Borges (pois Cortázar então me mobilizava muito mais) e o deslumbre com o número elevado de boas livrarias e sebos na cidade.

Entre 1977, suposta data da minha primeira leitura de um dos contos de *Ficções* (na casa dos meus avós maternos em Itajubá), e 1984, quando vi e ouvi Borges ao vivo na cidade de São Paulo, todo um lento (porque bem espaçado) e prazeroso trabalho de uma primeira aproximação à sua obra por meio da leitura foi acontecendo aos poucos, certamente com a posterior compra e leitura integral de um exemplar dessa edição traduzida de *Ficções* (com capa clara) e depois também da de *O Aleph* (com capa escura), na casa dos meus pais na rua Aimorés em Belo Horizonte, onde, na minha pequena biblioteca/escritório na parte de baixo da casa, eu posso me lembrar também da primeira tradução brasileira de *Crônicas de Bustos Domecq* (com a capa alaranjada da editora Alfa-Ômega),[30] assim como, numa das

30 Nesta época, apesar de já ter percebido bem a dimensão cômica da obra deste novo autor heterônimo inventado pela parceria dos dois, eu ainda não conhecia o conjunto da obra de Bustos Domecq e nem o da de Suárez Linch. É curioso que a primeira experiência de colaboração escrita entre os dois tivesse tido como ocasião a bem prática demanda de uma publicidade (mais ou menos bem paga) para um iogurte, mas já mobilizando a imaginação cômica dos dois, tal como resumido por Michel Lafon (citando no final um trecho básico conhecido de "Libros y amistad", ligeiramente ampliado nas *Memorias* e depois repetido tal qual no comecinho do mega diário *Borges* de Bioy Casares): "A partir de 1936, reúnem-se na fazenda dos Bioy, com o pretexto de redigir um 'folheto científico' sobre o leite coalhado e o iogurte comercializado por La Martona, próspera companhia leiteira que pertence à família materna de Bioy, os Casares. O tio de Adolfito que a dirige lhes promete um bom pagamento e lhes proporciona uma bibliografia sobre o tema, a partir do qual dão asas à imaginação, inventando uma família búlgara cujos membros lidam com a imortalidade, graças às virtudes de tais sobremesas lácteas: 'Escrevemos o folheto na sala de jantar da fazenda, em cuja chaminé crepitavam galhos de eucalipto, bebendo cacau, feito com água e muito forte. Aquele folheto significou para mim uma valiosa aprendizagem; depois de sua redação eu era um outro escritor, mais experiente e habituado. Toda colaboração com Borges equivalia a anos de trabalho. Tentamos também um soneto enumerativo [...] e projetamos um conto policial – as ideias eram de Borges – que tratava de um doutor Praetorius, um holandês vasto e suave, diretor de um colégio, onde por meios hedônicos (brincadeiras obrigatórias, música o tempo todo), torturava e matava crianças.'" (Lafon, Michel, "Prefácio" de Jorge Luis Borges & Adolfo Bioy Casares [H. Bustos Domecq], *Seis problemas para Dom Isidro Parodi; Duas fantasias memoráveis*, *op. cit.*, p. 8-9).

gavetas minhas de um grande armário no quarto de televisão do andar de cima, eu podia me lembrar também de um volume de *O livro dos sonhos* (com a capa em azul claro e azul escuro), dado por um grande amigo do Colégio Loyola, que curiosamente seria aquele mesmo a quem um exemplar (obviamente em papel) de *Ficções* teria sido apresentado entusiasticamente por meu irmão ("não conhece? muito louco..."), no finzinho dos anos 70 (1979 ou no máximo 1980), quando – certamente em férias de julho ou de fim de dezembro e de janeiro – nos encontramos no Rio dentro de um carro (um Chevette deste meu amigo ou um Opala emprestado por meu pai?), provavelmente indo pra Itajubá e depois – em direção a Campos do Jordão – pra Vila Maria.

O meu único contato físico e direto (presencial) com Borges, mas um pouco à distância e impessoal (apenas perceptível aos cinco sentidos e a uma básica inteligibilidade discursiva), porque num grande galpão do jornal *Folha de São Paulo*, no centro de São Paulo, onde montaram na última hora um estrado alto de madeira (pra onde foram Borges, María Kodama, sua última mulher, e um ajudante pra transporte da cadeira de rodas em que ele estava sentado, e um tradutor, o Jorge Schwartz, que fazia resumos rápidos do que ele falava), pois o galpão ficou lotado com uma pequena multidão de admiradores, que parecia colocar um pouco em questão a ideia ou figura comum de um autor muito erudito e hermético (e apreciável apenas por acadêmicos), foi no sábado 08 de dezembro de 1984, às 11 da manhã (como pude averiguar no acervo de artigos da própria *Folha de São Paulo*, por mera via Google), o que justifica minha presença em São Paulo, pois eu morava lá então, começando um mestrado em Letras Clássicas na USP, ainda meio sem objeto (vagamente algo relacionado à poesia elegíaca e iâmbica grega arcaica), mas com o trunfo de já conseguir ler bem o latim e o grego antigo (além do inglês e do francês, de que eu fiz o 2° ano do Nancy na *Aliança Francesa* em São Paulo, e de uma base de alemão), e portanto provavelmente morando lá então (ou seja: dividindo aluguel e apartamento, mas não o quarto ou a cama) com a minha linda colega polêmica nerd, macrobiótica, cocainômana e dark, Helena Guerra, na rua Fradique Coutinho em Pinheiros. Ela, apesar de compartilhar minha admiração por Borges, disse que não podia ir, pois precisava ler algum livro ou artigo (sempre, até mesmo pra festas ela ia com um livro, e assim também tinha uma boa razão pra ficar só e em silêncio) pra começar a preparar o trabalho de curso de uma matéria de Pós que fizéramos sobre a *hamartía* ("erro" ou "falha") na tragédia grega antiga.

O que logo chamava a atenção em Borges era o olhar meio vidrado (como se olhando o vazio) de um cego, além dos cabelos finos esparsos e bem branquinhos de um velho de 85 anos, mas alto, magro e elegante em seu terno cinza, e às vezes um pouco boquiaberto e com sorrisos desengonçados, enquanto sua mulher então, a filha de japoneses María Kodama, era muito mais nova, bonita e, a seu modo, magra e elegante também (dando os dois a impressão de alguma harmonia e prazer na convivência, e não de mera troca de favores e interesses na relação).

Mas curiosamente não me lembro bem de nada do que Borges falou então (senão vagamente de ter sido algo sobre Buenos Aires e a literatura argentina; o gênero fantástico abarcando a metafísica; o assombro e o entretenimento no gênero policial; a parceria com Bioy Casares; e também algumas lembranças juvenis de Genebra e de Madri e o nome até então inaudito pra mim de Rafael Cansinos-Asséns), apesar de me lembrar bem de muitos sorrisos na platéia, quando de alguma de suas ironias cortantes, mas ditas de um modo não enfático e subentendido ("*understated*"), numa voz a princípio meio rouca, balbuciante e tímida, mas que ganhou, pouco a pouco – com o prazer de falar e a certeza (ainda que apenas auditiva) de estar agradando muito uma plateia atenta e curiosa –, volume e fluidez (num espanhol às vezes bem difícil e com gírias do *lunfardo*), como se numa conversa entre amigos em que ele fosse o centro das atenções.

No final, quando, depois de muito aplaudido, ele foi descido do estrado sobre sua cadeira de rodas e colocado de novo no chão deste grande galpão, ele pediu pra deixar a cadeira de rodas e, segurando a mão de María Kodama (e com uma abertura de espaço feita pelo ajudante), se levantou e saiu caminhando lentamente até chegar ao passeio da rua, que também começou a se encher de gente (eu mesmo custando a chegar lá), e sair andando lentamente, o que me pareceu triunfal, quando o vi presencialmente pela última vez na vida, já de costas e junto de María Kodama.[31] Soube então (e depois confirmei na *Folha*) que no dia seguinte ele iria falar no fim da manhã no auditório do MASP, mas aí nem eu mesmo, também sempre com alguma coisa atrasada pra ler, iria poder ir.

31 Como lembra Francisco Costa (em reportagem então pra *Folha de São Paulo*): "E finalmente o vi no mesmo aeroporto de Congonhas, quando ele se foi. (...) Numa das entrevistas que Borges deu na ocasião, ele disse que se sentia muitíssimo bem ao estar com pessoas jovens, pois de certa forma as vampirizava. Poderia dizer que ele deve ter tido uma estadia feliz nesse quesito, pois os públicos que o ouviram consistiam de um grande número de jovens." (Costa, F., sublinhados meus).

Mas, nas idas e vindas dos meus cada vez mais ampliados e diversificados contatos com a obra de Borges (de que são testemunhos de usos e apropriações livres os meus ensaios/autoficções "Um 'milagre' sem resultado" e "Breve história da obra recente de Muhamed Ibn Prajehd" em *Ensaios de escola*[32] e "Uma mera coincidência (?) de nomes: Veblen" em *Extra-vacâncias*[33], sempre em alguns improváveis intervalos

32 O meu segundo contato com a obra de Borges – já com um pouco mais de conhecimento da obra (incluindo alguma coisa dos ensaios, da poesia e da colaboração com Bioy Casares), e já com uma perspectiva lúdica de apropriação e de escrita experimental: a preparação de "Breve história da obra recente de Muhamed Ibn Prahjed" (em férias numa praia no Sul da Bahia) e de "Um 'milagre' sem resultado" (em férias no sítio Caçamba do sogro Cristóvão na chegada do Lamim), ambos de *Ensaios de escola* (de 2003), com também a continuidade da preparação de algo dessa primeira e maior ficção ensaística minha – poderia ser condensado em uma ou duas cenas de lazer literário diletante junto à piscina maior do Minas Tênis Clube da rua da Bahia, onde estou lendo com prazer e devoção alguma tradução de ou algum ensaio sobre Borges escritos por Alexandre Eulálio (publicados num nº especial sobre Borges da revista *Remate de Males* em 1999 ou num volume especial dedicado a Alexandre Eulálio, *Alexandre Eulálio diletante*, um pouco anterior ao de 1999, ambos em papel e tomados de empréstimo à Biblioteca da Faculdade de Letras), talvez em 2001, acompanhando a minha filha caçula que então se divertia pra valer apenas nadando nas piscinas em pleno sol de dias de céu azul.

33 O meu terceiro contato com a obra de Borges (que na realidade foi sempre contínuo, embora intermitente) – agora em parceria com Bioy Casares, que ganha destaque por seu engenhoso conto "El lado de la sombra" (do livro de mesmo nome) e de um seu personagem importante, que é Veblen (mesmo sobrenome do sociólogo norte-americano, autor de *Teoria da classe ociosa*), e que mobiliza imaginativamente toda uma história pessoal de Borges e de Bioy Casares com Victoria Ocampo e Roger Caillois – poderia ser condensado no meu ensaio-ficção "Uma mera (?) coincidência de nomes: Veblen", do livro *Extra-vacâncias* (de 2008), e nas suas prováveis circunstâncias de produção no meu escritório da casa da rua Venezuela em BH (onde estava toda a minha pequena biblioteca borgeana e bioy-casaresiana), mas também confeccionado aos poucos em

intermitentes de um "lazer" literário diletante, autodidata e sem nenhum compromisso maior de rigor acadêmico, e que poderiam talvez ser caracterizados segundo o modelo (próprio da poesia oral) da "repetição com variações", além do fascínio estilístico pela escrita concisa, precisa e cortante e de uma atraente oscilação e/ou mistura dos gêneros do ensaio e/ou da ficção breve em prosa (ou "conto"), assim como um certo gosto pela erudição e pelo humor ou o cômico, o decisivo talvez tenha sido o forte impulso para – por meio de apropriações livres, improvisações e transgressões – brincar ou experimentar com a imaginação narrativa, ou seja: para a criação literária e a busca do desconhecido no cotidiano.[34] Assim, portanto, quando se apresentou um intervalo maior inesperado (de "lazer" literário diletante) durante os aziagos quatro primeiros meses de quarentena pandêmica em 2020,[35] o

pensamento durante o "lazer" literário de caminhadas à Praça Nova Iorque (ou à Praça JK ou à Savassi) ou de pequenas estadias em sítios perto de BH. Este meu ensaio-ficção tematiza justamente – a partir da história de vida de Bioy Casares (que nunca foi professor ou funcionário público) – a difícil, mas não impossível, possibilidade de se tornar um escritor, aprendendo por conta própria ou com amigos a ler boa literatura e a escrever (num certo autodidatismo, que também eu sempre pratiquei), o que é precisamente o conselho que o Borges leitor-escritor lhe dá.

34 "(...) a perplexidade, o assombro (do qual surge a Metafísica, segundo Aristóteles) tem sido uma das emoções mais comuns da minha vida, como o foi também de Chesterton, que disse: 'Tudo passa, menos o assombro, sobretudo **o assombro diante do cotidiano**'." (Borges, J. L. "Borges igual a si mesmo", entrevista realizada por Maria Esther Vázquez em 1973, traduzida e anotada por Alexandre Eulalio em 1979, *Remate de Males*, 1999, p. 157-190, p. 171, sublinhados e negritos meus).

35 Este período coincide também com as caminhadas espacialmente cíclicas e apenas

fenômeno da repetição dos jogos de futebol na TV, que acionava também a questão da memória e do tempo (e ainda a da narrativa midiática), acabou me levando a retomar com muito prazer a leitura de Borges e de Bioy Casares (assim como as de Edgar Allan Poe, Baudelaire, W. Benjamin, S. Kracauer e G. Simmel), mesmo que o futebol enquanto tal fosse mesmo tema só da crônica fantástica "*Esse est percipi*" de Bustos Domecq.

na parte mais afastada e residencial do bairro (evitando qualquer rua mais movimentada das proximidades e sempre carregando uma máscara na mão), quando pude pela primeira vez começar a imaginar um uso livre de Borges para comentar partidas (ou compactos ou gols de partidas) de futebol repetidas na TV, assim como um relato-ensaio mais detalhado sobre a semifinal Brasil 3 x 1 Uruguai na Copa de 1970 no México.

Breve nota sobre o tempo trágico no futebol

[**Apêndice**, artigo publicado em *LETRAS CLÁSSICAS* (USP), n. 12, 2008, p. 259-262]

para a Filomena, mestra e amiga de toda uma vida

Para começar com o óbvio (nem sempre bem percebido), direi que uma partida de futebol de campo – em campo grande, onde se afrontam dois times de onze jogadores visando o gol – tem, assim como os limites espaciais do campo (além dos quais o jogo não está mais valendo), limites temporais bem definidos que são os dois tempos, separados por quinze minutos de intervalo, de quarenta e cinco minutos cada um e mais alguns possíveis minutos de acréscimo compensatório. Mas, diferentemente, por exemplo, do que ocorre no basquete, os quarenta e cinco minutos são corridos e não interrompidos quando a bola sai de campo ou o jogo é paralisado, ou seja: eles se assemelham ou coincidem, enquanto ocorrem, com o tempo real, que só deixa de continuamente vir a ser no instante da morte. E, assim como o tempo real (ou com ele coincidindo), este contínuo vir a ser tem uma única e irreversível direção, representada espacial e triadicamente como uma linha que vai do passado para o presente em direção ao futuro, sem jamais retornar.

Dentro deste primeiro e básico enquadramento, no entanto, atua uma outra dimensão do tempo, que, no futebol, é enfatizada pela frequência (maior do que a em outros esportes coletivos de disputa entre dois times) das chances de jogadas perigosas, nem sempre determinadas apenas pela habilidade dos que atacam ou a inabilidade dos que defendem (mesmo que sejam também decisivas), chances que podem ou não ser aproveitadas, e finalmente resultar ou não em gol. Pois são muitas as possibilidades em um jogo entre dois times adversários de onze jogadores que devem fazer continuamente circular com os pés a bola (com exceção do goleiro e de quem cobra lateral, mas somente por alguns segundos) sem poder propriamente segurá-la. As chances (que aí ocorrem) representam e cristalizam, como dimensão temporal característica do agora humano, primeiramente *a indeterminação fundamental do futuro*, ou seja: *a possibilidade de as coisas (ou, mais propriamente, os eventos) serem de uma ou de outra maneira*, ainda que certamente nada do que já aconteceu possa deixar de ter acontecido e nem o presente de ser a mais imediata continuidade disso, como sempre bem indica o placar. Pois, como foi sempre evidente, o jogo (ou a possibilidade, ao menos, de mudança do placar, quando não uma mudança do resultado como vitória, empate ou derrota) de cada partida de futebol permanece sempre *em aberto* até o apito final, verdade (ou lugar-comum) em que o futebol parece apresentar um corte condensado agonístico e coreográfico da vida humana (o mais verossímil possível, porque é também a vida mesma) enquanto básica *abertura e indeterminação*, definida de uma vez por todas apenas com a morte.

Mas, em sua irrupção súbita (que pode mudar radicalmente a situação presente), as chances representam também cristalizadamente a não igualdade ou descontinuidade do tempo, enquanto sucessão de *eventos singulares muito diferenciados* (isto é: mais ou menos perigosos) em relação à possibilidade máxima (que é também a cada vez única) do gol, que altera o padrão mesmo da realidade do jogo, com a mudança do placar e o seu recomeço no meio do campo, como se reiniciando a partida. O gol (do inglês *goal*, "meta" ou "objetivo") é, enquanto aquilo que se busca, também um evento (a entrada da bola dentro do espaço interno das traves, o "alvo"), mas um evento máximo e reconfigurador que, de algum modo, subordina os outros, segundo o modo mais ou menos direto ou incisivo como a ele levam, ou seja: como são perigosos. O conjunto de uma partida, como campo de possibilidades de advento destas chances para a chance máxima do gol, permite, assim, a apreensão de um tempo diferenciado, como oportunidade ou chance, que foi formulada com felicidade pelos Gregos antigos como o *kairós*, a "ocasião favorável", que é sempre única, não de todo previsível e decisiva, segundo o seu bom ou mau aproveitamento, para o resultado de uma disputa ou, mais genericamente, para o curso subsequente dos eventos.

Esta representação do tempo, que desautoriza o modelo não só de uma pretensa uniformidade objetiva, mas também o de uma continuidade regular e sem sobressaltos, parece centrada em uma percepção e conceituação do "evento" como aquilo que a cada vez e singularmente sucede ou acontece, o que também foi formulado com acuidade pelos Gregos antigos (em sua língua perspicaz) como a *týkhe*, o "acontecimento", o (no sentido neutro) "sucesso", que também poderia ser traduzido como "acaso". Uma tal categoria inclui, por definição, todos aqueles detalhes ou circunstâncias aparentemente insignificantes, mas que, quanto ao resultado, são decisivos e desestabilizadores, dando a impressão, aos que os presenciam ou por eles são atravessados, de algo que escapa a seu controle. É figurado assim aquilo que – sobretudo em uma situação de relativo equilíbrio das duas forças adversárias (em preparo físico, habilidade e vontade de vencer)

– irrompe e consagra de um modo misterioso (e não apenas por seus méritos) o vencedor. Para o pensamento mais arcaico da *Ilíada*, o "evento" decisivo que surpreende é sempre figurado como a manifestação de um deus (ainda que o mortal não saiba bem qual deles), e a "glória", enquanto estrela momentânea da vitória ou *kûdos* (que antecede e justifica a "fama" ou "renome", o *kléos*), é pensada como uma graça inconstante e caprichosa concedida pela divindade.

A efetividade soberana do acontecimento, exemplificada maximamente pelo gol (mas, em um outro e menor plano, também pelas jogadas bem realizadas que não necessariamente resultam em gol), parece, nesta perspectiva, tornar totalmente inútil e despropositada a questão da justiça ou injustiça de um gol ou de um placar final de uma partida (a não ser que haja um ou mais erros grosseiros[1] de arbitragem), pois vitorioso é, por definição e segundo as conhecidas regras do jogo, aquele dos dois times que faz um número maior (e leva um menor) de gols, mesmo que se possa reconhecer eventualmente que um time derrotado teve o domínio técnico e um maior número de chances claras de gol durante a partida, já que, como se sabe, sem a conversão em gols, esta superioridade é insuficiente e inefetiva e só tem um valor simbólico e consolador.

1 Esta nota de pé-de-página, ausente na primeira e já publicada versão deste ensaio, tem a intenção primeiro de complementar o adjetivo "grosseiros" com um outro, "e intencionais", para indicar o roubo planejado, mas, no limite, até mesmo isso não poderia de todo ser previsto e se inclui, portanto, numa faixa de indeterminação do conjunto do jogo, como observou há muito tempo o meu afabilíssimo amigo francês filósofo François Rondeleux.

E, apesar de não renunciar à ideia da responsabilidade dos agentes por aquilo que resulta de suas ações (o preparo físico, a habilidade e o entrosamento do time continuando a ser percebidos, assim, como essenciais para se obter a vitória), esta representação da descontinuidade não explica aquilo que (nunca de modo inteiramente certo) advém (isto é: acontece) em campo apenas pelo mérito dos que disputam ou jogam, abrindo então espaço para a surpresa e a admiração diante do que, como algo maior e não de todo previsível e imaginável, acaba sucedendo (e se tornando também, uma vez sucedido, uma estranha necessidade). Assim, pois, também a falha ou o erro (sobretudo se eles são por muito pouco) dificilmente parecem atribuíveis apenas aos agentes humanos, o que pode dar, então, à derrota – complementarmente ao brilho sorridente da vitória – a dimensão de uma *tragédia* (aristotelicamente, "uma passagem imerecida da boa para a má fortuna, a partir de algum erro"), que é justamente o que traz – enquanto possibilidade negativa de algum modo sempre presente – o maior e mais ambíguo sabor ao futebol.

Enfim, como faltaram exemplos para dar mais sabor a esta breve tentativa de construção de uma hipótese sobre o tempo (ou o evento) no futebol, o ensaísta, já um pouco cansado, levanta-se da cadeira, junto ao laptop, sai do escritório ou gabinete e entra na saleta da ficção, onde ouve, logo ao entrar, da boca de um velho amigo, que bebe tranquilo com outros chegados uma pilsen-extra num boteco de bairro belo-horizontino: "a chegada ligeiramente atrasada de Barbosa no gol de Giggia contra o Brasil na final de 50"; "o passo à frente dado por Júnior no escanteio do terceiro gol (também de Rossi) no Brasil e Itália de 1982"; "o pênalti perdido por Zico na prorrogação de Brasil e França em 1986"[2]; "a arrumada de meião de Roberto Carlos no gol de Henry no Brasil e França de 2006"; e – após dar alguns exemplos do seu time: Cruzeiro, Atlético ou América?, o leitor pode escolher... – o amigo começa a narrar, com os olhos úmidos de lágrimas, lances ainda mais surpreendentes e decisivos presenciados por ele no futebol de várzea belo-horizontino dos anos 70 (sobretudo a, segundo ele, inesquecível *Copa Arizona*), citando nomes de jogadores "fabulosos" que o ensaísta nunca ouvira antes e de que, mesmo agora, invadido por uma grande onda Messi-Neymar, tem grande dificuldade de se lembrar.

2 Esta nota de pé-de-página, que também não fazia parte da primeira versão deste ensaio, vem corrigir um erro de memória (a partir de uma observação do meu primo e amigo Marcos Pimenta): o pênalti perdido por Zico foi ainda no 2° tempo do tempo regulamentar do jogo (e não na prorrogação), sendo que na disputa de pênaltis após a prorrogação o mesmo Zico corajosamente converteu em gol o pênalti que ele cobrou, tendo sido Sócrates e Júlio César os que erraram fatidicamente, sendo que este último (eleito o melhor jogador em sua posição nesta Copa) carimbou a trave, em um pênalti melhor cobrado do que o de Sócrates, mas igualmente sem a decisiva efetividade do gol.

Minibiografia intelectual do autor

Teodoro Rennó Assunção é professor associado de língua e literatura grega antiga na Faculdade de Letras da UFMG, tendo sido editor ou coeditor da revista acadêmica *Nuntius Antiquus* (de 2011 a 2020) e coorganizador do livro *Ensaios de retórica antiga* (2010). Poeta de um livro só, *Restolho & Necrológio* (nº 59 da Coleção “Poesia Orbital”, 1997), e crítico de arte bissexto (ver ensaio inicial e edição do depoimento e da cronologia do livro *Isaura Pena* da Coleção "circuito atelier" da C/Arte, 2000), Teodoro Rennó é, sobretudo, um escritor de prosa contemporânea, que mistura os gêneros do ensaio, da autobiografia (ou memória) e do conto ou de misturas entre esses três, tendo publicado quatro livros: *Ociografias* (1993), *Ensaios de escola* (2003), *Autociografias* (2006) e *Extra-vacâncias* (2008).

Catalogação na publicação
Elaborada por Bibliotecária Janaina Ramos – CRB-8/9166

A851e

Assunção, Teodoro Rennó

Ensaios futeborgeanos / Teodoro Rennó Assunção.
– Belo Horizonte: Quixote+DO, 2024.

296 p.; 14 X 21 cm

ISBN 978-85-66256-85-7

1. Ensaios. 2. Literatura brasileira.
I. Assunção, Teodoro Rennó. II. Título.

CDD 869.41

Índice para catálogo sistemático

I. Ensaios : Literatura brasileira

#TUDOCOMEÇANALIVRARIA
#QUIXOTEDO2024
#ENSAIOSFUTEBORGEANOS

EDITORAS ASSOCIADAS

FSC
MISTO
Papel
FSC® C092828

2023
CARBON NEUTRAL
SAVE

Este livro foi impresso nos papéis:
Chambril Avena LD FSC 80g | Couche Fosco LD FSC 250g